Gonzalo Guerrero

Novela histórica

Biografía

Eugenio Aguirre (México, D. F., 1944). Novelista, cuentista y ensayista. Ha sido maestro de la escuela para escritores de la Sogem durante más de quince años. Coordinó la publicación de algunas de las colecciones literarias más destacadas en el ámbito cultural nacional, tales como Lecturas mexicanas (primera y segunda serie) y ¿Ya leissste? Es autor de 52 títulos, entre los que destacan *El rumor que llegó del mar*, *Los niños de colores*, *Lotería del deseo*, *Gonzalo Guerrero* (Gran Medalla de Plata de la Academia Internacional de Lutèce en 1981), *Pasos de sangre* (Premio de Literatura José Fuentes Mares en 1986), *Victoria*, *La cruz maya*, *Isabel Moctezuma*, *Hidalgo*, *Leona Vicario*, *Pecar como Dios manda*, *La gran traición*, *Cantolla, el aeronauta*, *El abogánster* y *Marieta, no seas coqueta*. También es autor de los volúmenes de cuento *Cosas de ángeles* y *Los perros de Angagua*. Varios de sus cuentos y novelas se tradujeron al francés, portugués, inglés y alemán. Actualmente colabora con los escritores Francisco Martín Moreno, Alejandro Rosas y Benito Taibo en el programa de televisión *El refugio de los Conspiradores*.

Eugenio Aguirre
Gonzalo Guerrero

 Planeta

© 2012, Eugenio Aguirre

© 2012, 2016, Editorial Planeta Mexicana, S.A. de C.V.
Bajo el sello editorial BOOKET M.R
Avenida Presidente Masarik núm. 111, 2o. piso
Colonia Polanco V Sección
Deleg. Miguel Hidalgo
C.P. 11560, Ciudad de México
www.planetadelibros.com.mx

Diseño de portada: Jorge Garnica / La geometría secreta
Adaptación de portada: Beatriz Díaz Corona

Primera edición: marzo de 2012
Primera edición en Booket: septiembre de 2016
ISBN: 978- 607-07-3627-8

Impreso en los talleres de Impresora y Editora Infagon S.A. de C.V.
Escobillería número 3, colonia Paseos de Churubusco, Ciudad de México
Impreso en México – *Printed in Mexico*

A mis padres Eugenio y Olga
A Claudio Bortoluz O., mi hermano.

Con mi profundo agradecimiento al maestro en Historia Carlos Martínez Marín, quien generosamente puso a mi disposición su excelente trabajo intitulado "La aculturación indoespañola en la época del descubrimiento de México".

A Viviana y Eneas, a quienes está dedicada toda mi obra y mi vida.

Prólogo a la edición conmemorativa del 500 Aniversario del Mestizaje en América

Pensamos que la novela histórica juega un papel importante dentro de la literatura. Sin embargo, en pocas ocasiones contamos con una obra que, apegada al dato histórico y con ameno manejo literario, nos lleve al mundo novelado del pasado y nos lo presente actual, vivo, latente. Tal es el caso de la obra que Eugenio Aguirre pone en nuestras manos, al tomar como figura central de su novela a uno de los personajes más interesantes del siglo XXI: Gonzalo Guerrero.

Al recrear la vida de Gonzalo Guerrero, el autor no pudo —e hizo bien—, hacer a un lado a la otra cara de la moneda: Jerónimo de Aguilar. Ambos personajes forman el resumen de la Conquista. Por un lado la Iglesia, aparato ideológico del conquistador, inflexible, que ve demonios por todas partes y que está inmersa en la figura del frailuco que, con su libro de horas se escapa del mundo que lo rodea y dirige su vista al cielo. Por el otro, Gonzalo, joven guerrero, marinero, militar, cogelón que dirige su mirada a las bien torneadas pantorrillas de las hembras, sean castellanas —como Mariana— o mayas que se cruzan en su camino. Del primero no se puede esperar más que lo que fue. Del otro nació el primer mestizo.

Desde el primer capítulo, Eugenio Aguirre nos define con claridad a Gonzalo Guerrero. En los siguientes vemos el encuentro de los dos personajes cuyos destinos irán juntos —Gonzalo y Jerónimo— y se marcan ya las diferencias vivenciales de cada uno. El naufragio y la terrible supervivencia en un mar hostil que finalmente los arroja a tierras mayas; el sacrificio de algunos de los sobrevivientes; las posteriores peripecias de aquella dualidad formada por el soldado y el fraile, todo ello nos aproxima de manera imperceptible a un nuevo mundo que se antoja incomprensible. En él se van a forjar ambos destinos. Gonzalo se adapta, se hace maya, vive como maya y muere como tal. Su respuesta es clara y no da lugar a dudas: "Mira mis hijos cuán bonicos son…" y se queda. El otro se persigna y regresa a las naos que los esperan impacientes. El destino los ha separado y de allí surge lo grande de la figura de Gonzalo Guerrero. A ella acude el autor para darnos en boca del protagonista lo que pudo ser su propia vida. Sólo en el capítulo sexto no nos hablará Gonzalo Guerrero y es que el autor prefiere hacerlo él, ya que se trata de actos que llevan cambios en la vida del maya y del español y que bien podían llevar a este último a la vanagloria. Sin embargo, su suerte está echada. Morirá en manos de sus enemigos que son igual que él en apariencia, pero no en espíritu. Así, al final de la obra se va a rendir postrero culto a Gonzalo Guerrero o a Gonzalo de Aroca o Gonzalo Marinero… o Gonzalo hombre…

Eduardo Matos Moctezuma

I

Era el hombre que vivía tratando de tocar con las puntas de sus dedos los filos de las ásperas estrellas. Estirando las extremidades sobre los lomos de las olas, ora doradas, ora de plata bruñida por la noche. Tenía un saco en el que había colocado un remanso y lo arrullaba diciéndole que era de carne, que tenía el arrebol de una inocente niña y lo acariciaba con ternura, como una verdadera madre.

Su cabello, joven y viril, se perdía besando el hálito del viento; se arremolinaba, furioso, cuando la brisa introducía su fino peine de carey entre el eco de sus pasos. Tamboril que a veces correteaba y en ocasiones reía, con gutural y armónica tersura. Flautín que estaba mirando sus cavidades de carrizo, sus ojeras de sueños no encontrados, de almenas aún no derribadas por el embate del hastío. Era el ser que se perdía en el fulgor de una fogata, entre los arlequines que saltaban con gritos de fuego, con espasmos de parto. Él sabía leer en la arena los presagios y tiraba, al desgaire, los huesecillos del oráculo que se azotaban sobre las rocas del farallón. Sabía que de los barcos, que de los galeones y carabelas, saldría la mano que lo separaría de su mundo, de su placenta, y temblaba con el frío de un condenado. Se desgarraba, con las uñas engarfiadas, los hilos que recubrían la madeja de sus brazos y entonaba lamentos que nadie entendía, mensajes que caían en la cazuela de las bromas, celebrantes brujas en cuyos dientes se balanceaban los acordes de la muerte.

El día en que se arrimó hasta el figón y atisbó entre las celosías con una cara de piedra, fue el día en que el Adelantado lanzó el pregón y los hombres barrieron las calles del puerto buscando brazos y ambiciones que quisiesen aullar con la sombra de las sirenas. Esa noche tiró la moneda y esta, después de rodar un buen rato, pasó su canto sobre la baldosa y gimió gris con cara y cruz. Nunca debió recogerla, tenía en su lecho una llaga que supuraba pequeños hilos de sangre.

Amaneció y el astro hizo vibrar con su calor las pendulares campanillas moradas que adornaban los páramos solitarios del villorrio. Dos perrillos le saludaron meneando las afiladas colas y el burro del mesonero lanzó un rebuzno cándido y perpetuo. Las voces de los negros endulzaban con su tono el aire de la mañana e invitaban a la colación, al mendrugo que abriría la boca a los horizontes del deseo; todo poder se reflejaba en la fuerza de sus mandíbulas.

Cayó de rodillas y besó el húmedo piso. Juntó sus manos fervientes y oró al Salvador para que le dotase de ganas. No tenía miedo ni dudas, tenía un listón alrededor de su frente y una granada enclavada en las costillas que palpitaba con tumbos y lo hacía perder el deseo de lanzarse a la aventura, de desafiar al rayo de la tormenta, de mirar de frente a los abismos que lo tentaban con sus cofres de coral… y así se veía rodando solitario por los estrechos pasadizos en los que colgaban las redes aún fosforesciendo de agallas, los guajes esgrimiendo el pezón de laca, los corchos rezumando paz y angustias.

En la mesa encontró el atado de lunares, el paliacate criollo que jugaba al caballo y a los bastos, unido por sus cuatro puntas, formando una pulpa de algodón. Sus dedos se encajaron entre los pliegues y rezaron una salve, una plegaria de fuerza, de ganas para partir. Qué lento pasó el fermento de cacao sobre su lengua. Con qué cansado andar bajó a colmar su hambre. Meditaba el peninsular y la roja barba caía, enramada, asesinando al albo sayal. Del migajón quedaron dos marranitos deformes; la corteza saló el cojín de las encías... una decisión se hizo babas sobre el brillante colmillo.

Salió y detuvo al insolente cardillo parándole con la palma, mientras el dorso se entretenía quebrando los goznes de las rubias cejas y se frotaba felino. El azul aún vestía de acólito y el cielo ganaba en fiebre y tosía arrojando nubes y campechanas. El mar rebanaba, con su inmensidad, la presencia del infinito. Las palmeras, de perfil, lloraban cráneos de leche.

Osciló, pendularmente, sobre la punta de las botas; frotó el pomo de la espada y dejó que las deducciones fueran apareciendo en su memoria para grabarle un sinuoso camino, en el que tendría que abrir las puertas de sus propios acantilados.

Miró hacia la explanada en donde se asentaba el fuerte y repasó, con pasmosa lentitud, las almenas y los contrafuertes, las torres y las bocas de los metales que sabían escupir fuego, el puente levadizo y las gárgolas que desaguaban sobre la mar.

—Ahí está don Diego Nicuesa, ahí están mis obligaciones, mis disciplinas, el galardón de ser soldado de Su Majestad, la primera etapa de mi vida, versión empañada de humedades y sombras andaluzas, de calores y bríos majos y sevillanos, de granas y escapularios. Dejaré de contemplar los cárdenos cuarteles de la divisa real, la cruz de Santiago y la dulce faz de la niña Rosario; dejaré de…

Echó un suspiro que se prolongó sobre la arena y permitió que sus piernas lo llevasen al puerto, que sus oídos captaran la voz de las gaviotas y que sus ojos se excitasen contemplando las curvas maderas de la nave capitana, de aquella carabela entre cuyas cuerdas, velas y andamiaje se balanceaba la risa; cordura desmantelada en jirones de azar.

"Que cante la niña Isabel, grita la marinería", recordó mientras frotaba un pedazo de cordel entre sus manos; recordó las vísperas de Palos que se le habían esfumado en una prolongada vigilia sobre las aguas, sobre el líquido manto que se rompía en tierra con cada nuevo descubrimiento y sus ojos lograban representar las estampas del niño y después del joven postrado en los reclinatorios de la catedral, rogando a la Virgen que nunca le desamparase, que nunca le llevase más allá de los límites seculares de la moruna torre Giralda. Ya entonces, en el barrio de la Santa Cruz, el gitano que admiraba, don Elear, le soplaba lamentos de tormenta y le orientaba hacia rutas cenizas y enigmáticas. Ya entonces, el mozo Gonzalo sufría la pena del errante, del nómada aventurero que giraría al ritmo del Potosí, al vaivén de los tiros de arcabuz.

Ahí estaba, balanceándose con la majestad de una linda cortesana, la nave de tres mástiles, el recinto de regias vergas embreadas con esmero por las manos de los desvalidos nativos. Ahí estaba, sabiendo que el hombre temblaba por abordarla y que, sin embargo, le tenía miedo.

Se levantó de golpe, escupió y maldijo. Le dio las espaldas y se tiró, de las altas botas, los cueros de la rodillera.

Ajustó las correas al calzón de seda y se introdujo por las paredes de canto, sobre las lajas de río que componían el pavimento. Deambuló un buen rato, blasfemando con los ojos, sintiéndose herido por la saeta que más despreciaba, la de la cobardía. No y no, a él no le vendrían con el cuento ese de los presagios, de los presentimientos. No a él, que había escupido sangre en los campos de Flandes; no a él, que había militado bajo las águilas de León y de Castilla y que, aunque aún infante, había compartido la rabia y la osadía en los muros de Granada. Último moro que pisaba mi suelo, después de ocho siglos de malas cataduras, de oxidados engranajes, desde que el conde Julián abriese las puertas para vengar la afrenta de Rodrigo. Y ahora, en pleno poder del reino, él empezaba a crujir y a desmoronarse por una simple porquería del malvado don Elear. Ese conjuro tendría que mandarlo a la mierda. Sí, ahí mismo.

El sol había caminado encendiendo de luz las corvas de la calleja y la villa se agitaba con los golpes propios de su existencia. Indígenas, negros, mulatos, saltapatrás y otros raros especímenes genéticos pululaban removiendo mercaderías y objetos estrafalarios que sus dueños, siempre desconfiados, vigilaban durante todo el trayecto. La Iglesia absorbía a las masas de los recién bautizados y les brindaba los sermones redentores. La soldadesca atravesaba la pequeña plaza, tintineando sus espuelas, refulgiendo sus vistosas armaduras, haciendo ostentación de su fuerza y poderío. Campanas, martillos, yunques, mugidos, interjecciones y palabras sueltas se entremezclaban para ser boca del barrio. Olía a fresco tomillo, a mar y a podredumbre.

La expedición partiría en unos días. Valdivia había recorrido el Darién de cabo a rabo, buscando marinos expertos en armar las naves con los aparejos indispensables para hacer llegar a buen destino el importe del quinto real. Se hablaba de veinte mil ducados en oro amonedado, de plumas y enseres de maderas finas y olorosas, de algunas decenas de sacos de cacao, de una ramilla de esclavos destinados al gobernador de la isla para sus campos de caña y, sobre todo, de importantes documentos procesales de los que dependía la vida y la honra de un gentilhombre.

En el último alarde, el capitán había reunido a una precaria tripulación compuesta de un timonel lusitano, un madorna borrachín apellidado Gonzaga, dos grumetes esbeltos y rubios de la rama materna de los Pinzón, famosos por su arte en el marear; como guardián del batel de barlovento, al recio arcabucero Giménez, y por guardián de sotavento a su propio sobrino, don Cosme de Alvarado. Su postrera adquisición había sido la persona de Quino de San Lucar, quien fungiría de piloto.

En el bando colocado en un pilar de la iglesia, Gonzalo leyó, aún sin tachonar, los nombres de contramaestre, capataz, calafate, maestre de víveres y sotapiloto. Más abajo, se solicitaban simples marineros, hombres fuertes y avezados que tuviesen los arrestos para dominar una cangreja, en plena tempestad, con el auxilio de una simple boza.

Estuvo largo rato mirando la lista, repasando las posibilidades de pasar, de simple bombardero a las órdenes de Nicuesa, a ser uno de los oficiales de la nave que, en breve, partiría. El gusto por la sal del mar comenzaba a marearle, a introducírsele en la sangre que corría por sus ansiosas venas, borrándole de la memoria la sentencia del viejo vidente que arrastrara su mendicidad alrededor de los muros del Alcázar. "¡Nunca regresarás!", le había dicho aquella noche de naranjos colgados en el viento con su dulce sabor a axila de mujer morena. Él se había reído, se había burlado y le había llamado viejo cabrón, malhijo de puta loca.

Aquél, extrañamente, se había quedado callado y no le había respondido, como acostumbraba, con su alegre acento gitano, mordiendo las palabras, comiendo de las frases las letras de los plurales.

Por primera vez, desde que lo conocía, sus puños se conservaron cerrados y los huesos no cayeron rodando sobre la tierra para justificar sus asertos. La premonición le había llegado del fuego, de las flamas que vibraban con lentos bailes orientales, con cadencia de serrallo, caderas iluminadas con fulgurantes hipos de plata.

Aquella noche, Gonzalo Guerrero había lamentado su descortesía para con el amigo. Rogóle que le explicase, que le descifrase los hilos del sueño, de aquella pesadilla que hablaba de una eterna ausencia, de una pérdida total de los atributos de su personalidad. ¿Caería en el infierno, en las heces de la idolatría? ¿De dónde sacaba todo aquello, aquel loco de don Elear? ¿Quién le había introducido en el cerebro aquellas imágenes devastadoras, apocalípticas? Don Elear quedó callado, temblando en su frágil estructura. Luego se fue palmeando por las calles y nunca, nunca jamás lo volvió a ver.

Lo buscó en el Monte Carmelo, agitó voces en los rincones del mundo y el silencio se le pegó, llenándolo de un sudor amargo y salobre. Se refugió en el rostro del Guadalquivir y volvió a casa.

En Palos se enteró, por susurros y luego gritos de algarabía, de los éxitos del Almirante, del alucinado genovés que había partido hacia las Indias.

Ahora, su olfato quería saber de Santo Domingo. El tiempo había transcurrido con síntomas de terciopelo y le había rozado en la frente. Sus arrugas llegaban como sonrientes heraldos a posarse en las esquinas de sus párpados. Cuánta vela y cuánto mar, desde entonces.

Cruzó la plaza pasando por enfrente de la alhóndiga, dobló a la derecha y se escurrió por un estrecho pasadizo que lo condujo a un pórtico que ostentaba bella reja de forja toledana. Se detuvo y exhaló un largo suspiro. Dejó que su mano pulsase la cuerda del badajo e hizo estremecer la campana que transmitió su presencia.

Los pasos menudos de una mucama se acercaron aleteando y su rostro, cobrizo y tímido, se asomó por un visillo. Su sonrisa permitió que una tierna mazorca de maíz se enmarcase en dos rajas de canela. Sus manos abrieron las aldabas y el mozo entró en el solar de sus afectos.

—Callad señorito, que la niña está ocupada preparando el almuerzo de su padre. Os suplico que no perturbéis el pulso de su delicada mano, afanada en el sazón de una tarta de pomas.

—No te preocupes, Engracia, he pedido al sol que se detenga. ¡Que me deje verla y no eclipse su noble perfil! —rugió el hispano, conteniendo, apenas, a la cabra ibérica que se alborotaba con la impertinencia del aya.

—Jesús —balbuceó la mujer y corrió a refugiarse en la penumbra de los aposentos culinarios. Sabía del carácter del soldado y de lo fácil que se prendía de las furias.

La casa, sin embargo, contemplaba la escena con la cordura que le prodigaban sus anchos muros de piedra, con la gracia de sus veredas adoquinadas que convergían en una mohosa fuente, con la fragancia de sus setos de rosales y geranios de perenne flor. En cierta forma se burlaba de él y de sus arrebatos, con la solemnidad de un templo.

Sentóse sobre una cantera y esperó a que apareciese Rosario. Musitó su nombre y recogió, una por una, las sílabas que se engarzaban para formar el collar de su imagen, de su porte delicado...

El roce de unas amplias enaguas, impulsadas por el oleaje de dos esbeltas extremidades, vino a rescatarlo de sus sueños y a enfrentarlo a una dulce realidad. La novia, apenas ayer amante entre quejidos de gozo y dolores de himeneo, llegaba toda de rizos, perfumes y coloretes, de besos y caricias que se precipitaban desbordadas, cubriendo el cuerpo del joven.

Sus ojos, celestes y brillantes, bebían el líquido del alma y lo tejían en un lienzo multicolor, en el que las aves trinaban agoreras y los juncos se retrataban en el lago de las mieses. Arrullos y caracoleos de yegua de fina estampa, de zumo recogido en la cuenca de una mano temblorosa, casi erosionada por la rabia de una estela. Jardín que se prodigaba en simétricos rombos de granas y petardos, cómo sonaban, en el cielo mudo de estrellas, caído de hinojos ante el semblante que balbuceaba un: "Me voy, he venido a despedirme, a verte por última vez. Me embarco, Rosario..."

—¿Te qué...?

—Marcho con la nave de Valdivia. Rumbo a la Fernandina, a Santo Do...

—¡Eneas! ¡Ladrón de la paloma que respira por mi boca; que inspira al eco cuajado entre mis labios con un aullido lastimero y apenas esbozado! ¿Te vas, es esto cierto? ¿Acaso sueño y veo cómo el manto de la muerte se recoge, para permitirme ver los huesos descarnados de mi faz, de este rostro que aún no exprime la leche de los senos que tengo henchidos por el amor y que todavía no han bañado el perfil de tu lengua?

—Es el mar que me hechiza, Rosario. Son las olas que cada mañana se vienen a posar entre mis pies y me lamen y acarician con sus manos espumosas; con esa sal que hace de mi mesa una fiesta, de mis noches un desesperado esfuerzo por encontrar la miel de tus besos. Rival enmascarado tras el antifaz de un canto de arrecife.

—¿Y así me lo dices? ¿Con esa calma? No siento, Gonzalo mío, esa llaga que se supone debe supurar en instantes como estos. No escucho al trueno, ni veo en tus cejas el señero sino que marca al navegante. ¿Es que tu realidad viene del fondo de una imagen que gira enloquecida y ya tu aliento se ha convertido en el polvo de mi cuerpo? ¡Ay de mí, de mi entraña que arde como pira!

Dejando que un bucle se incruste, como presagio de tormenta, entre el bruno sigilo de su cara, Rosario se estrecha al cuerpo del marino y llora, tenuemente, con una modestia incalculada, con una cucharada de libación de encino. Su cutis y el acompasado respirar de su pecho caen en un letargo que se deja dibujar en una corteza de pino, esculpir sobre un bronce solitario. Sus manos recorren palmo a palmo la nuca de Gonzalo y sus dedos se aferran a una esperanza capilar que cruje en un cruce de caminos.

Él ha dejado que aquel rumor se acerque, que lo rodee y lo sitie. Sus armas, depuestas, esperan el asalto del remordimiento, de las picas de la conciencia que le han de atosigar, que le han de llevar a un patíbulo del que cuelga la soga de la duda. Calla y con su silencio expresa aquello que fue simiente y que se manifestó de noche la primera vez en que las pajas los vieron desnudos. "En el lecho del amor se gesta el lambrín del ataúd", pensó y sonrió para sí. "Cuando yo te hacía eso que es dulce y eterno, mágico y desmesurado como un huracán de fuego y tú caías bajo la rueda de un carnaval enloquecido de besos y murmuraciones, de reproches a medias, de verdades a medias, de medias de seda cruda, ya el lucero del alba estaba jineteando al bayo en los corredores de tu honestidad, y los arrieros del viento, siempre con el lazo suelto, corrían aventando parabienes por nuestra satisfacción. Pero ay, que el duelo llega envuelto en una concha de nácar y la unión se desvanece, se esfuma, se nos va de entre las manos, y ahora, ahora tendremos que aplaudir al borde de una platea de vacíos".

Tomóla de la barbilla y le levantó los ciliares a la altura de los suyos. Penetró con su espíritu-brisa el barniz de su deseo y le pidió un vaso en el que pudiese disolver sus rastros de memoria, en el que pudiese verter un poco de su agonía para llevarla consigo, para lavar su pecado; pues aquello era pecado, poseerla cuando…

Postergando su deleite, por la vereda de ronda se retiró caminando sonriente hacia la plaza, hacia el borde de roca maciza que detenía las alusiones del mar y se encontró con que éste se burlaba de su angustia, de sus manos que se unían y separaban esparciendo un sudario blanco y triste que amortajaba al despido de la bella ladrona de su caricia y que, sin embargo, tenía el derecho, pleno y absoluto, de proclamarlo marido.

Tendría que salir temprano, pues era deuda de honor y si el padre de la niña se enteraba de la pérdida irremediable que en su cosecha hacía mella, resolvería a la metralla, a la espada y la piqueta, y pronto su piel estaría meciéndose al viento, en inesperada imitación de lábaro, a horcajadas sobre la puya troyana.

Dirigióse a la casa del Adelantado y se apersonó con un tal llamado Gómez de Pedraza, Caballero de Malta, que se encargaba del reclutamiento de la insigne tripulación.

Mostró sus manos Gonzalo, su paladar y su torso, viró hacia uno y otro lado de la pieza, reculó y saltó en dos patas, como mono malasio, y enfrentó un fétido aliento que incidía tras los rastros de un escorbuto vacante.

—Y bien, qué sabéis hacer, señor soldado.

—Sé del arte de mirar en las estrellas los rumbos que ofrecen paso seguro y de buen resguardo. Sé escuchar, en el canto de las aves, el parloteo que surge de los bancos de peces, el chillido de las esponjas que auguran tentáculos de coral en donde mueren las naves. Sé tirar desde la cofa la ráfaga que envía a los infiernos las almas del filibustero, calafatear un batel, trepar por los lomos de una mesana sin resbalar ni una vez, golpear las espaldas del galeote, ensañarme con el cafre y el infiel…

—Sois una buena pieza, ya lo veo. ¿Y qué dejáis en la tierra que pueda verter lamentos, que quiera pedir remedios?

El joven titubeó y guardó silencio. Había en su corazón más de una llaga, pues remedios para su mal de alcoba en la tierra eran panes multiplicados, sin milagros, en las casitas del pueblo. Era fama de cimarrón y mustia rosa en las tiras del zurrón.

—¿Será hija de señor, o mujer de buen hidalgo? ¿Preñada fruta morena, o mujer habida en la morada de Dios?

—¿Es menester contestar de lo que un buen caballero debe guardar con cerrojo de oro?

—Potestativo muchacho; pero me parece que huyes de…

—¡Un oráculo señor! Y no huyo, sino que me enfrento. He de temer al demonio, en tanto que no le venza.

Refirióle los sucesos con don Elear y la pena que, desde entonces, venía arrastrando. Sus conflictos con la sal, los espejos y los continuos cambios de los planetas. La rutina de la escalera y el gallo; el triángulo y la capucha frigia; el temor de perderse en la oscuridad y el vacío, de nunca volver y quedar en el manto del océano.

—Bastante tenéis con eso, os eximo de mayores pormenores. Guarda en vuestro corazón los rombos de cristal que hayas cortado. Ve con Dios, buen hombre, y llévate el cargo de capataz de la nave capitana. Tu real vendrá de la nómina del Excelentísimo don Vasco Núñez de Balboa.

Gonzalo partió feliz, corriendo como un muchachuelo al que han dado estrella de orozuz en la doctrina. Se presentó en el cuartel y recogió su manta y su costal de bártulos. Metió la mesada entre pecho y guarnición y se fue, ya con la tarde cayendo en la siega del rey Cronos, a meter en la barraca que ofrecía fuego y ración a la plebe marinera.

Metióse una generosa porción de habichuelas con tocino y una garrafa de vino y luego, eructando y lamiendo con el dorso los pañuelos de la boca, se arrimó al fuego, en donde clavó la mirada. A poco rato surgió la figura, destrozada y lastimera, que tanto le atormentaba. El eco brotó después, llegando de muy lejos, tanto que su cabello erizado tuvo tiempo suficiente de aplacarse sobre el cráneo, sellándose sobre la frente. Luego se presentaron los otros, sangrantes, encadenados a una fila de despojos y sus gritos pregonando la seña de la nao perdida, el galeón grande San Juan. Y, de entre sus venas, la advertencia que rezaba: irás por el mismo rumbo, Gonzalo Guerrero, te perderás en la carrera de las Indias. Nosotros te seguiremos y nadie aprenderá la letra.

Lo despertó el golpetear del agua sobre el tejamanil. Se levantó del lecho y corrió a mirar el cielo. Estaba gris y centelleando. Ese era el día que, para zarpar, estaba impreso en el bando.

II

Tiré hacia el muelle y me acerqué a la proa de la carabela. Su espolón, en forma de ariete, se balanceaba nervioso y golpeaba las orlas de espuma que del mar brincaban insolentes. Sobre la barandilla, el piloto gritaba órdenes a unos hombres que revisaban el armazón del codaste. En el castillo, el capitán Valdivia pasaba lista a la tripulación que iba ingresando a través de la pasarela. Las velas se encontraban arriadas, disgregando latinas sobre los humores del viento, que a la sazón había amainado.

Me acerqué al grupo de personas que se habían reunido bajo el puente en espera del piloto y me entretuve viendo discutir al madorna Gonzaga con don Cosme de Alvarado. El primero habíase presentado, aún bajo los efectos de una fuerte francachela, oliendo a vino y a cebolla, con un pájaro en los hombros, de esos que en estas tierras llaman papagayos, vistosos y parlanchines, e insistía en llevarlo a bordo, alegando que era de buen agüero y muy digno compañero para la travesía.

Don Cosme, ataviado como a su persona convenía, con pelliza de piel curtida, calzón de paño de Brujas y botas ligeras con suelas de corcho chaveteado, alzaba las manos al cielo y bramaba en contra de las alimañas de los bosques; diciéndole que era un ruin, un desvergonzado villano que buscaba entre el plumaje del ave las liendres para masticar; que el bien sabía de los vicios que los malandrines habían adquirido en esas tierras y que uno de los más malvados y desagradables era ese de devorar los insectos de las bestias, como si fuesen manjares.

Gonzaga, con rugidos retenidos en el saco de su esófago, repetía con su dejo portugués que el cotorro era su amigo, el único que lo comprendía en sus ratos de infortunio, que eran muchos y frecuentes; que lo amaba como a un hijo y que si no fuese por él, todavía se encontraría soportando la penuria de vivir con la rústica Sancha, su mujer por más detalles, y que antes que dejarlo prefería tirarse por la borda a los abismos del océano.

Don Cosme, que se había calmado y comenzaba a disfrutar con los argumentos del simple, lo tomó a chusca y llamando a un grumetillo que por ahí plantó sus narices, le mandó que fuese en busca de aquella doña Sancha o doña Urraca ayuntada con el burdo.

Gonzaga palideció, juró en dialecto de Coimbra y se arrodilló ante el hidalgo pidiéndole que no lo hiciese; que si la hembra venía le desollaría ahí mismo, sin contemplaciones, con el coraje de una jauría, con el encono de un tropel de sardos. Nuestro guardián de babor tomóle sabor al juego y se amachó en su petición. Llamó aparte a Fernán Osio y Pinzón, que así se llamaba el mozo, y haciendo los ademanes de quien repite una orden, pero sin que el lusitano le escuchase, le mandó a traer un saco de pan de yuca de la casa de su tío.

El muchachillo partió y Gonzaga, viéndolo ir y salir de la nao, comenzó a gritar y a llorar su desventura, pidiéndole a la santísima virgen María que se apiadara de su alma, que no le desamparase ante tan cruel felonía.

Tanto alboroto armó el hombre con sus gritos y porfías, que a poco se había reunido un corrillo curioso y lleno de satisfacción. Vociferaba el madorna, rugía y lloraba y los espectadores reventaban de risa y se mofaban, diciéndole: "Buen madorna serás, amodorrado libador. ¡Así harás la ronda rufián, por los pañoles del barco!". Y el pobre tipo se revolvía con furia, amenazante. Pronto se acercó el sotapiloto a poner orden, exigiendo de Gonzaga que le explicase aquello que sucedía. El rucio confesó su yerro, pero lo justificó diciendo que su plumífero amigo era su talismán y su orgullo, y que por la caridad de Dios no le perjudicasen; que si la Sancha llegaba, le sacaría los ojos y le arrancaría la lengua. Ya se expresaban en su boca y en sus párpados las blasfemias implorantes, cuando se arrimó un clérigo de la orden de San Pedro de Arlanza y con su ademán contuvo lo que era escarnio en la lengua de aquel hombre asustadizo.

Llamóle aparte, y con voz clara y viril le espetó al oído de tal suerte que todos pudiésemos escuchar lo que ahí le indicaba: "No uséis del nombre de Dios nuestro Señor, ni de su Santísima Madre, en estos vuestros menesteres; recordad que a ellos debéis acudir sólo en tránsito de muerte o en capítulo de fe y no en sandeces como ésta que aquí se trata. Yo os conseguiré el permiso para el ave, pero os advierto muy claro que si os veo espulgar al bicho, os colgaré del mástil mayor".

Mucho me impresionó la entereza de aquel hombre, la bondad y derechura de su juicio; así es que me acerqué a él y me presenté con una inclinación de cabeza. Sorprendido, me miró de arriba abajo y me dio su nombre con una serenidad y una clase que me hicieron sentir avergonzado. Jerónimo de Aguilar, natural de Ecija, viajaría con nosotros en calidad de capellán.

Dispersóse la reunión y cada cual tomó por su partido. Me dirigí hacia el combés y ahí me entregué a la tarea de revisar los trabajos de los carpinteros y calafates de a bordo. La banda de estribor presentaba una lastimadura que no había sido debidamente corregida y que enseguida mereció mi desconfianza. Llamé a Joan Escurrida, carpintero de ribera, y le encargué que remozara la pieza dañada con pez, escalopa y serrote de dos aguas. A poco, la superficie del tablón rayado estaba lista y reluciente, embreada y con camisón de dos aros como remate de chapa. Luego me subí al castillo y me apersoné en la cámara del capitán Valdivia, ante quien rendí un informe preliminar y le ofrecí mis servicios. El oficial me recibió con una cordialidad inusitada, llamándome hijo; término que se extendía común a la mayoría de mis compañeros y que demostraba la cordura del buen viejo, que ya frisaba en los linderos de los años en que la nieve se espesa sobre las sienes. Sin embargo, y esto quiero hacerlo resaltar, su fuerza y corpulencia eran las de un coloso. Medía por alto dos varas y su tórax se expandía a la rima de seis cuartas, era de mano menuda pero maciza. Su rostro, sanguíneo, se ostentaba manifiestamente extremeño. Profundos ojos azules, enmarcados en pobladas cejas negras y agresivas; nariz recta y firme, prolongada y con las fosas estrechas; labios sensuales, húmedos y carismáticos; y una barba espesa y agreste que era acariciada continuamente, en medio de elocuentes manifestaciones de alegría y vitalidad. Mucho me admiré del calor que emanaba de aquel hombre, de su fuerza y don de mando.

Envióme a revisar la cuadra y el enjaretado, a vigilar que los esclavos estuviesen a buen resguardo y a constatar que los víveres se hubiesen instalado en el fondo, a un costado de la varenga.

Bajé por la escotilla de popa y me introduje por entre el laberinto de vigas, maderos, toneles y cuerdas que constituían el mundo subterráneo del buque. Pronto llegué a un pequeño recinto en el que se encontraban hacinados los condenados a servicio perpetuo, aquellos pobres individuos de color, extraviados de su mundo, de su naturaleza, perdidos en un remolino ininteligible para sus mentes limitadas. Sus cuerpos sudaban un sabor amargo, animal, una esencia que me recordaba a las recuas de camellos que los moros traficaban en las ferias de Sevilla. Sus labios, gruesos y amoratados, flojo y caído el inferior, firme y arrogante el superior, balbuceaban un lento y cadencioso canto que los hacía estremecer en un susurro anhelante. Me detuve a escucharlos, con la intención de penetrar en el tinglado de sus sentimientos. Pronto advertí que de sus gargantas brotaba la imitación del despertar de la tierra. Entre sus dientes, el sol fue amaneciendo, fue haciéndose aurora y fecundando al barro. Su calorcillo se hizo reiteración de xilófono; sus rayos iluminaron caderas que rotaban y brazos que, fláccidos, oteaban al siroco para formar unas aspas de molino de Madeira. En los pezones de la Costa de Marfil se bañaba el arrullo de un cisne de altivo gesto, en su vientre se engendraba un vudú que reiteraba la fe en lo primario, en lo elemental, y eso era la corteza de su pan, el espejo de sus aguas.

Desgraciadamente me sintieron, me olieron, y callaron en un silencio de gruta, de manantial por el que descienden los peces rojos, los líquenes de brutal verde. Las rizadas pestañas se plegaron y los músculos se tensaron en una intrincada red de nervios prestos a recibir el castigo. Me conmovió, debo confesarlo, su mansedumbre; la aceptación que de su condición hacían, y hube de retirarme con una ligera irritación.

En cubierta las tinieblas se habían despejado, un ligerillo viento del noroeste que bajaba de la sierra hacía palpitar las jarcias y nuestras velas al pairo. Pronto podríamos partir y poner rumbo hacia Santo Domingo, entrar a lo espeso del horizonte y barrerlo con nuestra estela.

La *Santa María de Barca* era una nave ligera, armada en el puerto de Almería con maderos de encino y tamboretes macizos, tres palos robustos y velamen lacio envergado con cangrejos. Tenía fama de segura, de veloz y de contar con los mejores bancos de remo que habían salido de las costas andaluzas. De estayes fuertes que sujetaban al mastelero con brío, la carabela podía recibir los embates de Eolo con la mayor tranquilidad y enfrentar la ventisca con una actitud soberbia, agresiva. Su trinquete, adornado con labrajas y hendiduras mauritanas, cromadas con sumarios y sangre de cabra, semejaba un tótem adusto y caviloso que pensase en los cíclopes cerrados en los puños de Odiseo, en la fosforescencia de los huesos depositados en el fondo de los mares, de los siete hijos de Neptuno. Sus velas, de cuchillo, adorno de paño belga, granas y ribeteados con orlas de oro, reproducían las gracias de María, su patrona, la virgen de dulce faz parada sobre la media luna, sostenida por angelitos de rubio vello y recargada sobre un lienzo de estrellas. La de popa hacía galardón de hidalguía, ostentando las armas del empresario, los gules por campo de gujas de acero, el león en rampa enfrentado al unicornio de alba crin y humeantes belfos en el cuartel diestro; y al Oriente, sobre una plasta de óleos cobaltados, la mística concha de Santiago, el valedor del conde Fernán González. Por divisa un latinajo que nunca pude entender y mucho menos pronunciar, pues he sido hombre de guerra y marinero, y no letrado clérigo o notario de aldea fina. La letra me entró con sangre, escolástico prófugo y travieso, mas las huellas se pintaron en mis lomos y las cicatrices recuerdan, amargamente, los golpes y humillaciones de un cura, que Dios haya perdonado porque yo aún no he podido. Confieso que sé contar, pero más sé de las artes de marear.

Algo que lamenté de inmediato, pues consiste en mi especialidad, fue la falta de bombarda y la ausencia total de cofas desde donde poder disparar. Y lo he lamentado, no porque temiese algún ataque enemigo, sino porque habiendo sido educado en un ámbito castrense, me regocija rodearme del olor del polvorín, de las grecas y estucados que embellecen a los rugientes cañones, en fin, de todo aquello que me hace revivir el fragor de la batalla, su sabor de aventura e incertidumbre; lo desconcertante de la herida, de las explosiones que se abren, como gigantescas flores, en el lecho de la tierra; la cara del enemigo, al que se adivina apenas, hasta que se viene encima con una mirada que es más interrogación que determinación, que es inocente y pura, ciega ante la luz de la muerte que hay que atravesar para poder salir con vida. Realmente me ha disgustado, pero ha venido a consolarme la presencia de un par de culebrinas colocadas en los bordos y una buena dotación de arcabuces con perdigones suficientes para hundir en los infiernos a cualquier corsario maldito.

Entré al pañol de popa y comprobé que los bultos que contenían nuestra sustentación habían sido hacinados sobre las alacenas cuadradas; que las arrobas de trigo estaban limpias de ratas y que el agua y el vino reposaban en recios toneles de abeto enarillados con presión y buenos clavos. Había, además, candela, pan de yuca, barretas de pilón de azúcar y galleta, mucha galleta dura y tosca, deliciosa al paladar del navegante. Hice una lista somera y se la llevé al cocinero que sudaba frente a un perol, en el que cocinaba un rancho de hortalizas con menudencias de cerdo.

—¿Partiremos pronto, señor?

—Tan pronto arrecie el viento y la marejada nos dé agua.

—Estaba tan triste la mañanica, tan gris y nublada, que pensé que quizás hoy no podríamos partir.

—Nunca te fíes de la madrugada, fíate del sol del almuerzo. Ese nunca te mentirá. De su humor dependerá el resto de la jornada.

—Y bien, ¿cuánta gente tenemos a bordo?

—Unos sesenta, señor. Por las raciones que me han ordenado preparar, deduzco que seremos seis décimas de almas...

—¿Cristianas?

—Ah. No, señor; va una quincena de cafres. Los llevan al señor...

—Los he visto. Pobres bestias. Tendrás que darles bien de comer, si quieres que lleguen vivos. Están tan marchitos y enclenques. Los habrá comprado en subasta.

—A la Compañía de Jesús seguramente. Por los herrajes que traen, me parece que son esclavos de Loyola.

—Bien, Pero García, Dios te guarde. Adereza bien el caldo; hasta la vista.

Tuve que retirarme de improviso. Soy muy escrupuloso en cuestiones religiosas y me lastima en el alma escuchar las opiniones de la gente vulgar e ignorante. Sobre todo me molesta enterarme de cosas que ofenden a la voluntad de Cristo, el buen Dios. Esclavitud bajo sus hábitos, a la sombra de la eucaristía y de los votos, es algo que siembra rencores en mi pecho; que me pone al borde de miles de dudas y yo no soy San Agustín para poder discernir, me falta su sabiduría y su santa fe. Además ya lo han dicho, ya lo han pregonado, que estos seres no son hombres, que no tienen espíritu que salvar, que son casi como animales hechos por la naturaleza para servir a los de nuestra raza, estirpe señalada, escogida por el Creador para divulgar su doctrina y evangelizar la Tierra.

Yo con esto quisiera conformarme, pero...

La luz en la cubierta reverberaba sobre el barniz de los palos, encima de los cromos de los faroles nocturnos, invadiendo con su alegría todos los rincones, a todos los hombres y a las pocas bestias que ahora subían e introducían por el pañol de proa. En el combés, un grupo de preclaras dignidades discutía sobre el tiempo de levar ancla y salir, y sobre la distribución de los escasos camarotes. Cinco damas presenciaban el coloquio alrededor del contramaestre. Alegres y palpitantes cirios en redondel de un estrecho poste, serio y agrio burócrata del erario real. Manzanas asustadas por el apergaminado semblante de don Diego de Montejo, alguacil en pañales de oficial de mar.

Asombróme el duro semblante de doña Margarita de Anzures, tía política de nuestro capitán, hermanastra del Adelantado Fernández de Córdoba, quien brazos en jarras aventaba la mandíbula y los gruesos senos en señal de imperiosa determinación. Que a ella y a su nieta, doña Cristina, se les asignaría el camarote de oficiales, no cabía duda; y si alguien osaba tenerla, más le valía maldecir el día de su nacimiento, pues ella le amargaría el resto de su existencia. Llegada a estas tierras a los escasos ocho años de su descubrimiento, cuando la villa aún era un turbio muladar en el que los hombres se afanaban por construir los primeros edificios, las primeras casas en donde poder vivir como seres humanos y no como salvajes de la jungla, la dulce mujer europea, educada en convento carmelita, dotada por el Duque de Alba, fervorosa, llena de inspiración divina, cutis blanco y manos de inmaculado satín, tuvo que enfrentarse a la necesidad de sobrevivir. Hospedada, en un principio y mientras sus parientes resolvían sus derechos de conquista en la Fernandina ante los sagrados tribunales de los frailes dominicos, en el hogar de don Cosme de Alvarado, la buena mujer había tenido que colaborar en las duras faenas de limpieza y construcción, hacer de ama al hidalgo y proveer por que se le dotase de un baldío que miraba al mar y que le era de especial agrado por la vista y la fresca brisa que se depositaba en su césped. Para ello se vio precisada a violentar su carácter, de naturaleza apacible, y convertirlo en una amenaza que inspirase miedo. Como al inicio de sus gestiones, los hombres, rudos y bragados, se le rieran en las narices y su huésped la tomase a la ligera, alegando que una mujer de su condición no debería aspirar a tales migajas, sino a los palacios que, en breve, erigirían sus familiares; sin entender que la mujer, casta a la edad del crepúsculo, se preocupase por asegurar su vejez, sin la molesta dependencia natural que se presentaría tarde o temprano; doña Margarita permitió que la naturaleza obrase a su antojo sobre sus cualidades físicas.

Pronto su tez, su cuello y sus brazos se revistieron de un tono moreno que dio majestad a sus rasgos y fuerza a su espíritu. Se le vio ir y venir arrastrando troncos, levantando vallas, arriando a un grupito de indígenas desvalidos, que la respetaban con adoración, con sacos de piedras y pilones de argamasa; y un buen día, la dama hizo llamar al cura para que le vendiese su propiedad e hiciese pregón de su voluntad y hierro. Dicen que el mismo don Cosme, siempre tan guasón, al ver los prodigios de la gentil señora, se quedó boquiabierto, inclinó el busto y le besó la mano en señal de admiración y de respeto. A partir de entonces no hubo negocio que doña Margarita no arreglase y no hubo necio que dudase de su tenacidad y bravura.

Ya cuando el capitán Valdivia sentó sus reales en estas costas, al servicio de don Vasco, su tía había ganado fama de ama rígida e intrépida a la que no amagaban ni la altanería de los soldados ni la fuerza misteriosa de la selva, en la que se había internado en incontables ocasiones, acompañada de un negro de su confianza, a perseguir codornices y pequeños ciervos que por acá abundan. Ahora, Dios quería que ella nos hiciera compañía y, a decir verdad, sentí tranquilidad en el ánimo.

De doña Cristina no tengo otra referencia que la que rumora que, en realidad, no se trata de su nieta, sino de una extraña adopción que nadie ha podido explicar, debido a que su protectora ha impuesto un severo silencio sobre el particular, inviolable, inclusive, para sus más cercanos deudos. Como la niña es apiñonada y de ojos garzos, con los labios carnosos y atractivos, no ha faltado malvado que pretenda ensuciar la reputación de la mujer. La mirada de nuestro capitán ha bastado para sellar esos labios vituperantes y alguien me contó, hace mucho y cuidándose de que nadie lo escuchase, que los perros de la doña han bebido sangre humana. Yo pienso que se trata de una equivocación; hemos tenido algunas revueltas, alzamientos que nos hemos visto precisados a aplacar, y es natural que una mujer que vive sola entre la maleza y el mar se defienda con los medios que se encuentren a su alcance. Efectivamente, al cuartel nos llegaron rumores que hablaban de unos canes de origen inglés, salvajemente bravos, llegados en una nave corsaria capturada en la rada de las Gatas, que habían sido regalados a alguien, nunca se nos dijo a quién, y que había que rezar por no tener que enfrentar su rabia.

Las otras mujeres que, sin tanta porfía, ya habían logrado que se les designase el mejor camarote del barco, entre el pañol de proa y la cubierta, presenciaban todos los movimientos tendientes a disponer la embarcación, con ánimo alborozado. Tratábase de doña Elvira y doña Sol, prole de un acaudalado comerciante culto y erudito que admiraba tanto al Campeador que, no contento con bautizar a sus hijas con tales nombres, había hecho gestiones ante la Corte .para cambiar el suyo por el de Ruy. Hermosas y muy prestigiadas eran las doncellas por sus cualidades y dote. Su casa se veía asediada, noche y día, por innumerable turbamulta de galantes caballeros que pretendían establecer lazos indisolubles, lacrados con la bendición litúrgica. Alguna vez yo mismo estuve entre aquel gentío, disputando por las gracias de una de ellas, dones que perdí *ipso facto* en virtud de que mi atolondrado corazón no acertó a cuál de ellas dirigir sus pasos. Tanto fui de una a otra que, acabando por cansarse ante mi impertinencia, me mandaron a paseo las dos a coro y al unísono. Tan gracioso resultó el triste desenlace de mis amoríos por las hermanas Carrión, que los tres acabamos llorando de risa, estableciendo con tal acto una alegre y sincera amistad que perduró en el tiempo.

La quinta mujer es un embrujo, es un mito, una leyenda. Su belleza es tal, que por ella el pueblo se ha visto ataviado de negro en dos ocasiones; los deudos de los muertos la han maldecido, han asaltado su casa, lapidado su jardín, insultado su dulce nombre e insistido ante los santos tribunales para que la condenen a la hoguera. De todo ha salido ilesa, pero ahora tiene que partir para siempre. Los dos mancebos que se inmolaron, que se asesinaron uno al otro por su amor hace apenas un mes, eran gente principal, de dos familias ilustres, y su oscuro protector, del que no se sabe si viste jarretera con condecoración del rey o hábito cardenalicio, púrpura y de paño fino, ha tomado providencias apresuradas antes de que le estalle el problema entre las manos. En cierta forma lo compadezco, como compadezco a la mayoría de los hombres de España que pueblan estas tierras. Su soledad es terrible; sólo unos cuantos han contado con la gracia de que sus mujeres los acompañen. La mayoría ha tenido que amancebarse con indias tomadas por la fuerza bruta. Claro que después las han amansado, las han metido en sus costumbres y, poco a poco, han logrado establecer una convivencia pasajera, pero siempre dentro de un concubinato y con la conciencia manchada por el pecado de la fornicación. Qué duro ha sido para los sacerdotes convencerlos de la abstinencia y qué poco ha durado esa convicción. No soportan dos semanas cuando ya andan rondando en los linderos de la selva o embozándose en espesos mantos para hacer llegar sus lamentos a la mujer ajena o, caso oprobioso, a la inocente impúber que apenas esboza sus teticas. Por eso admiro tanto a estas hembras que han osado salir de la península, de sus casas y palacios, para venir a compartir las penurias de la tierra y los rigores de los climas tropicales con sus maridos, hermanos y padres. Cuantas veces las he visto enfrentarse a la tormenta en alta mar, confortarnos con sus plegarias ante la adversidad y el embate de las olas, revolcarse entre los efluvios de la fiebre y la pesadilla, cortar su piel para que la ponzoña de las alimañas no invada sus internos humores, efectuar trabajos rudos y pesados, y morirse entre los desesperados brazos de sus seres queridos, preocupándose más por los que se quedan que por su propia existencia. Son tremendas y, sin embargo, la historia las ignorará. Se olvidarán sus nombres, sus acciones. De ellas no quedará más rastro que el de una sombra indefinida, sin contornos que sirvan para identificarlas.

Y así es esta doña Mariana, cuya casa se calla debido a mojigaterías de la gente de la villa; ahora se marcha con nosotros, dejando en el Darién el amargo perfume de su presencia. Yo que la conozco, que la he amado en silencio para no manchar su nombre con mi sucia lengua, sé a cuántos se les agriará la vida con su ausencia, prefiriendo tornar su suerte por la de los muertos que han logrado el descanso.

Ha venido ataviada de negro, con una capa que oculta su precioso cuerpo y enmarca su cara de sultana, de mora ojiverde y labios encarnados, entre finas pieles de martas y armiños del Oriente. Como es natural, me he detenido en ella más de lo conveniente y nuestras miradas se han cruzado y mis venas han temblado, produciéndome un inesperado acaloramiento que eriza el cabello de mi pecho y alborota los deseos contenidos con zozobra. Ha sido un fugaz relámpago, un destello duro como el acero, que me ha obligado a voltear hacia el pañol de la verga medianera, para disimular el rubor que me ha teñido la frente, la barbilla y los mofletes. Si se ha dado cuenta, que Dios no lo permita, pasaré un mal rato de bochorno y unos días de autoconmiseración. Pero en fin, no soy de palo y ella ha de saberlo.

Presiento que durante este viaje trabaremos conocimiento; no puedo decir de qué clase, pero sí puedo sentir que la sangre me avisa con su cauda y su impulso me eleva a los aires. ¡Qué dulce aroma me llega de tierra, en este momento en que el áncora comienza a ser retirada y la nave se estremece con la emoción de la partida!

¡Icen la mesana, plieguen la mayor! Grita el flaco contramaestre, con estridencia lánguida y sonora que afloja la pasividad de los hombres y transmite la energía necesaria para zarpar. El capitán ordena al piloto que afloje los machos del timón y comience a marear para forzar el derrotero.

—¡Las hembras en perfil! —ruge Quino de San Lucar, profundo admirador de Alaminos, a quien imita en sus gestos y decires, conservando la serenidad y dejando que la nao recule hasta poner la proa hacia la entrada de la pequeña bahía y comenzar su mareo.

Empezamos a movernos y, como cada vez, como todas las veces, siento que las lágrimas fluyen a mis ojos, que mis fosas nasales se ensanchan y encabritan, que mi pelo flota, como liviana bufanda, sobre los surcos del aire. Abro los brazos y recibo el viento por la espalda, vientecillo de popa que llega fresco a mi nuca y la masajea con sus dedos transparentes. Volteo y lo beso, lo como y lo mastico para darle aposento en mis entrañas. Soy hijo del mar y el viento, del agua y el horizonte que se unen en el lecho del infinito, allá en donde el sol tiene su cama y Vulcano su terrible fragua. Mozo de líquidos contornos, de flecos azules de aguamarina, con peces por hermanos que se agemelan en mis goces carnales, cuando entre los muslos los veo brincar, nacarados, y trepar a lo profundo de la ría, a donde sólo tribu de varón puede ser hospedada y celebrada. Bancos de coral son mis costillas y burbujas mis palabras, redondas, llenas de flor en la caricia, de fierro fundido en la venganza. Húmeda es mi sombra, que jamás se fija en los tabiques de arcilla sino se filtra y se mezcla con los humos de Neptuno.

Nuestro piloto, diestro y avezado, conocedor de la ruta, lleva el pinzote con firmeza y a la carabela rauda sobre una mar llana, espejo de dorados reflejos contrastados con dobleces sepias que las olas dibujan y doblan con encaje azul. Pronto dejamos atrás la Punta del Almirante Colón, en donde se encienden fogatas en épocas de temporal; la población que se fue achicando hasta caber en la palma de mi mano; la costa lienzo y de seda, con pequeños alfileres empenachados con verdes ramas y la masa de tierra firme, lejana como un sueño, que se fue perdiendo entre el grito de la estela y las ansias que teníamos de penetrar en el globo de aromas salmos.

La travesía debería durar una semana hasta un lugar denominado Punta Gallinas, descubierto por nuestro capitán durante su primer viaje; y otra más para arribar a La Española, en donde terminaría la jornada. Ahí tendría que apersonarme con un hidalgo de apellido Almagro, para que me proveyese de los documentos necesarios que me permitirían viajar en el galeón de guerra de Nuestra Majestad, San Pelayo de Antequera. Mucha ilusión había puesto en esta bondad de don Diego de Nicuesa, quien personalmente había escrito de su puño y letra la misiva que me permitiría servir, como oficial y no como simple soldado, en la escuadra real. Al fin la suerte me había concedido un ascenso y deseaba aprovecharlo.

Venturoso había transcurrido este día 15 de agosto del año de Nuestro Señor Jesucristo de 1511, a pesar de los negros nubarrones que lo habían presentado al calendario. Venturoso, porque el mar se comportaba manso y el viento del noroeste nos empujaba con brío y perseverancia.

Así anduvimos hasta que Helio se puso en el horizonte y Pero García nos obsequió con un regio puchero y unas sardinas escarchadas con olivos y trozos de pan de centeno, raro manjar que hacía tiempo no comía. Se encendieron los faroles y los guardianes de los bordos ocuparon sus vigilias.

Del castillo nos llegaba la alegre charla del capitán, quien agasajaba a las damas, a los oficiales y a los hombres de abolengo con tinto de Valdepeñas y manjares dignos de su rancia estirpe, narrándoles sus muchas y atrevidas aventuras, sin que el calor de su verbo desvariase nunca y sin que soez palabra atravesase el espacio. Tal era nuestro ilustre capitán y señor.

Más tarde, ya cuando nuestros pasajeros se habían recogido en sus respectivos aposentos, vino el sotapiloto, Íñigo de Burgos, y nos entregó un citatorio para que acudiésemos a la cabina de don Pedro de Valdivia a escuchar un pequeño sermón del padre Aguilar y a que diésemos nuestro parecer sobre un rumbo que deseaba discutir nuestro piloto.

Efectué una rápida ronda en el pañol de popa y en el cubículo en donde se hallaban refundidos los esclavos. Encontré todo en orden y a mi satisfacción.

El pinche había sido generoso y la ración suficiente para que aquellas piltrafas siguiesen viviendo, cuando menos mientras estuviesen a mi cuidado. Subí a la cámara de proa y me encontré a todos los oficiales reunidos, a excepción del zagal de Burgos, al que se había encargado el timón. El sacerdote había encendido unos cirios que perfilaban las sombras sobre los hermosos tableros del camarote e iluminaban su pálido rostro, dotándolo de un color miel y de unas formas elegantes. Su cabello rubio, que ahora descubría, caía largo y sedoso sobre sus estrechos hombros encajados en una túnica negra de textil burdo, en la que se había bordado una flama de oro, escarapela monocromática que simbolizaba a su Orden. Su cintura, rodeada de un ancho cinto de piel cobriza alrededor de la cual se enroscaba el escapulario, era firme, dura y ágil como el tronco de un abeto. Sus manos recogieron, de una mesa de caoba, un cáliz de áureos reflejos y lo alzaron hacia el cielo, mientras de sus labios partían las divinas fórmulas de la consagración, de esa milagrosa transformación del pan en la carne del Señor y del vino en su sangre derramada por nuestra salvación. Todos guardábamos el más estricto silencio. Del exterior nos llegaban los sonidos familiares del roce de las jarcias, el golpeteo de las diminutas olas y las voces, reiterativas y monótonas, de los vigías; de mucho más lejos, de lo más recóndito de la noche, una dulce y bestial palabra emanaba de los cafres. Creo que yo era el único que percibía este último ruido, esta postrera despedida de la jornada.

Terminó el padre Jerónimo la ablución sagrada, nos ofreció la Comunión y nos habló larga y pausadamente, con la palabra de Cristo, del amor y de la vida, del respeto al prójimo, conminándonos a la entereza para vencer a la tentación diabólica y al sutil pecado. De un libro de horas que llevaba en el sayal, nos leyó la parábola del hijo pródigo, con tal elocuencia y vehemencia que nos produjo llanto. En esos instantes no hubo hombre que no recordase su casa, a sus padres, a sus amigos y hermanos. Fue una bella contrición que nos unió en la inmensidad del mar y selló en nuestras almas una camaradería profunda. Si al conocerlo había sentido admiración por él, después de escucharle le tenía veneración. Quién me iba a anunciar que nuestros destinos serían uno y que más tarde se desmembrarían irremediablemente, para siempre.

Se despidió nuestro santo acompañante y pasamos al punto a discutir el asunto del piloto.

—Afortunadamente, hoy hemos tenido un buen viento que nos ha permitido seguir derrota junto a la costa —dijo, ceremoniosamente, Quino de San Lucar, sosteniendo entre las manos su capucha de estambre y borla valenciana—. Sin embargo, este airecillo del noroeste puede trocarse, de un momento a otro, en ráfaga franca del norte y estrellarnos en los acantilados, lo que sería terrible pues sufriríamos espantosa muerte, sin contar con la más mínima esperanza de salvación, ya que dicha costa está fuera de nuestro conocimiento y nunca hombre blanco ha pisado su suelo; amén de que no existe carta de navegación que nos informe de sus bahías ni de sus entradas.

De natural histrión, Quino hacía guiños y piruetas con los ojos y la nariz, con los que expresaba el peligro a que podíamos exponernos en caso de varar en aquellos parajes. Sus manos, ahora libres de la gorra, simulaban rocas gigantescas, bancos de arena de desmesurada talla en los que dejaba que la nave encallase y que los hombrecillos-dedo se ahogasen.

El capitán disfrutaba con el esfuerzo mímico del piloto y lo dejaba hacer a su antojo. Su risa, contagiosa, se esparcía por nuestros cuerpos y nos hacía doler las quijadas que se abrían continuamente.

—Por lo expuesto —formuló San Lucar, usando de una frase leguleya que hizo brincar de gusto a Valdivia—, deseo poner a vuestra consideración la posibilidad de variar la ruta y enfilar al norte, hacia la ínsula de Jamaica, que está a dos días de viaje de La Española y que, según nuestro reloj y la aguja imantada, queda en nuestro camino.

El capitán nos miró, auscultando nuestro parecer. Nadie habló de inmediato, sino hasta que el contramaestre, hombre honrado y a quien todos respetaban, trajo a colación la necesidad del aprovisionamiento de víveres. Habíamos contado, desde un principio, con hacer una escala en Punta Gallinas para proveernos de pan de cazabe, pescado fresco y agua. Sobre todo esta última, que nos sería indispensable.

Si virábamos al norte y el buen tiempo se mantenía, tendríamos que racionar el líquido durante los tres días de exceso; pero si nos tocaba una calma chicha o la nave entraba en capa por algunos días, la situación podría tornarse desesperada.

Valdivia hizo llamar a Pero García, quien se presentó medio dormido y de mal talante. Se le obligó a tomar un trago de vinagre y a aspirar un grumo de pimienta y, cuando terminó de estornudar y de volver a su sano juicio, se le interrogó acerca de los menesteres que nos preocupaban.

El mozo dio su parecer, en el sentido de que consideraba que había suficiente líquido a bordo y que, en el último de los casos, podría mezclar un tanto de vino con dos de agua y dotarnos de suficiente sangría.

Todos estuvimos de acuerdo con su parecer, pues era una buena oportunidad para echar un trago al coleto a expensas de nuestro patrón, situación que en muy escasas ocasiones se presentaba.

Retiróse el cocinero y votamos con palillos. Se aprobó, por unanimidad, el cambio de ruta y nuestro capitán dio las instrucciones pertinentes.

Quedóme a mí la nada agradable tarea de comunicárselo a los pasajeros y cada quien se despidió y se fue a dormir. Pasé, no sin trabajos, por una estrecha coxía que los marineros habían dejado libre hasta llegar a mi saco. El firmamento celebraba una gran fiesta y se había engalanado con todas las constelaciones. Pocas veces le había visto tan gallardo y vistoso. Cintilaban las estrellas y me enviaban mensajes en un código indescifrable, pero magnífico; me hacía sentir pequeño, un diminuto grano de arena en el eterno cosmos, en esa epifanía de lo ininteligible, de lo incógnito y sagrado. En esos momentos y ante esa paz exterior, me parecía imposible que un hombre de fe pudiese alejarse de Dios y perderse de su sino; mucho más absurdas se volvieron las profecías de don Elear, que entonces me asaltaron. Rumiando dicha contradicción, me quedé dormido y me sumergí en un pesado sueño.

Serían las seis de la mañana cuando el madorna, con su loro al hombro, me despertó invitándome a contemplar el amanecer, que había salido arrojando pincelazos de rosadas plumas, fogonazos glaucos y jirones de azul pálido. Ya habíamos virado hacia el norte y el sol nos caía por el Oriente, calentando la banda de estribor. Nuestra proa abría, lenta pero constantemente, los pechos del mar y avanzaba hacia su destino. Habíamos cambiado de rumbo a la altura del río Magdalena, dejando atrás los fondos y arrecifes de la costa, y ahora teníamos enfrente la inmensidad del océano, huero de manchas, de vegetación y de cualquier signo de vida. Debo rectificar: por supuesto que había vida y ésta se manifestaba continuamente con la presencia de bancos de dorados peces que saltaban frente a nuestro esbelto mascarón.

Durante este segundo día sobre el agua, vimos pasar a lo lejos unos enormes peces de color pardo que nadaban en cardumen, juntos. Al verlos por primera vez, la gente se arremolinó asustada sobre la borda, preguntando de qué se trataba. El capitán vino a disipar sus temores, explicándoles que eran ballenas, tremendos peces inofensivos que bajaban de las aguas del norte en busca del alimento que los sustentaba. Narróles cómo se les capturaba en los mares de Bretaña y los beneficios que de ellas se obtenían. Los huéspedes quedaron hondamente impresionados con la sabiduría de Valdivia y se dedicaron a observarlos. Como yo estaba un poco desocupado en ese instante, aproveché para trepar por unos cabos hasta una boneta que habíamos izado para recibir más viento, y desde ahí pude admirar los prodigios que hacían en el agua estos delfines gigantescos. Se sumergían por largo rato para retornar a la superficie con una fuerza incontenible y saltar sobre los lomos de sus hermanos, sobre los que caían de costado, haciéndolos cimbrarse. Periódicamente arrojaban a los aires un grueso sifón de agua, que se elevaba y esparcía en un arcoíris multicolor. Debían nadar a una velocidad de seis nudos, pues pronto se alejaron y los perdimos de vista.

Descendí de mi observatorio y me dediqué a visitar a cada uno de nuestros pasajeros, para explicarles el cambio de derrotero. Los había de toda clase de raleas, desde acreditados hidalgos hasta míseros villanos que se habían aventurado en estas tierras, recién descubiertas, en busca de riquezas y prestigio que les aliviasen de sus aflicciones. Pasaba nuestra patria por una etapa difícil, sobre todo para aquellos que no habían heredado una posición segura de sus mayores; para aquellos que debían mendigar una capellanía o una plaza de soldado; migajas que, normalmente, no servían para un decoroso sustento y menos para una vida regalada, como la que se podían dispensar los nobles, los dueños del mayorazgo y los ricos comerciantes. La expulsión de los moros y el éxodo de los judíos comenzaban a hacer mella en la posición de nuestro pueblo, específicamente en aquellos gremios que se ganaban la vida del comercio y que participaban en una empresa incipiente. Empeñados en tantas guerras, los tesoreros de nuestro rey y señor habían comenzado a endeudar al reino, sus riquezas y sus esperanzas, de tal forma que hasta la soldadesca sufría con la carencia de paga. Algunos hombres que habían batallado contra las huestes francas, y que tenían varios meses sin recibir ni un maravedí, habían acuñado la frase de "soldado real, infante que chupa ajos y se viste de percal". Tan mal estábamos y por eso nos habíamos venido a conquistar gloria y preseas.

Para facilitarme la tarea, efectué una selección basándome en la aparente posición de cada individuo; y digo aparente, porque con tanto aventurero dispuesto a sacarle partido a la situación irregular en que nos encontrábamos, era harto encanijado adivinar quién era quién.

Distinguí a tres caballeros ostentosos en sus ropas, delicados en sus maneras y con unas protuberantes panzas, que si no eran de rango elevado, cuando menos dejaban ver que comían glotonamente, y para eso se necesita plata. Me los llevé al propao con el pretexto de mostrarles la nao y les enteré de nuestra decisión. Para mi sorpresa, no hicieron mayor comentario que elogiar los condimentos de maese Pero e insistirme, poniéndome sus regordetes índices en el pecho, en que esperaban que la situación continuara sin cambios.

Eructaba uno de ellos con soberana gracia cuando se nos arrimó un cuarto, flacucho y relamido, a quien recibieron con alarde de contento y a quien me presentaron como don Lope de Arriaga, personero de su excelencia el oidor de Torquemada y a cuyo cargo llevaba a Santo Domingo las actas del Santo Tribunal. Quedé un tanto confuso, pues no había advertido al bicho aquel entre el grupo que había abordado la nave. Más tarde me enteré de que, por temor a las represalias de los familiares del perseguido, se había introducido con la cadena de esclavos, disfrazado de guardián.

Tan pronto como el tío se enteró de nuestro cambio, comenzó a vociferar, a reclamar la presencia del capitán y a insultarme con toda clase de denuestos, no subiéndome de boñiga apestosa.

Gritó tan fuerte el energúmeno aquél y me agredió de tal suerte, que estuve a punto de meterle espada. Afortunadamente apareció Valdivia y con él vino la calma. Enfrentóse al tipludo y le ordenó que dejase de chillar.

—¡Capitán, os exijo respeto! Como miembro del Santísimo Oficio…

—Como espía de vuestro socio Nicuesa diréis, excelencia. Bien sé quién os ha enviado con cartas del oidor dirigidas al gobernador de la ínsula.

—¿De qué me habláis, de qué me acusáis, señor Valdivia?

—Capitán para usted, señor picapleitos. No os acuso de nada. La posición de vil se os ve en la cara. Y os repito que bien enterado estoy de que bajo el disfraz del triste negocio del caballero endeudado, vuestro amo os ha ordenado que me vigiléis para poder tener un motivo de acusación en contra de mi noble señor Núñez de Balboa. Y ahora, yo os interrogo: ¿por qué os ha molestado tanto nuestro cambio de trayecto?, ¿qué es lo que esperabais encontrar en Punta Gallinas?

—Nada, señor, ¿cómo pensáis que yo, que cumplo con un oficio sagrado, pueda estar involucrado en un asunto tan escabroso como el que aquí habéis planteado? Niego, delante de estos caballeros, la acusación que me hacéis y os reto a…

No pudo esa lengua bífida continuar derramando veneno, pues el puño certero de don Pedro partió esos labios y arrojó al suelo el cuerpo del inconsciente basilisco.

Libre del pusilánime, nuestro capitán se disculpó de su rudeza ante los caballeros de la ovoide figura. Me ordenó que lo condujese al sollado y que lo pusiese bajo estricta guardia.

Llamé a los hermanos Osio y Pinzón, gente que era de mi confianza, y les pedí que cargasen con el bulto. Pronto lo tuvimos bien sujeto a un tamborete que estaba ahí abandonado, amarrándolo de pies y brazos. Encargué a Gustios, el hermano menor, que lo vigilase y volví a cubierta.

Deambulé un buen rato por la borda de babor, meditando sobre lo sucedido. Algo sucio me había dejado un mal olor en la nariz, algo que rebasaba una simple contienda por diferencias en el parecer. ¿Qué habría de cierto en las sospechas del capitán y por qué había impedido al alfeñique que siguiese hablando? ¿Qué se ocultaba detrás de aquel marrullero golpe? Siempre tuve a don Diego Nicuesa como hombre probo y de buena ley, incapaz de hacer traición a nadie, y ahora resultaba que Balboa se cuidaba de él.

Retorné al sollado con el pretexto de constatar la vigilancia de Arriaga, y me introduje en aquella cámara húmeda y pestilente. El joven Osio cumplía severamente con su encargo y no permitía ni siquiera que el infeliz se moviese. Le pedí que nos dejara solos, y una vez que así lo hizo, me acerqué obsequioso al desdichado, preguntándole si en algo podía aliviar su molesta situación.

Me pidió agua y le arrimé un cuenco con jerez que llevaba colgado de mi faltriquera. Bebió un sorbo y me lo devolvió agradecido. Dejé que tomase aliento, y para que no advirtiese mi enorme interés solamente mencioné al azar Punta Gallinas…

Sollozó de inmediato y, en un tono desagradable y agudo, me confesó:

—Maldito, bastardo, llegando a puerto me las pagará con creces. Yo sé lo que tratan de ocultar él y su cómplice. Es inútil que pretenda que ignoramos sus malos manejos; la trata de esclavos que están realizando sin pagar el quinto de la Corona. Sabemos, nuestros informadores nos lo han asegurado, que con frecuencia parten naves del Darién a ese escollo maldito, transportando cafres que luego se dan por muertos en las faenas de los pantanos. Que más tarde, y ya borrados de las listas, son vendidos a los encomenderos de La Española y de la Fernandina a la mitad de su valor y que, como la transacción queda fuera de registro, no pagan ni el diezmo de la Santa Iglesia ni la ofrenda real. Como comprenderéis, las ganancias son pingües.

Guardé silencio, un terrible silencio. Sus palabras habían ido desgarrando el interior de mi corazón y habían incubado en mi razón la ponzoña de la rebeldía, de la inconformidad ante el inhumano comercio que se venía haciendo con la carne de aquellos desdichados. La asociación trata de negros, beneficio comercial, derechos regios y canonjía eclesiástica era tan repugnante, tan horrenda que no podía asimilarla y menos aceptarla. ¿Cómo era posible que estos hombres, que se consideraban los más civilizados de la tierra y ejemplo de la cristiandad, disputasen riquezas y poder sobre la vida de unos pobres desgraciados cuyo único pecado era tener un color diferente? Volvió a asaltarme la famosa bula papal que les negaba el carácter humano y mecánicamente inicié el discurso de una justificación… pero me hallé discutiendo conmigo mismo… me hallé repudiando a mi raza y a… sí, a mi religión… Caí arrodillado y pedí perdón a Dios, a ese Dios que permitía que sus sacerdotes lucrasen con el tráfico de vidas hum… No, no me atreví a desconocer la sabiduría del Santo Padre.

Salí del agujero sin prestar atención a las súplicas, a las amenazas, a los pucheros del ingrato centurión, y asqueado con tanta bosta me trepé a lo más alto del trinquete.

Desde ahí me dediqué a observar el mar para calmar la congoja que se había apoderado de mi espíritu. El sol se hallaba en el cénit y un vientecillo del suroeste nos hacía avanzar muy lentamente. Me tenía ya sin cuidado el avisar al resto de los pasajeros de nuestra decisión; que se las averiguasen como pudieran. Pasé una buena hora contemplando las rizadas olas, escuchando los lejanos gritos de la marinería que se afanaba por dar mayor velocidad al barco, hasta que sentí frío y los miembros torpes y trabados.

El viento había arreciado y las velas lo recogían hinchando sus crinolinas, como graciosas madonas dispuestas a iniciar una alegre pavana.

Pronto tendríamos mar cabrilleada por la popa y esto haría que la nao diese ligeros bandazos que animarían a la tripulación, mas no a nuestros pasajeros. Presumí que sería necesario para alguien y me deslicé por el palo embreado hasta la mesa de guarnición que partía de la base del mástil. Desde ahí quise otear el horizonte para presentir el lenguaje de las olas y recibí un puñado de agua que me informó de la profundidad y de la fuerza del mar que estábamos abatiendo. La nave corría ligera sobre siete nudos, velocidad de crucero que nos ayudaría a llegar antes de lo previsto, con ahorro de esfuerzo y, por supuesto, de vianda. Los gritos alegres de mis compañeros confirmaron mi apreciación y me animaron. Grité también y balanceé mis brazos como si nadase. Debí de haberme visto gracioso, pues pronto advertí unas cristalinas risas que se paseaban a mi espalda y extendían sus sombrillas para captar el encanto del momento, el feliz descubrimiento de la expresión de un hálito espontáneo, libre y bello como la explosión de un triquitraque. Torné la cara hacia el incensario que me prodigaba tan dulce don y me enfrenté, no sin rubor, no sin que mis ojos se deslumbrasen, al perfecto óvalo del rostro de doña Mariana, quien me miraba con una ternura aderezada por un violento eco de furia, volcán que ama antes de destruir, que me hizo estremecer. La piel de oro de doña Cristina, que se había quedado unos pasos detrás, le servía de marco, de angelical perspectiva que contribuyó a que acabase por perder el nervio y a que mi mudez fuese totalmente embarazosa. En las comisuras de los labios de la primera dama se habían fijado unos delicados pliegues, pincelados por algún maestro de Florencia, que la dotaban de su digno y a la vez sensual carácter. Su cabello, negro y sedoso, caía suelto sobre el cuello que multiplicaba encajes en redondel de giros perpetuos, adosados a una camisa de florido brocado que remataba en una amplísima falda que vibraba con el viento. Su porte era el de una diosa salida de las profundidades del océano. Una Venus ataviada para una boda, apresada en la liturgia de un rito mágico y profano.

Afortunadamente doña Cristina, más niña que mujer, se acercó con curiosidad y rompió con aquel encanto que me estaba petrificando como a la mujer de Lot.

—Perdonad nuestra curiosidad, señor capataz, ¿pero qué es lo que tratabais de hacer con ese braceo tan singular? ¿Empujabais a la nave o saludabais a algún pez, vuestro buen amigo?

—Tanteaba la humedad del aire para poder hacer una estima —contesté, usando términos de marino, para confundir a las damas.

Pero doña Mariana, que ya había hecho algunas travesías, no se dejó enredar tan fácilmente y me espetó a quemarropa:

—Una estima intuitiva no sólo es inútil, sino peligrosa. Señor capataz, ¿qué no es mejor acudir a los instrumentos de marear para esos menesteres? ¿Qué no es una labor que nuestro piloto, el diestro Quino de San Lúcar, debe realizar?

Encolerizóme y estuve a punto de soltar una maja-dería, una blasfemia de esas que los gitanos de mi ciudad avientan sobre las santas esculturas estofadas, haciéndo-las palidecer; mas me contuvo la inocente sonrisa de niña de doña Margarita Anzures. Sin embargo, mi gesto fue lo suficientemente elocuente como para que Mariana cam-biase su pulla por una gentil zalamería, que me recon-fortó y me recompensó quizá más de lo que ella deseaba:

—¡Ah! —dijo la dama, alzando la diestra—, ya veo que vos lleváis el astrolabio en los ojos y la brújula en la frente y que no necesitáis de tales artefactos para dirigir la ruta; tarea que a vos toca compartir con el piloto, en vuestro carácter de oficial. ¿O me equivoco, señor…?

—Gonzalo Guerrero, natural de Palos, a los pies de vuestras dulces mercedes —me apresuré a contestar antes de que se arrepintiese y me abandonasen por rudo y descor-tés—. No señoría, no os habéis equivocado; tenéis en todo la razón y además debo agregar que en mis piernas, que tantas leguas han bogado, llevo el compás para discernir qué rutas más me convienen y en dónde hallaré seguro puerto —al terminar este ostentoso párrafo, me permití la osadía de gui-ñarle un ojo y sonreír.

Para mi sorpresa la dama se rio y apresuradamente se retiró, llevándose a Cristina de la mano. Me quedé planta-do y de una pieza, mordisqueando una pequeña llama en la boca, fuego que luego tragué y digerí durante una larga noche que se llenó de sorpresas, de manifestaciones irreales que me transportaron a los recintos de los príncipes, de los escogidos por la fortuna para recoger el fruto, singular y único, de los goces predilectos.

Mucho he dudado y titubeado sobre la probidad de rela-tar lo que aquella luna de agosto nos miró hacer; quizás ella fue la gota de agua que vino a derramar el vaso premonitorio que venía viviendo. Dicen que es de mal agüero esa luna de agosto, pero dada mi condición, mi involuntario ostracismo, pienso que no pecaré de desleal, ni mucho menos de falta de caballerosidad, ya que estas palabras no llegarán a mi mundo, tan lejano, tan irreal, y que sí me causarán la dicha de revivir aquel dulce encuentro.

Esa noche, segunda de nuestro desastroso viaje, llevé a cabo mis obligaciones con meticuloso esmero. Recorrí varias veces la nao en toda su eslora, desde el codaste hasta la roda; revisé el pañol de proa y di pienso a las escasas bestias que llevábamos; me cercioré de que la obenquería estuviese completa; cené gustosamente con Pedro García, quien me regaló con doble partida de sangría y un tintajo puro que me hizo hervir la sangre; visité a los cafres y les di media ración de más, sintiéndome San Martín; y luego de haber confesado a Gustios Osio sobre las amenazas y decires de nuestro anfitrión del sollado, me fui a donde nuestro capitán y le hice detallada relación de lo escuchado. El hombretón rio como un condenado y, dando de puñetazos sobre la mesa de cartear, me confesó entre lágrimas y eructos que el desdichado tenía razón, toda la razón, pero que nunca llegaría a exponerla ante ningún tribunal, ya que tenía dispuestos algunos planes para él, que serían de mucho agrado a los escuelos que abundan en esos mares de las Antillas. Por supuesto, todo este alarde de maldad no era más que una broma de Valdivia, quien viéndome palidecer y llevar la mano al pomo de la espada, movimiento instintivo que todos los soldados del Reino tenemos cuando presentimos la traición, me calmó con la orden de soltarlo y restituirlo a los privilegios de su rango tan pronto como amaneciese. En prenda de su buena fe y de que solamente se trataba de un ligero escarmiento sobre el detestable Arriaga, para demostrarle que no le temía y que en el mar él era el señor, mandó llamar al padre Jerónimo y le pidió que me confirmase su dicho.

El sacerdote me confortó con una pequeña explicación que satisfizo, además de mis aprensiones, mi curiosidad sobre la trata de esclavos. Suavizando los detalles me explicó que, si bien era cierto lo dicho por don Lope en lo relativo al tráfico de negros, el diezmo de la Santa Iglesia se encontraba a buen resguardo y era transportado en la *Santa María* para depositarlo en las arcas de la Compañía, en La Española.

Me retiré con la conciencia tranquila. ¡Tranquila! Cuántas veces, cuántos años he lamentado no haber… y se me llegó la hora de irme a dormir y ésta vino envuelta en velos de Oriente, perfumada con el almizcle de las estrellas, coronada de tibios rumores producidos por el roce de unos muslos que se aprestaban a darme la mejor de las sorpresas.

Mi saco, de lona gruesa en el exterior, estaba forrado en su interior con un sabroso edredón de plumas de ganso tierno y resultaba, amén de caliente y abrigador, amplio y extenso; pues la persona que me lo regaló había sido un fraile benedictino entrado en años y en carnes que había estado algunos años en Germania, asistiendo a los preceptores de nuestro muy amado delfín, el joven Carlos, en menesteres de lengua y que, a su regreso a nuestro Reino, había venido a venerar a la Macarena, después de haber hecho la Santísima Vía de Santi Yago. Colocado en el combés, debajo de un fanal de aceite que proporcionaba una iluminación tenue y caprichosa que variaba con el viento, me resguardaba en contra del frío de las horas de la madrugada y me permitía una cierta privacidad, rara para la tripulación pues es privilegio de la alta oficialidad, tanto en mis actos como en mis pensamientos. Llegué a él y me senté sobre uno de sus bordes para despojarme de las botas, y en esta ocupación estaba cuando sentí que en mi espalda se posaba una ingrávida mano.

Mi primer impulso fue saltar y enfrentarme, espada en mano, con el inesperado visitante. Pensé que Arriaga había escapado y venía a cobrar en mí el detrimento de su orgullo; pero en esos instantes un vientecillo se coló por los hierros de la linterna, se avivó la llama y el mechero me entregó una gratísima visión. Sumida hasta el cuello dentro de mi yacija de nómada, la ilustre y siempre codiciada Mariana reía calladamente dentro del pardo jubón que ocultaba su cabeza. En mi pecho se desató un torbellino que aullaba cual lobo en noche de luna llena, el vuelo de cien mil palomas, el susurro de una muchedumbre de crisálidas hilvanando un gobelino de seda cruda. El azoro se despidió de mi boca y fue preguntándole, cuestionándole: ¿Cómo es que estáis aquí, profanando vuestro hermoso cuerpo con la rudeza de los ropajes que me albergan? ¿Cuál ha sido la trasmutación del Cosmos que permite a los ángeles abandonar lo magnífico de los cielos para venir a una pernocta vulgar? Y así hubiese continuado por muchas horas, asombrado como estaba, superando en el éxtasis a mi tocayo Berceo, lengua de nuestra Santa Virgen, si no es que con su índice me ordena silencio y con su siniestra me toma la mano, obligándome a acercarme. Accedí gozoso, arrimándome hasta percibir su aliento. Entonces sus labios se abrieron y me condenaron al mejor de los tormentos:

—He venido a vos en busca de ese compás del que os habéis vanagloriado. Esta noche, Gonzalo, deseo ser la musa que, a modo de mascarón, navegue sobre el cuerpo de tu nave.

El clima era cálido cuando rozó mi torso desnudo y el mar tronó en una elegía con los arpegios del tridente. La brisa besó mis labios, lamió mis dientes, y sus dulces manos repasaron los ángulos de mis muslos, dejando que la espina reposase en el vientre de su rosa. Recorrí aquella generosa tierra cual sediento fedayín, buscando dunas y pozos, oasis y palmas en las que pudiese hundirme para siempre, entregarme en holocausto a la equina forma de sus glúteos. Ella ciñó sus espuelas, yo mi fuerza en un torrente; abrimos puertas de lava, una ilusión en un puente; crecimos con riscos y arietes e hicimos volar al tiempo, al espacio y a la muerte con el estertor furioso de un huracán y el gemido de un demente.

Estaba escrito que nunca más la volvería a tener, que nuestros destinos serían desmadejados por un banquete de buitres. Ahora que la he recordado, mi duro rostro se ha empapado de llanto y mi alma de consternación.

Desperté más tarde que de costumbre, con gran sobresalto pues la nao corría sin detenerse, empujada por un fuerte viento del sur cargado de humedad, que presagiaba una próxima tormenta y que amenazaba con romper la gavia en su extremo de babor.

Trepé al castillo y me encontré con que ya el capitán había dado instrucciones de aflojar los cabos y recoger la vela, con el propósito de disminuir la resistencia. Navegamos todo ese día con el papafigo de proa y al ocaso ya teníamos a las primeras gotas perfumando la cubierta con ese peculiar olor de humo y arena, de madera y brea que confunde los sentidos y hace que el marino, por un momento, se imagine que está en tierra, barriendo con sus plantas los recuerdos de una calleja.

Los hombres habían trabajado con esmero durante toda la jornada, arriando velas, izando lonas; fincando la talla en el timón para dejar la caña lista para recibir al temporal; hacinando bultos, cabos y cordeles junto a los barrotes del propao, a fin de asegurarlos y protegerlos de cualquier bandazo inesperado. Cuando cerró el atardecer, estaban francamente agotados, con los brazos lastimados por el roce de las cuerdas, con los nudillos y las rodillas sangrando y con los ánimos sobresaltados. El cambio de viento, tan abrupto, nos había tomado la delantera y los esfuerzos para dominar la nave habían tenido que redoblarse.

Unos nubarrones negros y espesos, entre los que la mano de un airado pintor arrojaba pincelazos a diestra y siniestra, acompañados de gruñidos de olímpicos dioses, se acercaban amenazantes por el poniente, imponiendo su terror y su cadavérica presencia sobre aquellos hombres de mar, que sabían de su peligro.

El contramaestre, urgido por Valdivia, había trabajado con el cuadrante para determinar el punto de fantasía de la nao y, después de complicados cálculos, nos había dado el punto de longitud hasta nuestro paraje de destino. Habíamos recorrido un tercio de la distancia debido a la exagerada velocidad del último día y nos quedaban aún unas leguas por marear o el equivalente a una semana de viaje, siempre y cuando el viento amainara y lográsemos una boga de cinco nudos constantes. Con la rapidez con que navegábamos, lo más probable era que hiciésemos la ruta en cinco días, pero se hacía cierto el que tuviésemos un serio percance. Así es que decidimos, por aquella noche, arriar todas las velas, inclusive el papafigo, y esperar a que la mañana nos diese su luz y la voz del derrotero.

¡Qué gran diferencia de una luna a otra! Si ayer el caprichoso destino me había donado con el inesperado encuentro de la yegua de plata, hoy, empapado y tiritante como un perro, la soledad y el trabajo me habían exasperado. Mi saco, guarida de nupcias ilustres, se encontraba hecho una sopa sobre la que los marineros y grumetes se habían paseado a sus anchas, sin ningún miramiento. Arrojado en un rincón del combés, el demacrado bulto yacía sobre los jirones de su propia piel. Me llegué a él y al tomarlo sentí cómo me reprochaba no haberla traído, no haberla convencido de que Eros y el llanto de Neptuno pueden comulgar si hay una brasa que los cobije, y esa combustión debería llevarla yo en el pellejo del alma. Y en efecto así era, sólo que no la había visto ni un segundo para hablarle; para, siquiera, fijarla en la retina de mis ojos y poder evocarla durante esos momentos.

Advertidos por nuestro bondadoso señor, los pasajeros se habían quedado en sus respectivos camarotes, donde se les habían servido los alimentos y se les había proporcionado todo lo necesario para sus íntimas necesidades. Los hermanos Osio y Pinzón habían sido los agraciados para cumplir con las agradables tareas; aunque, contrariando mis particulares sentimientos, los había escuchado quejarse de la impertinencia de los huéspedes en repetidas ocasiones. Cuestión que me quedó aclarada cuando, al pasar frente al alojamiento de oficiales, escuché los bravos improperios de la ilustre dama de Anzures y, más tarde, los chillidos bufonescos de don Lope de Arriaga, a quien habían liberado hacia la media tarde.

La tormenta arreció, y no teniendo refugio alguno me metí al pañol de popa, yendo a parar al cubículo de los esclavos. Me tendí sobre un jergón y me dediqué a rumiar los poros de mis asuntos. Duermevela en la montaña y las pantorrillas de una pastora enfundadas en calcetas de pajilla, serranilla que sabía coger con sus manos a los pececillos del arroyo, con una canción prendida del pelo, con una sonrisa en la línea del pecho. Triscaba el tallo de un trébol y se me acercaba con los dientes salivosos y el aroma del azafrán en los dedos; me tocaba una mejilla y me decía cosas de hombre al oído; entonces yo perdía los cueros y comenzaba a sudar en la cara de Mariana, en su vientre iluminado por la luna, por la farola que se balanceaba con las sombras por caderas, con los brillos por azucenas. Me derretía cual pabilo de pascua y el olor de su cuerpo se hacía agrio, dulzón y avinagrado y me hacía despertar y escuchar el murmullo del oscuro grupo que a mi lado hacía sus conjeturas salvajes, descifrando los truenos que rompían sobre la mar, desmadejando los bamboleos del barco, sus chirridos, sufriendo anticipada muerte, asfixia prematura entre maderos, especias y roedores que pululaban y chillaban desesperados ante un mudo presentimiento.

Medio incorporé mi cuerpo y escudriñé entre la oscuridad reinante, hasta que me topé con una decena de pares de blanquísimos ojos que me miraban suplicantes; que me penetraban implorando salvación, libertad para poder salvarse en caso de que la tragedia presentida se realizase. Sentí temor y que un jirón de mi cuerpo se desprendía y salía huyendo, pero me sobrepuse y les hablé con voz pausada, cargada de seguridad. Les dije que no temiesen, que se trataba de un temporal que pronto pasaría, de una borrasquilla de los trópicos, teatral pero sin trasfondo. Les hablé con las palabras más confiadas que encontré en mi magín, con las sílabas redondas y los acentos preñados de confianza y, cosa insólita, me creyeron. El sabor de los humores de sus cuerpos se hizo neutro, desapareció dejando un rastro animal, de cocuyo, de ciervo al que se otorga gracia. Pronto los oí roncar, unirse los unos a los otros en un comercio propio de su raza.

La tormenta se prolongó por tres días, durante los cuales corrimos malos vientos que, sin llegar a lo terrible del monzón, sí nos causaron muchos estragos, entre los que descolló la pérdida de un viejo marino de nombre Arnulfillo, que seguramente cayó por la borda durante el segundo día de bandazos; situación de la que no hicimos conciencia hasta que, ya amainada la furia del vendaval, el capitán llevó a cabo una estricta revista.

Maldición de los dioses fue la gripe que azotó al ave del madorna Gonzaga. Las lamentaciones, maldiciones y tragos subrepticios de que hizo gala, aunados al pertinaz moqueo del pájaro, su triste aleteo y la repetición del continuado estribillo, gangoso y estridente, de "to se ha cagao", nos salmodiaron durante las jornadas tristes; hasta que, cansado de las impertinencias del loro y de la rapacidad de Gonzaga, Pero García lo eliminó agregándolo, como apetitoso condimento, a la flaca dieta de los cafres.

Hubo temblores de fuego y sangre en el cielo y los, desde entonces, implacables enemigos se tiraron puñadas, sartenazos y palos, anulados por la imperiosa presencia de mi fuete, con el que repartí azotes hasta que descargué la furia de toda la tripulación. Valdivia me felicitó por mi habilidad para persuadirlos de que la paz, aun con un poquitín de sangre, es lo mejor para la convivencia.

Si esos fueron males que nos violentaron y ciertamente nos entristecieron, otros vinieron a causarnos verdadera consternación, pues en ellos entraron en juego nuestras vidas. Primeramente, ni el contramaestre ni el timonel, nuestro ceremonioso San Lucar, tenían la más mínima idea de dónde nos encontrábamos. Empujados por el viento del sur al principio, habíamos navegado rumbo al norte, saliéndonos unos grados, de derrota; pero cuando éste viró de borda y se nos metió por el suroeste, aparentemente recobramos la ruta. Lo negativo había sido que durante la segunda jornada enfrentamos vientos encontrados que habían roto la vela del mástil mayor y hecho saltar la nave de costado, lo que quizás produjo la caída del infeliz hombrecillo, y que nos sacaron de cauce y trastornaron todas las acotaciones de la carta de navegación.

Otra desgracia, de no menor importancia, fue la pérdida del batel de estribor, con lo que las posibilidades de salvación, en caso de una tragedia, quedaron reducidas a un pequeño número de hombres, no más de una veintena. Y la última, verdadera calamidad para la marinería, fue la inundación de los compartimentos en donde iban colocados los granos y las bestias, ligeramente sobre los tablones de la amura, lugar harto difícil de desaguar, ya que las bombas apenas entraban.

Espantada la tempestad, nos quedamos con una ligera llovizna que se fue disipando lentamente, permitiendo al sol iluminarnos con sus dones ocres, violetas y anaranjados, dejando que el cielo se abriese y nos llenase de alegría.

Ni tardo ni perezoso, el padre Aguilar nos reunió bajo la toldilla del alcázar, donde celebró una misa de acción de gracias y por el descanso del alma del perdido, que nos conmovió hasta las entrañas. Los suspiros ahogados de las damas se mezclaron con las toses encubridoras de los navegantes en una cúpula de devoción impresionante. La fe inquebrantable de este hombre, la destreza de su verbo y la emoción con que manifestaba su agradecimiento a Dios y a su piadosa Madre por habernos salvado en esa ocasión lograron arrancar lágrimas de ojos mucho ha marchitos por el escepticismo, sujetos sólo a los alfilerazos de la superstición.

Lo único agradable para mí, de entre todo aquel desbarajuste, fue encontrar entre las almas devotas a la hermosa

Mariana postrada de hinojos, con el rostro cubierto por un chal de filigranas que ocultaba parcialmente sus delicadas facciones pero que, al inclinarse para besar el suelo de la nave, dejaba al descubierto sus redondos hombros, finos soportes que habían sido asidero de mis manos y depositarios de mis besos. Al terminar el acto luctuoso y las oraciones convenientes, la dama se levantó para volver a sus aposentos en compañía de las demás hidalgas y, poniéndose en movimiento, vino a pasar por mi vera. Mi cuerpo se estremeció perceptiblemente, transmitiéndole una onda de felicidad y de deseo que la impactó. Un polvillo de carmín tiñó sus mejillas cuando, deteniendo un segundo su marcha, posó las gemas de su vista sobre mi balbuceante figura. Todo decían esos ojos, todo lo que el sentimiento puede expresar en un segundo de amor, y eran ríos, vientos huracanados salpicados con iridisaciones de violentos amarillos que, penetrando en el azul, revientan sobre el firmamento y generan torbellinos de magenta, de ocres agresivos y devuelven en las partituras las corcheas del allegro, del cantábile, de todos los tempos de la música sacra, de los zapatos de las gitanas, del arrullo de la guitarra que rasguea entre la bruma de la noche y tira saetas al azor, al plumaje del águila caudal ferrera, la de las premoniciones, la voz del destino de los Infantes de Salas; y su ración de melancolía recostada a la sombra de unas pestañas morenas, hijas de la Macarena, hijas de los lunares famosos de mi tierra de naranjos y flor de azahar. Quedé estupefacto cuando se fue de largo, cuando continuó balanceando sus caderas e impulsando sus piernas para perderse entre el maderamen de la nave sin decir una palabra, un gemido, un buenos días dé el Señor. Fríos, mis huesos se consumieron en la hiel del desconsuelo. Pronto se calentarían con las faenas de a bordo, que fueron sobrecogedoras.

Alijar la nao, que navegaba de costado, inclinada hacia babor, iba a ser tarea de forzudos. Penetrada la mar en su entraña, el agua nos había anegado varios compartimentos, empapando cereales y ahogando a los brutos, que afortunadamente no eran muchos, ni de muy fina estampa.

Ayudados de unas garruchas y unos anixos, tres marineros musculosos se aprestaron a ensartar a las mulas muertas para treparlas a la cubierta; tarea harto desagradable debido a que, con el calor tropical, las carnes se habían descompuesto y aflojado de las osamentas, y se desprendían al jalarlas. Subieron los primeros despojos y el hedor nos invadió la nariz y se adhirió como ungüento en nuestras fosas. Todos los circundantes nos sentimos asqueados y nadie se atrevió siquiera a empujarlas a la borda, tal era su pestilencia. Hicimos subir a unos negros y les instruimos acerca del esfuerzo que de ellos se esperaba. Pobrecillos, tantos días sumergidos en el fango y en la oscuridad de su mazmorra los tenían debilitados y tambaleantes. Tuvimos que aguardar a que sus ojos se acostumbrasen a la luz solar y a que reuniesen un poquitín de brío, y entonces los obligué, cómo me arrepiento de ello, a que tomasen en sus manos la sarna y la arrojasen al agua. Toda la mañana y parte del atardecer volaron tuétanos y gelatinas por los aires, hasta que el sextil del sol y la estrella de la noche fueron destemplados con el chapoteo producido por el espinazo del borrico pardo al estrellarse en la capa del océano.

Llegó el turno a los granos, a las habichuelas y al garbanzo. Salían los sacos, pesados como el azogue, y caían como sapos sobre la cubierta, soltando chorros por entre sus costuras, abriéndose unos en generosa colación, otros en grosero despilfarro; cada uno que emergía era saludado con el gemido y el llanto de nuestros ilustres y obesos parroquianos, quienes después de consolar a don Lope de Arriaga por la pérdida de su mula procesional se habían arrimado a cuidar por el fruto de su hacienda. No mucho podían hacer, tres días de grifos y alisios eran más que suficientes para despojar a las gramíneas de su corteza protectora y pudrirlas con el auxilio de los informes cuerpecillos de las ratas atrapadas en las sucias arpilleras. ¡Qué gran duelo profesaron, qué pingües lamentaciones! Podría decirse que eran los atridas plañendo por la ausencia de Elena, o el rubio Rodrigo mesándose las barbas y lamentando la expulsión de sus mesnadas del reino que no supo haber.

Llegóse Valdivia a confortarlos y recibió la más gélida acogida. Miraditas altaneras suspendidas en columpio de soberbia. Mentones sumidos por la bellaquería del orgullo girando con displicencia y asco; y lo más desagradable, los pucheros de zagal malcriado, por no decir mal parido.

—Recua de asnos conventuales —vociferó don Pedro, arrojándoles el vaho de su desprecio. Luego se vino a mí, para interrogarme sobre el progreso de las operaciones.

—Debéis daros prisa, Gonzalo, si queréis enderezar la nave antes del anochecer —me dijo en el tono que emplearía un hermano mayor, prudente y sabio.

—Hacemos lo que se puede, señor. Los animales nos dieron mucho trabajo y los costales, no se diga. Creo que hay que arrojar todo al mar para enderezar el casco —dije en alta voz, mirando a los gordos señoritos—, sobre todo, los baúles de los señores pasajeros pesan mucho y no es cosa de andarse con miramientos.

La carcajada con que el capitán saludó mi osadía y la estampida de los glotones fue simultánea.

—Muy bien muchacho, los has pillado ahí en donde les duele más que sus propias madres —rugió el buen hombre, al tiempo que se sonaba con las mangazas y recogía las lágrimas de júbilo con el dorso de sus gruesas manos—. Ya les correré las cuentas cuando tomemos puerto, sobre todo al pusilánime ese de Arriaga. Ahora escúchame bien; esta bonanza no me gusta, se siente como un bache en medio de la tormenta y tengo vagos presentimientos. Prepara el batel de babor, sin olvidar algunas vituallas, y guárdate de abrir la boca, si en algo aprecias tu vida —acercó sus labios a mi oído, punzándome el pecho con el índice—. Y apresúrate a desaguar; no quiero que me tome desprevenido eso que el mar me está avisando.

Se fue, dejándome aturdido y espantado con la salsa de tuteo y voceo que tanta incertidumbre me prodigaba.

Bombeamos toda la noche, velando porque el líquido fuese subiendo al ritmo del pulso de nuestros brazos. Dos días trabajamos para poder secar aquellas cavidades; horas desventuradas en las que los miembros se agarrotaban y desentumían para comenzar una y otra vez, con un monótono siseo y el roce de las poleas y el peso de los baldes que arrojábamos en multitud de secuencias; nos veíamos doblar el dorso, elevarlo y alzar los brazos al cielo en eterna adoración, en fragmentado ciclo ritual.

La mañana nos tomaba baldeando y la noche nos recogía en el piso de la proa como capullos marchitos; nos abríamos de nuevo con la luz de la alborada y los gritos del madorna que, a las ocho en punto, era relevado de su cargo y enviado a donde Pero García para recibir su colación y la purga que ese ingrato le venía preparando desde que el altercado del loro les había hecho jurados odiadores.

Quedó seco el bodegón y, para nuestra fortuna, la nave enderezó el palmajar, que es la columna vertebral de estas carabelas ligeras; con ello hubo jarana, cánticos y capuchas arrojadas por los aires. Valdivia nos obsequió con unas botellas de amontillado de su rancho particular y permitió que los cafres se asoleasen unas horas. Quedeme de vigilante en compañía de don Cosme de Alvarado, observando cómo los africanos frotaban con agua, saliva y pez las llagas que les cubrían los tobillos y las muñecas, ahí donde los grilletes habían escoriado la piel y dejado los huesos pelones o, en el mejor de los casos, se había formado un callo que repelía el dolor.

Don Cosme, que me miró absorto en la contemplación y que seguramente dedujo mis pensamientos, dadas las muecas de mis arrugas, me dio un ligero codazo y me habló con su habitual socarronería:

—No los compadezcáis Gonzalo, son más duros de lo que parecen —metió mano a su nariz, hurgó un segundo, prendió algo y...—: Allá en la Villa estaban bien, se les alimentaba y se les permitía dormir sobre haces de paja. Normalmente, el látigo estaba vacacionando. Pero se levantaron, todos estos que vos veis, y se largaron al monte buscando la libertad. Ah, cuando los cogimos de nuevo gruñían como cerdos, temblaban de pavor al ver el sable sobre sus estúpidas carotas. Ahora irán a pagar su felonía; allá en La Española no duran ni dos años y eso si están fuertes; éstos, yo creo, no pasarán de la novena. Rio de su broma, mas rio sólo y esto le causó gran asombro. Viome con cólera y pensé que iba a reñirme. Se levantó de un salto y se retiró murmurando, más para sí que para mí: "Se ha vuelto loco ese Guerrero, la travesía le está endilgando ideas de infiel."

El cielo estaba azul y quieto, la calma se había asentado y sólo soplaba un vientecillo del oeste que coincidía con nuestra derrota. Sobre el mástil de mesana habían colocado una cangreja de dos lienzos, con la intención de aprovechar toda la fuerza del aire. La callada palpitaba en el éter y la mar se esparcía sobre una cama dorada, dejando que las ideas dieran vueltas y más vueltas dentro de mi abotagada cabeza. La miseria que sufrían esos desdichados me rebelaba, me causaba un sinsabor y una rabia difícil de explicar. Los miraba sentados como animales, rascándose unos a otros, buscando las liendres entre las sortijas de ébano y luego reventándolas con los incisivos, y la náusea subía por mi estómago, y entonces me trastornaba el desprecio que por ellos sufría.

Me arrullaba con estas consideraciones cuando vino a sacudirnos el agudo grito de una dama. Era doña Elvira, que desde el banco del timón estiraba su blanco brazo y señalaba al mar. Corrí hasta la borda, me asomé sobre el apestoso beque y vi unas aletas, grises y erectas, que nos seguían por afuera de la estela. "¡Escualos de mala madre!", le gritaba Quino a don Álvaro, quien desde el combés agitaba sus brazos en forma interrogante. Pronto toda la tripulación estuvo enterada del suceso y un burbujeo piel de gallina nos invadió a todos. Tanto habíamos oído hablar de los estragos y carnicería de esos enormes peces, que les temíamos sobre todos los males.

Ordenó el capitán que tuviésemos dispuestos unos arpones y que cargásemos los arcabuces con pólvora y perdigón de plomo. Feliz me puse al pulsar el arma que durante tantos años fue mi hermana, mi sustento y mi pasión. En un santiamén la tuve lista y, a falta de cofa desde donde disparar, me situé sobre la mesa de guarnición. Cómo anhelé en ese momento que Mariana saliera de su camarote y me viera en mi pose más gallarda. Todo quedó en mi deseo, pues las instrucciones de don Pedro eran de reclusión absoluta para los pasajeros.

Sin que los advirtiésemos, los animales se habían acercado cuando arrojamos la carroña por la borda, dándose un festín fenomenal con ella. Después, cuando terminaron con todo, inclusive las tibias y los peronés, nos fueron siguiendo con la esperanza de una nueva dotación, misma que no les llegó en los dos días sucesivos, dejándolos con la insatisfacción del avaro que nunca ve lleno su morral.

Excitados con la sangre de las bestias y, por qué no, con el manjar de Arnulfillo, los tiburones perdieron escrúpulos y se fueron arrimando a la nao en desafiante actitud. Fue cuando el chillido de la ilustre dama cideana vino a trastornar la paz y a ponernos sobre alerta. Sabíamos, por relaciones de navegantes que habían cursado aguas del Cabo de Buena Esperanza y por supervivientes de naufragios de naves lusitanas, que estos peces llegaban a medir hasta un par de toesas, o sean cuatro varas aproximadamente, y que su peso superaba con creces al de una vaca adulta y parida; que su voracidad era tal que, no conformes con tragarse a cuanto ser viviente les quedaba al alcance, arremetían contra los maderos, las velas, la enjarciadura y todo aquello que les fuese extraño. Horripilante fue la experiencia de don Gastón de Lisboa, quien habiendo herido a uno de estos monstruos en el bajo vientre con una garrucha, le vio devorar sus propias entrañas con una saña y una maldad extraordinarias. Dijo don Gastón, en su Relación al Rey don Pedro, que cuando ya desmayaba ante la acometida de los escualos y se preparaba a entregar su alma al Señor, encomendándose a su misericordia, se dio cuenta de que los carniceros se alejaban de la balsa sobre la que flotaba y se arrojaban con furia enloquecida sobre un tremendo batel en el que se había salvado parte de la tripulación de la nao *Santa Martha de Antequera*, y daban con él en la mar abriéndole las costuras. Que ni las cuchilladas ni los arponazos que los hombres les dieran habían servido para nada, sino para redoblar su rabia y su ferocidad. El portugués se salvó, pero a costa de haber dejado en el agua su pierna derecha.

No tardé mucho en ver que Valdivia, con la tez blanca como papel, los vigilaba desde el castillo y daba órdenes a don Cosme, a los hermanos Osio y al arcabucero Giménez de que se situasen lo más próximos a la proa y se aprestasen a combatirlos. Volteó hacia donde me encontraba y me hizo una seña clara, común entre los artilleros, levantando el pulgar. Entendí la instrucción de aguardar y así lo hice.

Los peces estaban entregados a un juego envolvente. Rodeaban la nave en movimientos elípticos, acercándose más en cada vuelta. Pronto uno de ellos rozó la borda de estribor y nos dejó la sensación extraña del golpe de un madero, fofo y suave. En ese instante comprendimos que nuestros temores eran infundados y que la *Santa María* los resistiría sin empacho.

Nos llenamos de tanta confianza que pronto estuvimos burlándonos de sus ineficaces arremetidas, lanzándoles trozos de madera y alquitrán que devoraban en el aire. Giménez disparó sobre uno de ellos y el bicho se revolcó en busca de su propia carne; en un santiamén los demás le habían arrancado gruesas lonjas y carcomido la mitad del cuerpo. Las insolencias de Gonzaga se escuchaban desde el trinquete, donde se había encaramado en busca de protección. Su semblante amarillento empezaba a demostrar los efectos de las pócimas que le sirviese García, pero su lengua continuaba siendo mordaz y penetrante. Don Cosme y Valdivia se abrazaron con efusión y se fueron a celebrar la victoria. Quino de San Lucar se enfrascó en sus cartas y documentos para encontrar la orientación perdida. Los hermanos Osio y Pinzón se escabulleron sigilosamente y se fueron a preparar el batel de babor, de acuerdo con mis instrucciones. Yo abrí las piernas, estiré los brazos y lancé un bostezo despreciativo a las alimañas.

Pasado el peligro, los pasajeros salieron de sus camarotes y se entretuvieron comentando la fiereza de esos peces. Alguno tuvo la osadía de asomarse a contemplarlos y luego vino a relatar a los demás su aventura. Las mujeres hicieron un paseíllo, luciendo sus finas ropas, sus hermosos cuerpos, su gracia y salero. Qué maja se veía Mariana con ese vestido rosa y el mantón negro, de Manila, sobre la espalda. Qué linda doña Sol con los brazos desnudos hasta el codo, permitiendo a la brisa mover los rubios vellitos del antebrazo, como mieses en verano. Qué amenazadora doña Margarita de Anzures, mirándome con ojos de codicia mientras cuchicheaba con Mariana y me sonreía con su boca de mujer madura, avezada en lides de almohada.

No sé por qué, pero tuve una corazonada, y al atardecer de aquel día, por demás tranquilo, cambié de lugar mi saco y me lo llevé hasta unas cuerdas que dormían cerca del único batel que nos quedaba. Al día siguiente, Gonzaga me confió haber visto a doña Margarita paseándose malhumorada en el espacio del combés.

Hace nueve días que salimos del Darién, ocho que cambiamos la ruta y tomamos la vía de Jamaica. Según nuestros cálculos debemos haber recorrido apenas la mitad de la jornada y, sin embargo, me ha parecido escuchar el piar de un ave. Mi corazón sufrió un vuelco y mi estómago un ligero vahído cuando el apenas perceptible sonido llegó desde la bruma de la lejanía y se incrustó en mi cerebro como una puñalada. Fue tan increíble, como si de pronto se pusiese a tañer el cascabel una mora, una gitanilla, en medio de la inmensidad de la mar: Creí que me estaba volviendo loco, pero la extraña actitud de Íñigo de Burgos, quien escuchó el mismo gracejo, me hizo sentar los pies en la realidad y aceptar lo insospechado.

Nos miramos extrañados, cual si uno hubiese sorprendido al otro robándose las hostias del sagrado o el vinillo de consagrar e, instintivamente, nos reunimos. Con recelo, como si temiese que lo tomase por un lunático, el hombre me dijo:

—¿Lo habéis escuchado, señor Guerrero?

—¿Vos también, maese? Entonces no es un sueño ni una ilusión. Tengo miedo don Íñigo —confesé, retrocediendo un paso y clavando en él mi mirada.

—Calmemos los ánimos, Gonzalo, es posible que se trate del chirrido de un cabo al pasar por la broera o del serrucho de un calafate que ande trabajando sobre el cabrestante.

Me puso el brazo sobre los hombros y, confidencialmente, me llevó hasta un lugar desde donde nadie pudiese escuchar las razones de que hablábamos.

—Valdivia también os ha dicho sus temores, por lo que veo. Pero mirad bien, la calma es propia antes y después de la tempestad; es algo natural. Os lo digo yo que tanto he navegado y que en tantos peligros me he encontrado. No temáis Gonzalo, será que estamos cansados —insistió el honrado sotapiloto con vehemencia.

—Tanto vos como yo sabemos, señor de Burgos, que el piar de un alcatraz en las latitudes en que navegamos significa muerte. Si el sonido que oímos es lo que yo temo…

No me dejó terminar, se retiró dejándome con el final en la boca y se perdió por el vano de una escotilla. Poco después llegó Gustios Osio y me comunicó que los esclavos estaban inquietos, que se hallaban levantados y zarandeando las cadenas que los tenían cautivos a los tablones del barco; que era urgente mi presencia en el pañol. Fuime a la carrera y cuando llegué me encontré con que ya se habían adelantado el padre Jerónimo y el mismo Íñigo de Burgos.

—Os esperábamos hace unos minutos, Gonzalo. Disculpadme el haberos dejado con el refrán en el paladar, pero quise adelantarme a lo que vos predestinabais. Ahora confirmo que en algo debéis tener razón; estas bestias no se comportan así más que cuando el peligro es realmente serio —me soltó el segundo, sin dar tiempo siquiera a que mis ojos se desprendiesen del resplandor que habían acarreado de cubierta.

—¡Lo veis, cuán claro es! —respondí temblando—. Ellos también han participado de la revelación. ¡Que Dios nos ampare!

—Así lo hará, hijo mío —me confortó el padre Aguilar, colocándome sus bellas manos sobre los hombros y mirándome con la dulzura propia de un santo—. Yo os lo digo, Gonzalo Guerrero, que vos viviréis muchos años aún.

—¿Pero, y vosotros? ¿Qué será de vosotros? —dije casi llorando.

—No os preocupéis, el Señor sabrá proveer lo conveniente para nuestras almas. Rezad, hijo, rezad y con eso haréis bastante.

—Y vos padre, ¿cómo es que habéis bajado a este infierno de calor y peste?

—Quizá por casualidad, Gonzalo; quizá porque tuve el presentimiento de que algo grave sucedía abajo; no lo sé. Debo haceros saber que yo no he escuchado nada en el aire; ni al ave que me mencionó el maese Íñigo, ni al temblor que ha hecho sacudir a esta gentuza.

Me quedé de una pieza, asombrado ante su sensibilidad para advertir el dolor ajeno, las cuitas de sus prójimos, aun a través del tiempo y del espacio. Supe desde ese momento que ese hombre siempre se preocuparía de mi alma y que suplicaría por mí en sus plegarias.

Al fin me dejaron solo, con la tarea de meter en razón a los cafres, que insistían con su loco golpeteo. Intenté con la persuasión y con la palabra, pero fue en vano, ya que esta vez sabían que era serio lo que sucedía. No tuve más remedio que usar de la violencia y el látigo, y en ello estuve hasta que agoté mis fuerzas y me retiré cansado, sin haber logrado mayor cosa. Subí al castillo de proa y, viendo que Valdivia se hallaba sereno y en animada charla con su sobrino, deduje que nada sabían y que lo mejor era dejarlos en paz y que las cosas sucediesen como estaba escrito.

Fuime al batel y me cercioré de que había sido aparejado de acuerdo con las instrucciones. La tarde me acogió con su ropaje celeste y una puesta de sol entero que anunciaba luna llena.

Era una tarde fresca y agradable, saturada de paz y de cromos indelebles que tardaban en derretirse sobre el firmamento una eternidad. Que insistían en regalarnos con un marco de inmaculada belleza, de soberbia magnificencia y que, sin embargo, me hacían sobrecogerme de temor, de una angustia indefinible que, de haber sido uno de aquellos cautivos, hubiese podido manifestar por medio del ruido, de movimientos espasmódicos de protesta que a nadie hubiesen asombrado. Pero tratándose de mí, eso era poco menos que imposible. Un granadero de Su Majestad y un futuro capataz del galeón que me esperaba no podía permitirse esos lujos; debía callar y aparentar sangre fría cuando fuese otro el que me trajese la noticia.

Y eso fue lo que hice cuando unas horas después, aun antes de que la campanilla del grumete nos llamase a colación, fui llamado urgentemente a la cabina de nuestro capitán. Sin pedir explicaciones seguí dócilmente a Fernán Osio y Pinzón y me dejé guiar hasta donde un nutrido grupo discutía los descabellados descubrimientos de Quino de San Lucar.

—Habéis llegado en buena hora, Gonzalo, pues es necesaria vuestra opinión para dirimir este argumento que ya raya en disputa —me dijo Valdivia, recién puse mis pies en el umbral de su camarote.

—¿Qué es lo que sucede, señor; para qué puede ser de utilidad mi humilde experiencia? —respondí sintiéndome topo, roedor ciego y astuto que hace tiempo ha devorado la avena por la que se le inquiere.

Don Pedro sonrió ante mi simulada candidez y dándome una puñada en el hombro se dirigió a San Lucar y le pidió que me informase de su última estima.

—Señor capataz, os voy a referir lo que ya he dicho unas doce veces y espero de vos un comportamiento más digno que el del joven apóstol Tomás y que creáis en lo que os voy a relatar…

—Dejad en paz a los santos, señor piloto; no blasfeméis en momentos en los que vuestra alma está a unas cuartas del infierno —se oyó atronadora la voz del ilustre subdiácono, quien reforzó lo dicho golpeando el puño sobre un barril de olivas que llevaba el capitán.

Cohibido, San Lucar fue directamente al grano y me expuso cómo habiéndose peleado con el compás y con la brújula, que parecían hacerle burla, se había encontrado con la novedad de que, a pesar de la calma muerta por la que habíamos atravesado, la corriente del mar Caribe, que así se llama ese océano por unos indios así mentados que habitan sus litorales, nos había arrastrado durante la tormenta a una velocidad insospechada, acercándonos peligrosamente a la ínsula de Jamaica, sin que nos diésemos cuenta y sin que se anunciase su proximidad...

—No puede ser, estáis desvariando, piloto de mala muerte... —se escuchó la palabra mesurada y siempre sobria de nuestro contramaestre, quien se oponía a acreditar lo dicho por su par y compinche de muchos años.

—... que te lo juro por los hijos que dejé en el puerto de Algeciras, compadre Cristóbal... —replicó don Quino engranado de rabia.

—Le es fácil jurar por esos hijos, puesto que son los bastardos... —echó a rodar el albur el incrédulo pariente.

—¡Que te ciño los hocicos con la brea del calafate...! —gruñó el timonel, al tiempo que le alargaba un tortazo guango, que pasó rozando un pelo la camisa del interpelado.

Todo esto habíase sucedido en unos segundos, sin que nos diesen tiempo de calmarles los ánimos y sin que Valdivia hiciese nada por imponer su autoridad. Hombre de bruscas maneras, le halagaban sobremanera las disputas y los dientes flojos. Sin embargo dadas las circunstancias, les mandó aplacarse y guardar la compostura. Luego, encarándome, me instó a que diese mi parecer.

Vi que tanto don Íñigo de Burgos como el padre Jerónimo me miraban fijamente y no tuve más remedio que desembuchar nuestra experiencia del mediodía; aunque me reservé el derecho a una posterior averiguación, insistiendo en que nadie había visto al ave o algo que se le pareciese.

Don Íñigo suspiró largamente, deshaciéndose de su porción de responsabilidad. El color volvió a su rostro y el humor a sus entrañas. Nunca pude saber por qué no les había dicho lo que pasamos juntos, ni por qué se había guardado el asunto entre lengua y paladar.

La actitud del sacerdote, aunque extraña, la justifiqué por su estado de prelado, a quien un marino no hubiese escuchado por más que caminase sobre el lecho de las aguas. Ya os he dicho de las supersticiones que siempre nos acometen y de la falta de fe que eso trae por consecuencia.

—¡Ahora veis que es cierto lo que mis mapas predicen! —gritó jubiloso el piloto, cortando de cuajo el hilo de mis pensamientos...

—¡Ya me creéis, grandísimo hideputa de mi compadre Cristóbal! ¿Y vos, señor capitán?

Valdivia se tomó las puntas de las barbas y las estiró hasta que su faz se puso blanca y los ojos brillaron afiebrados dentro del velo azul que sus venillas tramaron. Sus puños se crisparon y una retahíla de obscenidades cruzaron por sus labios y fueron a estrellarse en nuestros rostros, como cachetadas de infanta agraviada.

Un segundo más tarde su cuerpo se agigantó para dictarnos cientos de instrucciones, de órdenes perentorias que deberíamos cumplir al pie de la letra si no deseábamos ser arrojados a los escualos y si queríamos salir con vida de aquel atolladero. Paralelamente a sus vocablos, el viento comenzó a arreciar y la nao a cobrar velocidad, como si su ira convocase a las Erinias y éstas bailasen al son de sus acentos.

La luna estaba redonda y enorme, clavada en un tapiz negro al que se acercaban nubes de batalla, brumas de muerte.

Pronto se corrió la noticia entre los hombres y éstos se dispusieron a afrontar el peligro inminente. Las amarras se vieron asediadas por las expertas manos de nuestros marineros, que las pulsaron, arreglaron y colocaron en sus debidas posiciones. El piloto dio un giro de treinta grados en dirección noroeste y el contramaestre se encargó de disponer la distribución de las velas. Sobre el mástil de popa se izó una gavia de tres lienzos en cuchilla; en el mayor y sujeta a la entena, una gobernanta para temporal untada con brea y aceite de linaza para poder meter dentro de madre al viento; y agarrado del palo de proa un papafigo de trinchera, guindado conjuntamente con una cangreja que le servía de retén.

Los grumetes, después de haber colocado las ropas más indispensables dentro de la tilla del batel, habiéndolo dejado totalmente aparejado y con suficientes vituallas para navegar cuatro días, se fueron a auxiliar al guardián Giménez en la construcción de una improvisada jangada. Don Álvaro, que en cierta medida era el responsable de la pérdida del batel que le había tocado en suerte custodiar, se hacía cruces en la frente y andaba de un lado a otro con la preocupación de terminarla. Valdivia le había amenazado, en un arranque de cólera, con dejarlo morir ahogado si el barco naufragaba, aun a pesar de ser su propio sobrino; y él sabía bien que su tío era un lobo en toda la acepción de la palabra, y que antes se llevaría el quinto real que la carne de su hermana.

A las damas y a los pasajeros de ilustre linaje se les envió a ocupar un rincón en la toldilla de la cámara alta, situada entre el timón y el mástil postrero, y se les indicó que guardasen compostura y serenidad. Los acompañaba el padre Aguilar con sus oraciones y su libro de horas, del que les leía algunos pasajes ejemplares.

Mi principal preocupación desde que supe que la nao estaba en peligro de zozobrar fueron los desgraciados esclavos, en quienes nadie había reparado entre tanto trajín y a los que el mar se tragaría como monedas de bronce tan pronto como se rompiese el codaste. Fuime hacia ellos y me encontré con que se les habían engrillado pies y muñecas a unas argollas de hierro, impidiéndoseles cualquier movimiento.

La fuerza del agua que, abriéndose desde la amura, venía a rozar los maderos de esta zona del buque, me indicó que el viento había arreciado y que Quino de San Lucar estaba virando unos grados con derrota al sur para navegar de ló y encontrar al viento para disminuir la velocidad, que estaba pasando a una celeridad peligrosa.

Me di cuenta de que la situación se tornaría desesperada en un corto tiempo y que era imperativo soltar a los cafres. Grité a Pero García, que por ahí andaba husmeando en busca de unos tocinos para guardarlos en su mandil de cuero, y le pedí que diese un mensaje al capitán, en el que le solicitaba permiso para aliviar del peligro a los negros. Fuese el cocinero, seguido de su famélico pinche, con mis palabras en el cerebelo y al poco rato se me apareció Valdivia gritando denuestos y maldiciones, de tal jaez que sería impropio repetirlas. Detrás de él, la musculatura de Giménez y la imbécil cara de don Lope clausuraron el pequeño haz de luz que penetraba.

Las manazas del señor de la nao se aferraron a las solapas de la chaqueta que me cubría y me zarandearon con gusto por unos segundos; luego fui botado en el suelo y pateado con furia. Mi nariz sangró de inmediato y mi pecho se vio abandonado del oxígeno. Un golpe de Giménez sobre mi nuca acabó con una resistencia que ni siquiera había podido esbozar. Me privé por unos segundos y, entre nubes vaporosas de polvo de azufre, alcancé a escuchar la voz nasal de Arriaga, que me llamaba zafio villano, subversivo e insubordinado gañán. También pude oír que el capitán se oponía a que me aniquilase de un sablazo; que me excusaba por mi bondad e inexperiencia en la trata de infieles; que hablaba de una advertencia que no debería de trascender a más, y de lo conveniente que era mi presencia en cubierta, una vez que se me pasase el mareo. Arriaga insistió en que era peligroso dejarme vivo y don Pedro lo mandó a paseo.

Me quedé con un terrible dolor en los huesos de la cabeza y con un sabor asqueroso a cobre en la boca. Tirado, fardo de conciencia humana, fui bañado por un cubetazo de agua salada que me arrojó Giménez y me devolvió a la realidad con punzadas que eran de parto. Vomité sobre las tablas y me recosté sobre unos fardos de cereales hasta que recobré el aliento y me enfrenté a mi improvisado celador.

—¿Qué es lo que he hecho, que amerita un castigo tan severo?

—Os habéis metido en haciendo del clero y el oidor os ha cogido con los dedos en la masa. Querido Gonzalo, un capataz con corazón es un oficial jodido. Debéis tened presente que os ha contratado por vuestra mano dura y por vuestra frialdad de sentimientos, no por vuestras mañas de señorito de cuna —terminó riéndose aquel matarife de su propia broma.

—¿Entonces, estáis de acuerdo todos en que es justo y humano dejar ahogarse a todos estos infelices, sin darles siquiera la oportunidad de salvarse a nado? —le repliqué montado en una llama de rabia.

—Inocencia, demasiada para un soldado de Nuestra Majestad Católica. ¿Es que acaso creéis que los esclavos os obedecerán una vez que estén sueltos y qué, caballerosamente, os cederán el batel y la balsa de don Cosme? No, señorito Guerrero, os tirarán por la borda u os degollarán como cerdo, con tal de salvar sus negros pellejos —su tono era enérgico y convencido. Tal vez tenía razón, pero lo que sucedió después todavía se me atasca en la garganta y no creo que pueda digerirlo nunca.

Como la discusión se había vuelto bizantina y el resultado se apuntaba estéril, decidí darla por terminada.

Me permitió partir, con la promesa de que no volvería a poner los pies en el pañol, y me dirigí enseguida a cubierta para ocuparme de la gavia, que se había hecho jirones. El silbido del aire se mezclaba con las voces de los hombres, con los gritos de las señoras y con las balandronadas de Gonzaga, que colgaba ebrio de una guindaleza.

La aurora comenzaba a acariciar el cielo con su carmín rosado, cuando los primeros pájaros atravesaron el sendero hacia el que se dirigía nuestra línea de flotación. Un agreste olor de algas asaltó la nao y nos agarró el estómago, haciéndonos pronunciar el nombre de *Santa María*.

El primer crujido fue satánico, desgarrador; fue como si del fondo del mar subiesen los gritos de mil demonios, los alaridos de las once mil vírgenes clamando venganza de sus violadores; fue rapto de las Sabinas, incendio de Roma, asalto de Troya, caída de Babel. ¡Cuántas voces de dolor supo entonar nuestra desgraciada nave!

Habiendo perdido la noción de la ruta que seguíamos, Quino de San Lucar, tratando de salvarnos del peligro, nos había metido en él sin darse cuenta. En sus cartas de marear aparecían unas manchas bermejas que indicaban fondos peligrosos en las cercanías de Jamaica, pero los arrecifes en los que estábamos encallando no aparecían por ningún lado, y así, sin que todas nuestras precauciones diesen resultado, habíamos ido a caer sobre unos bancos de coral que aserraban los maderos como si fuesen de manteca.

Con el primer golpe, la carabela se inclinó por la banda de estribor y quedó clavada sobre un banco de corales que surgían, espectrales, con el movimiento de las olas. De inmediato, el agua nos penetró el pañol derecho de proa y su peso hizo que la segunda cuaderna se saliese de costura y que por ahí se escapasen las mercancías almacenadas. El mar se vio surcado por cientos de pequeños y grandes bultos que contenían esperanzas de riqueza.

Como el viento continuaba arreciando y su fuerza moviendo la nave de un lado a otro, cual perro que pretende arrancar un trozo de carne del hueso que le sostiene, decidimos arriar todas las velas y colocar solamente dos cangrejas al pairo para permitir un viraje que nos desprendiese del coral que nos tenía penetrados.

Al mismo tiempo, Valdivia andaba hecho un condenado por toda la nave, dando instrucciones, gritando órdenes, blasfemando, vociferando, mesando sus luengas barbas, golpeando y trastabillando. Don Cosme, con la faz pálida del que presiente su fin, trataba desesperadamente de arrimar la jangada al costado de babor para poder botarla tan pronto como la *Santa María* se fuese a pique.

Las mujeres y los pasajeros de noble cuna habían sido llevados, literalmente a empujones, al camarote del capitán por el guardián Giménez; poco después se les anexó el sacerdote Jerónimo y se encerró con ellos.

La nao brincaba y se sacudía herida de muerte, mientras todos a bordo luchábamos por salir de tan desesperada situación. Aparentemente los machos del gobernalle se habían corrido y, no encajando en sus respectivas hembras, impedían al timonel hacer las maniobras adecuadas para destrabar la quilla. La situación se tornó terrible cuando la roda comenzó a crujir ante el embate de las olas, que cada vez se hacía más fuerte y nos levantaba por la popa, dejándonos caer de golpe. Sabíamos que si perdíamos esa pieza nos quedaríamos sin proa, y por lo tanto degollados. Hicimos todo lo humanamente posible por zafarla, pero el esfuerzo fue en vano.

Vino a agravar nuestra moral el hecho de que Fernán Osio, en un esfuerzo titánico por aliviarnos, corriese a cortar con el hacha el mascarón para suprimir peso en la punta hundida y cayese al agua, en donde se perdió irremediablemente.

¡Maldito será siempre ese momento en mi memoria! Cruel castigo que me enfrentó al dantesco cuadro de ver partida por el relámpago la cara de un ser humano. He visto a muchos hombres encararse con la muerte de muy diversas maneras, pero nunca imaginé que el amor fraterno pudiese expresar, ante la muerte del prójimo, facetas que van más allá de los dominios de la Parca. El grito que salió de la garganta de Gustios Osio, en el momento en que advirtió que su hermano caía, no fue humano, fue el bramido de una bestia que se eleva por los aires envuelta en llamas. Lo que padeció después, cuando ya le habíamos dominado y abatido para que no saltase en pos de su amado Fernán, fue una demencial tortura que lo enajenó del mundo, que lo sumergió en un paño de inconsciencia. Sus aullidos fueron la música que acompañó las honras fúnebres de nuestra *Santa María de Barca*.

Ante la inminencia del naufragio tratamos de salvar lo que se pudiese, y nos dedicamos todos a una a alijar la nave. Arrojamos todo lo que encontramos a mano, preciosos arcones, rollos de telas, utensilios y enseres que eran esperados con ansias en La Española, hasta que las voces de Íñigo de Burgos y de San Lucar nos solicitaron que parásemos.

Instalados en la popa y sin tener conciencia cabal de lo que acontecía en el otro extremo del barco, estos honrados y expertos marinos seguían teniendo fe en salvarnos. Auxiliados por Gonzaga, Pero García y otros tripulantes, habían logrado enganchar el pinzote del timón y tenían la certeza de que estaban logrando zafar la nao. Lo que en realidad sucedía era que la nave, al ser elevada por la cresta de las olas, quedaba suspendida en el aire por fracciones intangibles de tiempo. Esto producía la sensación de movimiento y la ilusión de que escapábamos.

Me es difícil precisar cuánto tiempo estuvimos batallando por escapar de esa nefasta trampa; recuerdo que el mar embraveció conforme avanzó la mañana y que el agua comenzó a penetrar por los nuevos orificios que se habían producido en el casco con el continuo golpetear, de tal suerte que decidimos escapar en el batel y en la jangada de Alvarado.

Como pudimos nos reunimos en el castillo de popa y con terror advertimos que nuestros precarios medios de salvación no eran suficientes para todos. A pesar de los vestigios que demostraban la cercanía de tierra, ésta no aparecía por ningún lado. El horizonte era una delgada línea gris que nos circundaba por completo hacia los cuatro puntos de la rosa.

El capitán, que de inmediato olió el motín que se avecinaba y que le sería imposible controlar, a pesar de su corpulencia y las armas que se había ceñido previsoramente, fue lo suficientemente inteligente para asegurar la salvación de su persona. Ordenó al contramaestre que reuniese a todos los carpinteros y calafates que había a bordo y les instruyó para que fortaleciesen la nao a partir de la tercera cuaderna, ya que las dos primeras estaban completamente anegadas, con la finalidad de que resistiesen hasta que les llegase la ayuda que él iría a conseguir.

Sin replicar, el confiado Cristóbal dispuso lo que se le había mandado y en un santiamén tuvo a sus hombres ocupados en las tareas de reconstrucción. Los demás miembros de la tripulación, viendo que el oficial más respetable de a bordo creía en lo dicho por Valdivia, se aprestaron a ayudarle y se desparramaron por las bandas de la nao con sus utensilios y aparejos. Los golpes de las hachas y el martilleo de las puntas de hierro utilizadas para tales menesteres pronto adquirieron la monotonía de una herrería.

Controlada esta parcela humana, el capitán me indicó que procediese a botar el esquife y así lo hice con la ayuda de Giménez, Íñigo de Burgos, a quien se encomendaría guiarlo, Pero García y su enemigo Gonzaga, y nueve bragados marineros que serían los galeotes circunstanciales encargados de sacarnos de aquel infierno líquido que nos rodeaba. La encomienda resultó ardua y laboriosa, pues, habiendo embarrancado de proa y por la banda de estribor, la nao quedó literalmente encajada y con la popa al aire. Nuestro batel, que era de buen tamaño y de maderas toscas, pesaba sus buenos cuartos, y si a esto aunamos el cansancio que ya traíamos encima, se podrá comprender el sufrimiento que pasamos en esos momentos.

Haciendo uso de varios motones, cuyas poleas habíamos sostenido del palo mayor, logramos levantarlo y pasarlo por sobre la borda, aunque rompimos el propao y a Gonzaga se le destrozó una mano. Luego, con unos cabos de varias decenas de brazas de longitud, lo hicimos descender sobre la mar. Lo sujetamos al tamborete de popa y tendimos una escala por la que comenzaron a descender los hombres con prisa inusitada. Todos ellos sabían que en ello les iba la vida y que Valdivia era un cabrón que había engañado a sus compañeros.

Estando todo dispuesto para que partiésemos, corrí al camarote de don Pedro y le urgí a que se viniese. Salió el hombre llevando en pos de sí, agarradas a sus manos, a doña

Margarita de Anzures y a Mariana. Seguíalos el padre Jerónimo y don Lope de Arriaga.

Los demás, aparentemente convencidos por la verba mentirosa de Valdivia, aparecieron tranquilos y deseándonos el mejor de los caminos y, sobre todo, que regresáramos lo más pronto posible a rescatarlos.

Durante el cortísimo trayecto pregunté al capitán sobre la condición de los esclavos y, con una sonrisa cargada de maldad, me dijo que no me preocupase, que a ellos les era conveniente un buen baño. No tuve tiempo de replicar o intentar algo en su auxilio; en esos momentos el mar comenzó a formar remolinos en torno a la nao y a encrestarse con mayor encono. Bajamos con riesgo de caer y ser arrastrados al fondo, mientras la escalerilla se azotaba contra la borda y nos lastimaba los dedos. Como era el primero en la fila, me arrojé sobre el batel y tuve la gracia de recibir en mis manos el precioso cuerpo de Mariana, quien se mostraba imperturbable.

Bajaron todos a bordo, bueno casi todos. Debo confesarlo si he de ser honesto y si quiero aclarar un poco la inexactitud de los cronistas, quienes no se pondrán de acuerdo sobre el número de sobrevivientes y causarán conflictos aritméticos al historiador Morley. La verdad es que llegamos dieciocho personas al esquife y que la número diecinueve, don Lope de Arriaga, se vio impedida de abordar porque al dar el paso definitivo resbaló y quedó colgado de la pasarela, que estaba sumamente húmeda, apenas con las puntas de los dedos. El hecho de que mis botas, en forma involuntaria, caminasen por ahí y presionasen un poquitín aquellos nudillos morados, haciendo que el burócrata se desprendiese y se fuese a pique, no es asunto que pueda yo achacar a mi conciencia, y menos tomando en cuenta las circunstancias.

La realidad es que partimos dieciocho y me ha dado gusto aclararlo.

Los remeros impulsaron nuestra embarcación con todos sus bríos y, después de reiteradas maniobras, logramos desprendernos del círculo de mayor peligro. La mar encaprichada se comportaba como una mujer poseída por el diablo y nos trataba como a un trozo de paja. Saltábamos y caíamos con cada oleada, para ser levantados en vilo y arrojados contra la siguiente. Así anduvimos buen rato, siempre añorando la seguridad de nuestra carabela, que quedaba desamparada.

Todavía estábamos lo suficientemente cerca de la *Santa María* cuando escuchamos un espantoso crujido y volteamos hacia ella las caras, para tener el infortunio de contemplar cómo era levantada por una enorme ola y descuartizada al caer sobre los filosos corales.

La visión fue terrible; cual si fuese una fruta podrida que se arroja con furia al suelo y se desparrama en desagradable desbandada, dejando unos trozos de pulpa por acá, unas semillas por allá, así nuestra nao estalló y aplastó con su tremendo peso todo aquello que se encontraba en su interior, arrojando con su impulso a hombres, bultos, jarcias y hierros, que se sumergieron entre las ensangrentadas espumas de las olas.

Nuestro llanto, mezclado con el espanto de la terrible tragedia, se hizo coro de niños asustados en la soledad del mar. Todos participamos en el duelo; todos menos uno…

III

… menos uno que reía, mugía y pataleaba como un condenado a la hoguera. Don Pedro Valdivia, con el rostro trastornado por la demencia que, desde ese momento, comenzó a invadirlo y a marcarlo con evidentes muestras de idiotismo, clamaba por su sobrino don Cosme, llamándolo grandísimo imbécil que había permitido a la nave perderse, por mucho que se la había encomendado. El corpulento hombretón mezclaba en su cerebro imágenes que no correspondían a la realidad de nuestra miserable situación, y de ello obtenía respuestas caóticas y desconcertantes. Doña Margarita no le quitaba la vista de encima. El odio fraguado en sus pupilas era de una profundidad inconmensurable, era casi sólido. No me explico cómo el capitán no lo advertía; o quizás sí lo hacía y solamente simulaba su enajenación. Nunca lo supimos, pues así se comportó hasta que murió. Y de mucho le sirvió, ya que ningún hombre en sus cabales hubiese podido tolerar nuestros mudos reproches por el asesinato masivo del océano, con el cual se había hecho cómplice. Nadie ignoraba que, si se hubiese comportado con honradez y valentía, muchos se hubiesen salvado de morir aplastados por la mole de la *Santa María*, huyendo en la jangada o, en el último de los casos, intentándolo a nado. Todavía creo que si hubiéramos liberado a los esclavos, éstos hubiesen logrado algún beneficio.

Mas su comportamiento lo hizo reo de nuestra perpetua condena. La muerte de Cristina, la amada niña de doña Margarita, de los nobles y ricos comerciantes, de don Cristóbal, Sol y Elvira, y de toda la tripulación que quedó apresada, inocente del destino que se les venía encima, caía sobre su alma. Caía, también, la pérdida de la nave, del quinto real y de los cafres de la Compañía, de los cuales tendría que rendir cuentas a Dios, Nuestro Señor. Así lo sentenció el padre Jerónimo, quien, sentado en la popa del batel, a la vera de don Íñigo de Burgos, le trató como a un endemoniado y poco faltó para que nos pidiese que lo arrojásemos al mar.

Nuestros bravos marineros bogaban lo más rápido que podían entre aquel revoltijo de agua que nos traía de la Seca à la Meca sin reposo, ora en las crestas, ora en los valles, siempre luchando por impedir que nos hundiese, ganando distancia palmo a palmo, hasta que el huracán logró voltearnos de tal forma que perdimos remos, alimentos y a dos buenos mozos que, sin saber nadar, no pudieron asirse a las tablas del esquife.

Los demás, que en aquel momento tuvimos mejor fortuna, logramos volver al interior del bote usando de titánicos esfuerzos y poniendo nuestras vidas en manos de la dulce Virgen María, quien se apiadó de nuestros ruegos. Imposible olvidar los sollozos que sacudían el hermoso cuerpo de Mariana, los hipos de doña Margarita y menos aquellos lamentos impregnados de voces del sur de la Península que emitía el pobre Gonzaga, cada vez más pálido, cada vez más demacrado y cercano a la muerte.

Para mí, lo más significativo de este último desastre fue la ausencia de mi amado arcabuz y la impotencia que sin él me invadió. Me vi niño desamparado, zagalejo huero de honda con qué defenderme de tanto peligro; solitario viandante en campo de bandidos, en puerto arisco y amenazante en el que los pinos acechan con sus sombras y atemorizan a cualquiera que no lleve un puñado de pólvora con qué defender la vida. La pérdida de remos, aparejos y vituallas quedó en segundo plano por unos momentos, hasta que el murmullo que pregonaba la falta de agua potable me hizo volver a la terrible realidad.

Abandonados por todo aquello que constituye el sostén del ser humano, sin saber siquiera en dónde nos encontrábamos, ni qué tan lejos estaba la costa, caímos en un grave sopor alimentado por el total desaliento. Los hombres, que antes peleaban por escapar de las garras de las furias, se quebraron como carrizos y cayeron sobre los bancos y el fondo de la embarcación, sin esperanza. Todo era silencio, noche interna que nos devoraba lentamente, que corroía los anhelos del futuro y nos devolvía las imágenes pretéritas con un colorido deslumbrante. Cuántas veces se pronunció la palabra madre, el vocablo tierra, se describieron los parajes castellanos, andaluces, los nombres amados, esos que marcan nuestra existencia con el fuego de lo propio, con el hierro de lo insustancial y el soplo de lo erótico y de lo espiritual. Así nos tomó la noche.

Desperté con un terrible dolor en la cabeza y con absoluta incertidumbre de lo que nos había sucedido. La falta de pan y líquido contrajo mi estómago y acerbó mi apetito. Un fuerte olor a humedad y a yodo fueron mi desayuno esa mañana, en la que el viento comenzó a amainar y el Caribe a perder sus indómitos ímpetus. Bogábamos al garete, sin ruta y sin la más mínima noción de nuestro punto de estima. ¡Qué falta nos hacía don Quino, sus cartas y sus instrumentos de marear! Si hubiésemos tenido su ayuda, es muy posible que nuestro final hubiese sido otro muy diferente. Pero él ya estaba en el Cielo, gozándose de la presencia Divina, aliviado para siempre de las penas de este valle de lágrimas.

¡Ay, don Elear, que los diablos os confundan!, maldije y me incorporé para otear el horizonte. Mar, pulcro e inmaculado almácigo de peces y torturas para nuestras personas, eso había y el rozar de sus líquidas lenguas alrededor. Eso era y las posibilidades de sobrevivir remotas, lejanas e inalcanzables, tanto como la vida del simpático Gonzaga, que yacía mirando fijamente a las estrellas de su noche postrera; a esas cintilantes criaturas que lo habían velado durante nuestro sueño, mientras rendía homenaje a los ángeles que le llevaron en andas a la morada del olvido.

Con la humildad y contrición que las circunstancias nos permitieron, le honramos y despedimos. Su cuerpo produjo un leve chapoteo y se perdió en los abismos de la bruma.

Me conmovió advertir que maese Pero García lloraba y se ocultaba entre los jirones de sus ropas. Me hirió y aún me hiere la mirada vacía de Mariana, sus cuencas llenas de soledad y de miedo, de un miedo casi animal que la hermanaba con todos; que, haciendo a un lado su belleza, la igualaba con nosotros en la suerte de ser pasto de las bestias del océano. Pobrecilla mujer, venir a parar en esto, después de ser quien fue.

Considerando que Valdivia se había convertido en un ser incapaz, que su cordura estaba destruida por el canto afónico de las sirenas, convinimos unánimemente en transferir el mando del batel a las manos de Íñigo de Burgos, quien dadas las circunstancias era el único que podría hacer algo por nosotros. El padre Aguilar nos propuso que rezásemos una oración a la virgen de los Remedios y que con ella consagrásemos la decisión de nuestro tácito sufragio. Uniéronse nuestras palmas en contemplativa reflexión, en rogativa humilde bajo la cual pusimos la trabe de nuestra fe.

Pasó el tiempo, eterno y doloroso; lapso en el que concentramos ideas sobre el placer que representa la vida, su rutina y sus sorpresas. Recuerdo que durante todo este espacio cronológico pude invertir mis pensamientos, encauzarlos en un torrente de acontecimientos cotidianos y vulgares, efectuar una selección purificadora y adoptar una revelación meditativa, con la cual nunca antes había soñado.

La embarcación comenzó a moverse imperceptiblemente. Una extraña corriente nos adoptó y nos puso sobre una senda invisible, sobre un camino para el que no eran necesarios pies ni remos; burbujas cristalinas entre las que el esquife rodaba como catapulta de asalto. El milagro que habíamos solicitado se presentaba embozado bajo un manto salado, en el que no podíamos ver nuestras caras y menos regodearnos como el hermoso Narciso.

Comencé a buscar en el interior de mis palpitaciones una respuesta al croquis de mi destino, a resolver para poder palpar el seno de mi peregrinaje. Encontré el beso de aquella Rosario, el amarillo reproche de una Pilarica cubierta de luto y desconsuelo. Era el pan del trigo que había cosechado o simplemente una mala broma, una equivocación, una trampa. Había caído como lobo hambriento en invierno entre tantas aventuras. El sonido de una flauta dulce se clavó sobre mis huesos ciliares y me produjo un vómito de azogue, denso y pesado como la culpa que nos servía de velamen.

Volteé mi rostro hacia los compañeros y, con espanto, vi cómo algunos se contraían y quejaban de dolores en el vientre. Vencidos por la sed, habían untado sus lenguas con agua de mar y ahora eran brasas y carbones lo que escaldaba sus gargantas y les quemaba las entrañas. Cuatro varones y Mariana no habían resistido el ayuno. Sus bocas arrugadas expresaban la desolación de un desierto, la aridez de un cactus. En sus ojos se había fijado una inmensa tristeza, pues sabían que iban a morir sin que nosotros pudiésemos hacer nada por ellos. El verlos así me desesperó a tal grado que, despojándome de los tabúes del asco, les abrí las mandíbulas y les escupí toda la saliva que aún conservaba.

Por la tarde, cuando hacía tiempo que tres de los chavales se habían ido al fondo, tomé mi cuchillo, mi singular pertenencia, y me abrí las venas del brazo izquierdo. La sangre escurrió hasta la cuenca de mis dedos y de ella di de beber a aquella mujer perfecta que me prodigara tanto placer. Logré conservarla viva durante toda la noche y parte del amanecer. Cuando expiró, abrió los ojos con desmesura y me miró con el agradecimiento más hermoso y patético que jamás haya yo visto. Tengo la certeza de lo que quiso decirme; sé que en sus pupilas había un mensaje que hablaba de unión, de almas gemelas que si los dioses del viento hubiesen unido a tiempo, se hubiesen completado para formar una. Cayeron sus pestañas sobre el iris opaco y después de luchar frenéticamente para hacerme soltarla, para lograr desprenderme de su cuerpo inerte, los hombres la depositaron en el mar como se puede depositar el pétalo de una rosa.

Fuese Mariana y con ella mis alientos. Perdí la conciencia durante todo un día. Me sumí en un laberinto de sueños desfasados que me llevaron al confín de mi terruño. Blancas cabrillas, huecos cencerros triscando los verdes pastos, niños rubios y de mejillas rosadas que bebían interminables escudillas de leche; mi padre con el sombrero de aldeano sobre su noble cráneo, haciendo saltar astillas de un tronco derribado para alimentar el fuego del hogar, y luego la plaza donde senté mi primer cargo, el peto de cuero, la ballesta, las primeras explosiones provocadas dentro de tubos perforados y la risa de mis amigos al verme la cara tiznada como deshollinador. Pesadillas de horripilantes y grotescos homúnculos, grifos gibosos y mutilados que venían a rondarme y a zaherirme con su sarcasmo, con sus pullas. Rojos horizontes que quebraban la piel de mis párpados, negras colisiones de rocas grises y albas, secuencias monótonas de jirones de relampagueantes velos. Truenos...

Despertóme el estallido de un arma, de una pistola polizona que se había colado en el mandil de calafatear de Giménez. La cabeza destrozada del último sobreviviente de la pócima de sal me informó que el guardián, compadecido del sufrimiento del muchacho, lo había auxiliado para dejar atrás su bagaje de penas. Nadie le reprochó nada; al contrario, le quedamos agradecidos y, por qué no, un poco envidiosos.

La debilidad me fue dejando con el reposo, y aunque el hambre y la sed se habían convertido en una feroz perra que nos mordía y desangraba, mi cuerpo era joven y fuerte, hecho a la horma de los soldados del reino y acostumbrado a pasar por las peores tribulaciones. El santo Jerónimo me había tomado bajo su protección y sus palabras y oraciones me sirvieron de sustento. Sin que nadie lo notase, me hacía tragar delgadísimas hostias que llevaba en un relicario que colgaba de su cuello, apendizando una cadenilla de oro. Estoy seguro de que gracias a ellas pude salvarme de la muerte que me rondaba con avidez.

Doña Margarita había tomado por su cuenta a Valdivia y le seguía la corriente en todos sus desvaríos, proporcionándonos así pequeños ratos de esparcimiento en los que podíamos intentar la risa o mueca parecida. Decía el capitán que nos llegásemos a su mesa y que probáramos de sus regios manjares y que catásemos sus buenos vinos, y la dama, revestida de una crueldad rayana en la sutileza, le hacía el juego simulando un esmerado servicio en el que conjugaba platillos exquisitos con un escancio continuado de vinos. Ahora eran los tintos de la Rioja bañando doradas y crepitantes perdices, luego los blancos de la región de Hessen para deglutir truchas de delicadas carnes y perejiles que les daban el toque silvano y campestre del tilo y el cardenal; venían, a su tiempo, los espumosos rosados de Portugal y el chianti italiano a humedecer las pastas, las croquetas, las tartas y toda una pléyade gastronómica, enriquecida con la imaginación de la doña. Y así, en la medida en que transcurría nuestra miseria, la de Anzures fue recorriendo todo su repertorio, alternándolo con bocados indignantes que hacían sonrojar al padre Aguilar y lo obligaban a meterla en orden.

El capitán babeaba como condenado y chupaba sus dedos de una manera harto desagradable e inclusive los mordía, provocándose heridas y llagas que pronto comenzaron a supurar. La mujer gozaba con esto; su rencor era maligno, insano. Era la degradación suelta, soliviantada por la ausencia de Cristina, a quien llamaba cuando dormía, por quien sufría cuando velaba. Pobre mujer, su calvario estaba tamizado de recuerdos, de ilusiones para la niña, de esperanzas que, ¡ay!, nunca podrían cumplirse y eso lo sabía muy bien, y el culpable era ese maldito Valdivia, a quien había que hacer sufrir, a quien tenía la obligación de martirizar hasta que clamara por el alivio de la muerte. Sin embargo, don Pedro continuaba en sus trece y, según él, los alimentos le eran servidos a sus horas y de acuerdo con sus costumbres de sibarita.

Después de cuatro días de ocurrida la catástrofe, el batel dejó atrás los bancos de corales y el farallón del arrecife en el que habíamos encallado y comenzó a tomar velocidad. Nos alejábamos, a ojos vistas, de los vestigios de vida que habían preludiado la desgracia. Las algas que antes flotaban a nuestro alrededor desaparecieron de la superficie del agua. Se esfumaron los graznidos de las aves y nos sumimos en el silencio de la nada. Fuimos devorando nuestras ropas, las botas, los cintos; roer pedacitos de madera que separábamos del bote con mi navaja se convirtió en algo natural y hasta sabroso. El problema principal lo constituyó la falta de líquido, convirtiéndose en una obsesión que nos rondaba todo el tiempo. Rememorar sus innumerables presentaciones era tan frecuente como respirar. Alguien decía: "El agua de la fuente de la plazoleta de Cáceres es tan refrescante, que el Infante Felipe la hace llevar a su palacio todos los días." Y al instante otro contestaba: "Bien, pero la que brota del manantial que adorna a Córdoba con su música y su transparencia, ésa es agua para bendiciones, para bautizar a los hidalgos que no han manchado su sangre con virulencia de infiel; y si no me lo creéis, preguntad por las fiestas que se hicieron a Ruy Rodríguez, de triste memoria." Y agua por aquí, agua por allá y nuestros labios resecos, marchitos, lacerados por el enorme deseo.

Horas de agua que eran acentuadas con el cardillo del sol, con la crueldad de un cielo hermoso y despejado, en el que no se asomaba una nube ni por casualidad; y de tierra, nada. Cero en el infinito.

Chupar algo, cualquier cosa, y producir saliva era lo imperante. Dejamos de mencionarla, nos prometimos no lastimar nuestros oídos con su nombre, con su sabor. El frío de la noche nos daba algún consuelo y la luna era el enorme mantecado, el trozo de hielo en el que apagábamos la sed.

Al atardecer del cuarto día nos dimos cuenta de que no viajábamos solos, que llevábamos compañía paciente y satisfecha con los cuerpos de los que se habían ido, pero que pronto tendría hambre y haría lo posible por adquirir nueva presa. Sus aletas, a una centena de varas, brillaban con la llegada del ocaso, con los rayos perfilados del sol que se hundía en el confín del mundo. Para unos fue motivo de alarma; para otros, los más, fue el simple aviso de que el final se acercaba y que obtendríamos el descanso que la inclemencia hacía desear. Nadie hizo nada por alejarlos, todos rezamos por que, antes que el dolor, llegase la inconsciencia. La mañana nos sorprendió con su ausencia: se habían retirado y su terrible amenaza con ellos.

Una nueva jornada, estreno de agonías para todos. Supliqué a don Íñigo que me permitiese sangrarme de nueva cuenta para probar alimento y no sólo consintió, sino que permitió que los demás hiciesen lo suyo. Al capitán no fue necesario hacerle ninguna incisión, el salvaje se había mordido los robustos antebrazos y devorado buena parte de ellos. Bebimos sangre y dormimos al arrullo de las oraciones del sacerdote. Me avergüenza decirlo, pero nuestras heces fueron comidas.

A pesar de todo aquello, de tan ruin decadencia, seguimos siendo hombres. Los sentimientos nobles de solidaridad y abnegación se mostraron ejemplares; no ha habido aquel que no comparta lo poquitísimo que posee, una hilacha, el hueco de un remiendo, el calor de sus brazos durante la noche, la palabra que abre ventanas oxidadas, casi olvidadas, y permite el acceso a un esbozo evocatorio que alimenta, si no al estómago, sí al espíritu. Y eso, precisamente eso, es lo que más hemos necesitado para continuar viviendo.

La fiebre se ha presentado y apoderado de los cuerpos de algunos de nuestros compañeros. Los más débiles han empezado a temblar de frío y a proferir juicios incongruentes, por más que la canícula nos reviente llagas en la cabeza y el cuello. Sus frases se han entretejido en un lenguaje absurdo, sin relación aparente alguna. Hemos tenido que redoblar los esfuerzos para evitar que se arrojen al mar, pretendiendo que se trata de sábanas de seda, o de edredones invernales rellenos de plumas suaves. Hemos tenido que sujetar a los más enloquecidos para que no se abalancen sobre doña Margarita con la pretensión de fornicar en ella. La han confundido, todos la hemos identificado con alguna mujer predilecta. La hemos analizado, fragmentado, y al inspeccionar sus formas, cada día más desnudas de ropas, hemos creído encontrar aquel muslo de la Inés que nos hacía mudar la color, ese seno tibio y henchido de miel de la Teresa de la cofradía que era nuestro sueño adolescente, o la pantorrilla de encantador salero de la gitana Mercedes, que hacía que cuchillos y naipes quedaran en paños de sangre, en las tablas de sus lunas, en los panderos de escarcha. El padre Aguilar ha sido su San Jorge, su Amadís de Gaula, su escudo y defensa. Nadie ha osado atravesar el marco de su sombra, nadie se ha atrevido a mirar de frente lo que el pecado le anuncia como una tentación ineludible. Todos se han acariciado las partes y se han conformado con ello. No habrá sodomía en este barquichuelo. A la soledad del mar habrá que domarla con la mortificación y la plegaria; a los deseos animales, con el cilicio de la hambruna.

Y yo recordaba cómo, bajo la lluvia, los geranios colgados de la herrería de mis casitas blancas y pulcras de ese mi puerto de Palos florecían con los anaranjados destellos de la resolana, con los cárdenos murmullos de la penumbra enramada hacia la esquina del balcón, de aquellos, de todos los balcones que salían a verse, a platicarse noticias de pueblo, consejas de marinos, de los que se habían ido y habían retornado, de los que se habían ido y jamás nadie había vuelto a ver; y mi cara de niño bebiendo todo aquello y deseando ir a la aventura, a desafiar la incertidumbre, a lo desconocido. Y heme aquí en esta estancia del infierno, en esta pequeña y particular nave que suda y apesta como el cadáver de un maleante.

La brutalidad de lo que he vivido en estos cinco días deja pequeñas a mis experiencias de la guerra y siento que ha minado mi modo de ser, de tal suerte, que ahora creo que los presagios del gitano son algo factible. Creo que he gritado algo incorrecto, pues Giménez me golpea el rostro con las palmas y me llama con todos los gestos de su cara. Lo veo muy lejos, demasiado como para que nos encontremos en el mismo bote. Su figura se balancea y diluye sobre las pequeñas burbujas de nuestra estela. Regresa y en contorsión oriental flota sobre la testa del padre y se ríe y burla de mí, y yo lo insulto, siento cómo los insultos, en forma de piedras, van a estallar a sus pies sin lastimarlo, y ahora es Pero García el que dobla mi brazo por la espalda y me dice: "Gonzalo contrólate, es la fiebre la que te engaña"; y yo le digo que la fiebre es mi novia radiante, la amante con la que quiero vivir y morir; la sensual hermana que enjuga mis lágrimas de pasión por su beso que me es necesario; y ruedo, rodamos por el piso del esquife en una persecución estúpida que nos envuelve en una espiral de ramas espinosas y el dolor sube de intensidad y por mis narices fluye la sangre y yo me alegro porque al fin tengo qué comer, qué introducir en mis mejillas. Me dejan envuelto en una neblina fría y densa que me penetra y corroe, que carga mis párpados con fardos de sueño, con enormes cortezas en las que pululan los insectos del Apocalipsis.

Alguien, no puedo precisar quién, me levanta y coloca sobre la borda del batel, y con su mano me lava la cara, me enjuaga la nuca y la luz vuelve a aparecer, vuelve a ser faro de mis sentidos y yo a ser hombre.

Al amanecer del sexto día éramos diez despojos humanos montados en un potro alucinado que corría sobre una querencia ajena a los pastos de su pesebre. A una velocidad que bien podría ser de tres nudos, el navichuelo navegaba sin control, encadenado a una corriente fuerte y extrañamente definida. La conformación del aire habíase tornado espesa, anunciando algo que nos llenó de una inmensa alegría. ¿Podría ser que pronto estuviésemos al socaire de algún refugio en tierra? Nadie se atrevió a decirlo, pero en el brillo de nuestros ojos se adivinaba lo que estábamos pensando. Era esa paja de esperanza, a la que nos asíamos con desesperación, la que nos mantenía aún alertas y dispuestos a sobrevivir; muy particularmente a don Íñigo, viejo zorro de mar que ya había escapado de situaciones similares y a quien cualquier indicio servía para adivinar lo que a los demás se nos ocultaba. Su fina nariz comenzó a olfatear con insistencia, tratando de capturar las partículas de esperanza que flotaban, como vilanos, en las capas inferiores del aire. Sus oídos se aprestaron a escuchar los graznidos de las aves, enviando señuelos en el eco para que atrapasen los tonos agudos de la algarabía volátil. Sus ojos, empequeñecidos para perforar la barrera de la distancia, emitían extrañas vibraciones de luz verdosa que se alargaban y dispersaban sobre el espejo del agua y que, al chocar con materia sólida, regresaban a informarle de sus hallazgos, de sus encuentros con manifestaciones de vida.

Avanzábamos y el maestro de Burgos lanzaba suspiros roncos y añejos que nos deleitaban cual si fuesen efluvios de un requesón de La Mancha. Codeaba al padre Jerónimo, lo tomaba de la mano y le pedía, con una urbanidad de gentilhombre, que conjurase a la Santísima Virgen para que sus ángeles vinieran a rescatarnos de tanto padecimiento.

El buen capellán hacía esfuerzos titánicos para conmover la piedad de los cielos y nada sucedía. Quedaba, eso sí, la sensación de que algo estaba sucediendo, y esto era tan obvio que hasta el mismo Valdivia pareció recobrar sus facultades. Expresó algunos juicios sensatos y, adelantándose a su tiempo, dejó de pretender que estaba siendo huésped del personaje del gabán verde y que su Barataria era tal. Doña Margarita manifestó abiertamente su convicción de que el infeliz había estado simulando para salvar el pellejo y tranquilizar los remordimientos que, según el parecer de la dama, le debían estar pinchando el alma. Cuán lejos estaba doña Margarita de entender que el vil aquél había nacido sin ellos, como casi todos los aventureros que nos habíamos venido a hacer el camino de las Indias, con el único afán de enriquecernos.

La mañana continuó transcurriendo sin que nada se modificase en nuestro beneficio; por el contrario, al pobrecillo de Pero García le entraron unos tremendos dolores en el bajo vientre que lo obligaron a vomitar como un bendito, hasta que su esófago no arrojó sino agónicos quejidos y su piel cobró un color cerúleo. Le colocamos unos trapos mojados en la frente, le tendimos sobre el banco de mayor manga y le sangramos, esta vez como consuelo a sus males y no con el propósito de alimentarnos. Nadie hizo el intento de probar su savia agridulce. Estoy seguro de que todos la deseamos, pero aún éramos cristianos y no bestias de caverna.

El sol llegó a su cénit y el reverberar de sus rayos sobre el agua comenzó a enceguecernos, a aturdirnos y a sumirnos en el acostumbrado aletargamiento que nos servía para volver a meditar lo meditado, para regurgitar los pensamientos de ayer y volver a masticarlos con calma, sin prisas ni violencia. Eran las horas en las que adquiríamos la consistencia de las rocas, de las piedras que se usan como mojoneras para deslindar los campos. Símbolos de humanidad, de decadente raza que, en pleno apogeo, comienza a perder su autoridad y su esplendor. Siempre me he preguntado qué saldrá de todo esto, de esta desmedida aventura para la que no estamos preparados. Estamos enfrascados en tantas guerras, en tantas convulsiones, que no habrá oro en el mundo capaz de sostenernos. Nicuesa lo dijo tantas veces cuando, después de pasar revista en el fuerte, nos reunía en torno al pozo: "¿Qué será de nuestra España, con tanto real para folgar y desperdiciar en lides? ¿Qué será?".

Ha caído la tarde y Giménez se ha asomado por la banda de estribor del batel, con la intención de refrescar a García. Ha mirado el agua cristalina y en su fondo ha visto los perfiles erizados del coral. Estamos entrando en un banco espeso de madréporas, y eso significa que no andamos muy lejos de tierra firme.

Su comentario ha desfigurado el tejido de mis ideas, fragmentándolas en cabos sueltos que se unen mediante golpes de yunque. Todos a una hemos arrimado el cuerpo a las bandas y visto aquel prodigio del estuario. Cuánta riqueza de peces y nosotros muriendo de hambre. No ha faltado quien, en un intento absurdo y pueril, pretenda pescar con sus manos un fragmento de cobalto, un gajo de estaño, una raya de listones plateados. Nuestra actitud es como la del gato ante la pecera: arañamos la superficie del mar y nos llevamos a los labios el vacío sabor del cristal.

Las sombras de la noche vienen a cerrar otra jornada en la que nuestros paladares se han hastiado con la pulpa de la fruta inexistente. Nos recluimos en el claustro del silencio y nos resignamos a lo peor.

Pocas cosas hay tan terribles como la oscuridad en el mar. Todo se transforma y se vuelve misterioso. Los movimientos se entorpecen y el miedo toma plaza con desenvoltura de dueño. Es entonces cuando los hombres, que han soportado virilmente todos los sufrimientos imaginables, lloran; cuando sus sollozos pierden disimulo y fluyen a empujones por encima de las mejillas, quemando la piel del rostro, marcándola con el estigma de la debilidad. No conozco a un marino que no lave su cara al amanecer, siendo su primer acto y el más importante. Grumetillo valiente, de noche eres alférez de leche.

Los cuerpos se han acomodado uno junto al otro para ahuyentar a las imágenes del ángel negro que nos visitará pronto, cuando Pero comience a aullar y a lanzar maldiciones a diestra y siniestra. Su dolor brama por un sedativo y no existe tal en el bote. No hay nada, ni siquiera nuestra solidaridad, para calmarlo. Durante horas enteras proferirá por su madre, por sus hijos y el terruño que dejó del otro lado de los mares. Qué lejos e impotente está ante la verdad de su destino, cuán despojado de defensas para justificar lo que le pasa.

Le escuchamos en silencio, esperando que de un momento a otro exhale el último suspiro y nos deje en paz; mas continúa gritando, aferrándose a los hilos de plata que surgen de la placenta del Génesis, del Todo Universal que lo ha formado.

A estas alturas mi concepción de Dios se ha transformado en algo más paradójico, menos personal y significativo que el Dios hebreo que me ha tocado como ejemplo. No puedo aceptar más que dos reflexiones, o la absoluta bondad o la maldad más demoniaca. El padecer de ese hombre se ha convertido en una espada filosa que parte en dos la abstracción de mi existencia; en la sombra longitudinal que deja una porción a la luz y otra a las tinieblas. Al día siguiente habré de confesarme con el padre y he de obtener una respuesta alentadora, fundamentada en la redención a través del sufrimiento. Pero ahora, en este momento en que el cocinero es entregado a las huestes del aniquilamiento, es cuando la duda se revuelve en mi conciencia como una poseída. Creo que estoy pasando por uno de esos filtros determinantes de la vida, por uno de esos capítulos en los que es fácil arrojarse de una almena o cruzar un cerco de fuego, sin la preocupación de la inmutabilidad.

Oscuros como el mar donde yace mi amiga, la dulce Mariana, así son mis pensamientos críticos esta noche; y les llamo críticos porque son aquellos con los que racionalizo lo que hago y lo que me sucede, a diferencia de los sensitivos que me sirven para el comercio sensual y emotivo de que hago uso. Hace muchos años que don Elear me instruyó en estas materias y me ilustró con lecturas prohibidas de un fulano al que llamaba el Estagirita y a quien admiraba mucho. Sabio viejo, gitano perverso. El haz de su personalidad me perseguirá siempre.

Una nebulosa gris anuncia la mañana y con ella cae el silencio de García. Ha dejado de quejarse, pero no ha muerto. El destino se ha ensañado con él y sufrirá peor castigo. Pobrecillo, vivirá para morir de asombro.

Los signos de tierra se hacen más evidentes. Ya no son

ecos ni reverberaciones los que inquietan a don Íñigo, son bandadas de criaturas aladas que pasan sobre el batel y nos saludan con sus trinos y aleteos. Es el olor de la arena el que arriba envuelto en efluvios de un follaje exuberante y frutal. Sin embargo, aún no podemos mirar el contorno de la costa. Sabemos que estamos cerca, a unas horas de distancia, y tememos, no sin razón, que la corriente cambie de ruta y nos lleve de nuevo al mar. Doce hombres del galeón Nuestra Señora de la Concepción perecieron de esa suerte, tal y como lo relató el Adelantado Ramírez de Aguilar, que rescató al único sobreviviente, un tal Eugenio de Castilla la Vieja.

Ponemos, por lo tanto, todo nuestro empeño en descubrir las señales que nos guíen y nos ayuden a acercarnos.

Hemos decidido hacer guardias por turnos de una hora, en los que cada hombre que pueda tenerse en pie deberá colaborar. Debo mencionar que doña Margarita de Anzures se ha insolentado cuando la eximimos de la obligación de participar en la tarea, y que tanto ha porfiado, que don Íñigo se lo ha permitido. No tenemos ningún prejuicio en contra de su condición de mujer, pues se ha comportado tan brava como el que más; sin embargo, el sacerdote nos ha pedido que cuando sea ella la que efectúe la observación, lo haga en la popa y de tal forma que nadie pueda mirarla. Desde ayer, doña Margarita devoró sus últimas prendas y sólo se cubre con el cabello y las manos.

Transcurren dos tercios del día y nadie ha tenido la fortuna de ser el descubridor. Es hasta una hora antes del ocaso que un grumetillo apellidado Martín da la voz que suena irreal: "¡Tierra, tierra!".

La he visto; una línea irregular dibujada sobre el horizonte rojo. Trazo de tinta china en un lienzo dorado por los rayos del crepúsculo. "¡Al fin!", grito y todos me siguen. Por primera vez en muchos días escuchamos una canción marinera, una balada que dice de lo bello del regreso a casa, de los goces que encontrará el aventurero al abrazar a la mujer amada y a los retoños casi olvidados con las penurias del viaje.

Aquella séptima y última noche en el mar la llevaré siempre encima. La angustia y el desasosiego por perdernos en la bruma, por desviarnos de la salvación, nos provocó un estado delirante, en el que hasta el padre Aguilar participó. Sus oraciones se volvieron reclamos de una causa justa, exigencias de una recompensa ganada con el intenso sufrimiento, con la muerte, incluso, de nuestros compañeros. Parado en la proa, los delgados brazos abiertos en cruz, su palabra ronca, cansada, fue guiándonos, fue proclamando nuestra llegada, fue tirando de la carne del planeta para llevarnos a ella. No se atrevió a reposar hasta que la quilla del esquife comenzó a rozar los bajos de la playa, como un vientre unido a otro en un ayuntamiento sobrenatural.

Entramos a los brazos de una ensenada apacible, cuyas aguas eran tibias y tranquilas. Bajamos del bote a tientas y lo arrastramos hasta dejarlo a buen resguardo. Quedáronse en él doña Margarita y Pero; los demás nos tumbamos como fardos en el lecho de chaquira.

No pude dormir. La felicidad de verme vivo, después de la odisea que habíamos compartido, era demasiado intensa como para permitirme perder el tiempo con sueños; ya tendría tiempo de hacerlo. Acompañado de Giménez, que padecía del mismo insomnio, hicimos un reconocimiento del lugar, que nos llevó al hallazgo de una pequeña poza de agua dulce, ¡dulce!, y a la recolección de cocos y otras frutas que nunca habíamos probado. Regresamos contentos a llevar las buenas nuevas y encontramos a todos dormidos. Giménez masticó despacio su botín y yo hice lo propio con el mío.

IV

El canto alegre, dulce y heterogéneo de miles de aves se propagaba en todas direcciones, auxiliado por un fresco vientecillo que nos despertó cuando la mañana ya había alcanzado los tonos prestigiosos del campo de gules. Rosadas caricias se extendían sobre los verdes fondos del mar, manchando las olas con ribetes carminados; haciéndolas ser sensuales labios que expelían besos de niña, inocentes y cálidos. Las yemas de los dedos del sol se posaban sobre nuestras testas y hombros desnudos, saturándolos de un calorcillo meridional que nos movía al apetito y que pronto nos tuvo concentrados en la recolección de frutas silvestres y en el acarreo del agua que tanto necesitábamos.

Después de ocho días de forzada abstención, comimos y bebimos como desesperados. Nuestros molares trituraron las ricas pulpas y extrajeron los jugos del juego cruel que se llama vivir. Nuestros ojos demostraron una gratitud animal, dócil y mansa, que tenía la humedad de los cuadros del Greco.

Habíamos transportado el cuerpo de Pero García al cobijo de un enorme árbol, cuya fronda supera a la de los fresnos y a la de los castaños del norte de Europa y que además está adornado con una multitud de flores rojas y encarnadas, brillantes como goterones de sangre, como gemas de rubí. Tendido sobre una esterilla de ramas verdes y olorosas, recibió gotas de agua en sus labios resecos de manos de don Íñigo y el consuelo del padre Jerónimo. Su lacerado cuerpo, que ya presentaba los síntomas de la muerte, se estremeció de placer, de un goce lascivo y sensual, extrañamente vital. Lázaro, come y resucita, fue la consigna del alimento y el tío revivió como por arte de magia. Unas horas después se hallaba sentado, llorando de alegría y bendiciendo a la Virgen que le había salvado.

Por su parte, doña Margarita había desaparecido por entre un grupo de arbustos, internándose en la maleza que la cubría de nuestros escrutinios. Más tarde regresó cubierta con una halda de largas hojas pardas, sujetas con un cinto de raíces y una camisa que había birlado a Valdivia mientras éste dormitaba. Aplaudimos su atuendo y le rendimos honores cortesanos, llenos de salero y buen humor, que la dama recibió con soltura y seguridad. Sus cabellos, mojados y recogidos en la nuca con una cinta de esmeralda, se erguían con donaire y majestad. Sus labios, de un rojo subido, externaron su deseo de comer, y de inmediato se vio rodeada de los manjares de nuestra abundante mesa.

Valdivia no hablaba; tragaba vorazmente todo lo que se le ponía enfrente, embarrando sus comisuras con tintes amarillos, cremas y bermejos que se escurrían por sobre su mentón y caían en su pecho formando hilillos y listones que le daban la apariencia de un bufón embriagado con los vinos de su señor. Su fuerte cuerpo, todo nervios y músculos, ahora que estaba huero de grasas se cimbraba con cada movimiento de los dientes, como el cuello de un león. Cuando terminaba un bocado eructaba con rabia, nos miraba aprobatoriamente y se hundía en el siguiente bocado.

Mientras los otros comían, Giménez había logrado desgajar algunas ramas de palma y colocarlas sobre unos primitivos postes terminados en *y*. De esa forma tendríamos, al anochecer, un pequeño resguardo donde reunimos para dormir y una sombra más durante el día.

Cuatro de los marineros supervivientes, cuyos nombres se me escapan, se habían acercado a un promontorio de rocas, donde descubrieron una multitud de crustáceos y pequeños moluscos. Rápidamente se abocaron a perseguirlos con una tenacidad canina. Sus manos se multiplicaron y los animalejos sucumbieron ante la voracidad y destreza de sus atacantes. Llegaron al sitio de reunión y los soltaron en medio con gozo infantil. En sus bocas tronaban los cascarones de las víctimas, pues los devoraban vivos, y por los pliegues de sus labios escurrían sonrisas de satisfacción. Todos, sin excepción, participamos de aquel banquete, que nos llenó de bríos y de entusiasmo.

Más adelante, el padre Jerónimo, los dos hombres restantes, hermanos de origen napolitano y yo, nos dedicamos a efectuar un pequeño reconocimiento del sitio donde habíamos arribado y a buscar lajas y piedras que nos sirviesen para provocar fuego. El lugar, como ya dije, era una pequeña y bien conformada ensenada de arenas blancas, flanqueada a cada costado por sendos brazos de rocas que se introducían mar adentro. Tendría de largo una media legua y de playa unas trescientas toesas, lo que la hacía un sitio ideal para un buen desembarque. Hacia el interior estaba bordeada por maleza brava, maciza y espinosa, de muy difícil acceso. Algunos árboles, como el que describí y que acá llaman ceiba, y varios conjuntos de palmeras destacaban desperdigados por el monte que se alzaba más atrás del agreste ramaje. Muchas bahías como ésta había yo visto en el Darién y en la ínsula Juana, aunque en ésta el agua del mar era más translúcida y su oleaje más sereno. Cuando regresamos, provistos de algunos trozos de yesca y de roca caliza, advertimos cómo nuestros compañeros se admiraban de su transparencia, pues parados en las piedras podían ver, a muchas brazas de profundidad, a los peces de mil colores que adornaban el estuario. Algunos se habían bañado, don Íñigo entre ellos, y habían caminado varias varas mar adentro sin que el agua les rebasase la cintura.

Tan pronto como nos acercamos, don Íñigo vino a preguntarnos si habíamos visto rastros humanos, o si habíamos percibido algún caserío en la distancia y muchas otras cuestiones de menor importancia. Le contestamos negativamente y fue hasta entonces que nos percatamos de la trascendencia de sus preocupaciones.

Dos días estuvimos en calma, alimentándonos de los mariscos y de las frutas silvestres; calentándonos con un abundante fuego que habíamos logrado prender después de miles de contratiempos y frustraciones; recuperando las fuerzas y las esperanzas por salir bien de aquel funesto paso en el que nos encontrábamos.

La noche del segundo día nos convocó don Íñigo a una improvisada asamblea, con el fin de discutir nuestro destino y determinar lo que debíamos hacer. Planteáronse dos cuestiones que suscitaron agrios parlamentos. La primera versó sobre la posibilidad de construir unos remos e intentar salir en el batel en busca de otro paraje que mirase a mar abierto, desde el cual pudiésemos ser vistos y rescatados. Nos miramos unos a otros, con la tentación en los pliegues de la frente, y comprendimos que aún era demasiado pronto para intentarlo; que nuestro agotamiento físico y nuestro asco moral por lo que habíamos pasado eran un impedimento enhiesto sobre nuestras voluntades con un peso apabullante. Sin embargo, cuestionamos los pros y los contras y, para nuestra desgracia salieron a relucir barbajanerías que nos mancharon de lodo. Cada cual vio por su personal beneficio, con la salvedad del capellán, que pidió concordia y razón en nuestros dichos, y manifestó cuán poco le valían los demás. Los napolitanos se negaron a trabajar en la fabricación de los remos y a servir de galeotes si no contaban con la promesa juramentada de Valdivia, a quien seguían reconociendo como su capitán, de que les pagaría quinientos ducados de ley en recompensa. Pero García pidió que lo dejásemos ahí a bien morir en paz y tranquilidad; que ya estaba harto de dolores y abstinencias martirizantes. Giménez amenazó a don Íñigo con matarlo con sus propias manos si continuaba imponiéndole órdenes y comisiones. Determinó que era un hombre libre y que, estando en tierra firme, sus obligaciones hacia la jerarquía del navegante quedaban revocadas, y que lo único que a él le interesaba por el momento era vagabundear y folgar con doña Margarita, si ésta consentía en ello. Su vulgaridad insolentó a don Íñigo y poco faltó para que viniesen a las manos, si no es que intervenimos todos para apaciguarlos. Tanto se caldearon los ánimos con estas disputas que, de común consenso, decidimos aplazar la proposición de huir de aquel paraje.

La segunda cuestión fue la de separarnos en dos grupos, uno de los cuales se quedaría en la playa y el otro iría tierra adentro para averiguar en dónde nos encontrábamos; si se trataba de una isla o de un territorio como el de Darién. La pelea se prendió pronto, cuando se llegó el momento de decidir quiénes iban y quiénes se quedaban; cuando agarrando por el cuello a uno de los hombres, que ostentaba un grueso mostacho, me revolqué con él sobre las brasas del fuego y le chamusqué la mejilla izquierda. Los demás, ni tardos ni perezosos, dejaron escapar sus rencores y sus antipatías en una batalla campal que transcurrió breve ante los atónitos ojos del padre Aguilar y de doña Margarita, quien, valga decirlo, aprovechó la ocasión para asestar un soberbio palo a Giménez, que la había ofendido. Terminamos molidos, disgustados y ofendidos, y cada quien se largó a pernoctar por su cuenta. Bajo el techo quedaron la dama, el sacerdote y don Íñigo; aquella noche fue la última en que estuvimos todos juntos.

Caía el manto de estrellas en el acantilado del poniente y los heraldos del sol tocaban los primeros cornos cuando los gritos estridentes, asincrónicos, de una turbamulta de salvajes nos hicieron despertar con el sobresalto de un alud. Como era tan de mañana, en los precisos instantes en los que el sueño es más pesado y profundo, nos tomaron totalmente desprevenidos, y nada pudimos hacer para evitar ser cogidos y hechos prisioneros.

La iluminación llegó a aclararnos las cosas y entre fuertes brazos que nos mantenían inmóviles, penachos de extrañas plumas, lanzas de colores alucinantes, rostros de diabólicas facciones y un ruido infernal, mezcla de un lenguaje indescifrable, sonajas, cascabeles y un tambor que percutía intermitentemente, pude ver cómo Valdivia, don Íñigo, Giménez y otro de los marineros eran arrastrados hasta la presencia de un viejo inmundo y depravado que los apuñalaba con la saña sanguinaria de un leopardo.

Los salvajes se arremolinaron a su alrededor, disputándose el honor de soltar la primera tajada sobre la carne de nuestros hermanos, que morían en la forma más bestial que jamás he visto. Sus miembros eran tirados hacia todos lados, de tal forma que quedaban abiertos en cruz, y sus torsos eran traspasados de un costado a otro por las afiladas lanzas y los brillantes cuchillos. Los trozos que lograban arrancar eran depositados en unas hojas enormes de contextura aceitosa y apartados por un coro de jóvenes guerreros, que vestían túnicas blancas, a un lugar que quedaba afuera del círculo de sacrificio.

Cerré los ojos cuando vi que Valdivia moría como mueren las reses de mi tierra, acanalado por el pecho. Abrí los párpados para ver cómo su corazón era desgajado de sus entrañas y comido por el aberrante verdugo.

Caí en un estado de catalepsia, en el que las imágenes giraban vertiginosas, se detenían y me entregaban espantosas estampas en las que don Íñigo era decapitado y luego aserrado como el capitán; en las que Giménez perdía un brazo de cuajo y caía debajo de los pies de la enloquecida muchedumbre. El corazón de la cuarta víctima fue elevado en ofrenda a los cielos; más tarde supe que fue consagrado al dios de la guerra, al cruel Ek Chuah. Los cuerpos, o lo que de ellos quedaba, fueron repartidos entre aquellos buitres como piezas de tocino, y luego acumulados dentro de la esfera de los principiantes.

El sacerdote embarró su cara y su tórax con la sangre de los sacrificados e inició una danza ritual consistente en saltar en círculos, elevar los brazos y hacer sonar unas campanillas que pendían de sus tobillos. Los demás entonaron unos cánticos monótonos que terminaban siempre en un estribillo asonantado y con un grito feroz. La ceremonia se prolongó hasta que el sol estuvo en su punto de mayor hervor y entonces se detuvo como por arte de magia. Nos condujeron hasta un cerco de lanzas clavadas en la arena y nos dejaron bajo la vigilancia de una decena de enemigos, desde donde pudimos mirar el holocausto perpetrado sobre las blancas carnes.

Llegaron, no supimos de dónde, unas doncellas jóvenes, impúberes y bellas al sitio de los iniciados y repartieron las hostias de piel humana entre la triunfante plebe. El festín fue acompañado con oraciones del victimario y con alabanzas de las hembras, que eran pronunciadas con una cadencia y en un tono totalmente fuera de relación con lo que acontecía. Sentí una rabia tan inmensa que perdí el conocimiento. Cuando volví en mí, la orgía había terminado y los caníbales digerían su colación sesteando o bañándose en la mar.

Mis compañeros se encontraban en un estado de postración total. Su abatimiento era desgarrador y deprimente. Sabíamos que todos correríamos la misma suerte tarde o temprano. Las señas de nuestros guardianes eran suficientemente elocuentes como para darnos cuenta; y como si eso no bastase, el maldito que los lidereaba había venido a catar nuestros pellejos, y al encontrarlos faltos de grasas había hecho una mueca despectiva y rotado las manos en señal de que aguardaría por nuestra engorda para despacharnos.

El padre Jerónimo había envejecido en unas cuantas horas. Sus sienes se habían teñido de canas prematuras y sus manos temblaban de espanto. Quería hablarnos, mas las palabras se convertían en quejidos, en sollozos que le hacían tartamudear y mudar el sentido de lo que quería decirnos. Un par de años tardaría en recuperar su dicción normal.

Doña Margarita y los napolitanos se encontraban abrazados formando una escultura impresionante de ojos desorbitados. Tirados en el suelo, miraban a los salvajes con un horror indescriptible, animal. En ellos no privaba más conciencia que la instintiva y sus fibras les transmitían el flujo de la muerte inminente.

A unos pasos de las cercas de primitivas adargas que nos rodeaban, sobre un templete de troncos de palmera y techo de varas, se habían colocado unas deformes figuras de piedra que simbolizaban a los dioses que los naturales adoraban y que habían sido objeto del ritual en que, para nuestra desgracia, nos habíamos visto envueltos. Con terror pude darme cuenta de que estaban embarrados de sangre, de la sangre de nuestros compañeros que había sido manjar, ofrenda, cáliz y esencia espiritual de una aberración idolátrica. Las alabanzas y cortesías a los ídolos continuaron hasta que la tarde se puso parda y su capa recogió las gemas del firmamento. Entonces se reunieron en un círculo, cuya corola conformaban las novicias, y celebraron un consejo que era epílogo de la matanza y prefacio de posteriores torturas.

Veinte mancebos fuertes, de mayor estatura que los otros, fueron designados para darnos escolta e iniciamos la marcha tierra adentro. Al pasar junto a la ceiba miramos, coaguladas junto a las flores rojas, manchas de vida de Pero García, postreros vestigios de lo que fuese su carne, tintos nubarrones que dejara su alma ya navegante, ya tripulante del barco blanco del olvido.

Anduvimos durante toda la noche, cruzando espesos matorrales, bosques de árboles enanos que nos laceraban las piernas y nos espinaban los pies. Bordeamos ríos y pantanos, subimos ligeras colinas y nos internamos en tierras feraces, ardientes tierras que auguraban maleficios y dolores. Al amanecer llegamos a un pequeño poblado que nos sorprendió por su limpieza y por la sensata distribución de sus casas.

Contrariamente a lo que había venido pensando durante todo el trayecto por la selva, resultó que nuestros vencedores no eran unos cafres comunes y corrientes, ni unos salvajes cerriles e incultos, sino que conformaban una tribu organizada, perfectamente pertrechada y con una civilización asombrosa.

Ya os lo he dicho, soy hombre de escasa cultura, marino y soldado del reino, pero he viajado y mis ojos han visto maravillas; han trabado conocimiento con las antiguas ruinas romanas, con el arte de los moros; en fin, he corrido lo suficiente por el mundo como para poder advertir el nivel de desarrollo de los diferentes pueblos que he visitado. Pues bien, os puedo decir que en aquel amanecer comencé a respetar a nuestros crueles enemigos.

Como era muy de mañana, los pobladores aún se encontraban dormidos, cuidando de su tranquilidad un sinnúmero de belicosos perros que pronto vinieron a recibirnos con sus tarascadas. Nuestros guardias los apaciguaron con sus voces y se retiraron meneando las colas.

Encabezando nuestra comitiva había llegado el sanguinario verdugo, a quien los demás obedecían y rendían especial deferencia. Tan pronto como pisó el suelo de su pueblo, se despojó de sus horripilantes atuendos y se adentró en un edificio blanco, labrado de muchas e interesantes figuras que semejaban serpientes, jaguares y micos, donde se entretuvo por largo rato. Los demás le esperaron en disciplinada formación, hasta que regresó vestido con nuevos y relucientes ropajes y acompañado de un hombre robusto, de edad madura, que llevaba perforado el labio inferior, colgando de él un brillante disco dorado.

El viejo, a quien los jóvenes llamaban continuamente Nacón, condujo al otro hasta el lugar donde nos tenían confinados. Aquél, que tenía el aire de jefe de la población y a quien denominaban batab, nos estuvo mirando largo tiempo desde una prudente distancia. Poco después, confiado en que éramos inofensivos y en que nuestra desastrosa situación nos impediría cualquier intento agresivo, se acercó y palpó nuestras carnes. Tomó las manos del padre Jerónimo y las husmeó, les dio vueltas y las lamió, pellizcó el pellejo y lo miró a contraluz. Era evidente que estos hombres nunca habían visto a un ser de nuestra raza, de nuestro color y con nuestros atributos físicos, tan diferentes de los suyos. Luego se vino a mí y me tomó por las barbas. El cabello rojo, hirsuto y luengo que caía sobre mi pecho era algo singularmente raro para ellos, pues, como pronto advertí, sus mandíbulas eran ralas, y en el mejor de los casos les colgaban unos nauseabundos pelos negros que nunca podrían llegar al rango de una pelirroja piocha. Por último fue a dar con doña Margarita, que estaba muerta de miedo. La miró por todos lados, catándole las nalgas y las teticas. Luego le trabó los dedos entre los dientes y le hizo abrir la boca. Le estuvo hurgando las muelas y el paladar y, cuando estuvo satisfecho de su inspección, se separó aparte con el anciano.

Discutieron largamente, en una lengua dulce e incomprensible para nuestros oídos. Repitieron varias veces la palabra ppencatoob cuando nos miraban y señalaron reiteradamente hacia el lugar por el que habíamos venido.

Al final llegaron a un acuerdo y pronto vimos cómo un grupo de hombres se arrimaban, provistos de unas hachas de piedra puntiaguda y unos troncones de árbol de zapote. Nos llevaron a uno de los linderos del poblado y nos tuvieron de pie y bajo custodia, hasta que unas rudimentarias jaulas quedaron dispuestas. Fuimos introducidos en ellas y dejados en libertad de movimiento. Se alejaron y, por primera vez desde que nos habían atacado, nos atrevimos a comunicarnos nuestras angustias y preocupaciones.

Doña Margarita fue la primera que habló, e inició una amarga letanía en la que soltó todos los animalejos de congoja que se le atascaban en el vientre. Llorando a lágrima viva nos suplicó que la salvásemos, que le diésemos la protección que una dama de su clase merecía. Nos pidió que suplicásemos al jefe de los indígenas que nos liberase; que le prometiésemos un jugoso rescate; que le informáramos de quiénes éramos, de dónde veníamos, de nuestros amados reyes y de su fuerza; que los amagásemos con la ira vengativa de nuestro Dios, y otras mil razones que sonaban tan huecas, tan pérfidas y estúpidas, dada nuestra condición, que uno de los napolitanos le mandó callar, exhortándola a rezar y a no perder el tiempo en galimatías.

Por mi parte, hablé con el padre Aguilar y con los hermanos marineros, haciéndoles saber mi parecer. Para mí era obvio el hecho de que nos habían guardado en las jaulas, para utilizarnos posteriormente como víctimas en otros sacrificios. Les hice notar que si los naturales tuviesen pensado usarnos como esclavos ya nos tendrían trabajando en las labores más pesadas, en las tareas más infames. ¿No hacíamos, acaso, eso con los negros que nos traían al Darién o que eran llevados a la Fernandina? ¿Cuándo se habían visto cafres enjaulados?

Coincidimos los cuatro en que era necesario escapar y cuanto más pronto mejor. El problema era resolver cómo y cuándo. Mostréles, a señas, mi cuchillo de caza, que llevaba escondido entre los harapos que cubrían mis carnes, y se pusieron tan contentos que estuvieron a punto de llamar la atención de algunos curiosos que se habían acercado a mirarnos. Decidimos esperar a la noche para tomar providencias y en el ínterin nos dedicamos a reposar lo más posible.

Al caer la tarde vinieron unas mujeres de facciones menudas y graciosas y nos entregaron, a través de los barrotes, unas escudillas de barro que contenían un alimento que resultó una delicia. Mezclados con granos de una planta de estas tierras, que en el Darién llaman maíz y que es similar al trigo, pero más voluminoso, unos trozos de carne, que era parecida a la del cerdo, se ofrecían como manjares de hidalgo. El potaje era de naturaleza aguada, de sabor dulzón y con la consistencia del puchero andaluz. Lo comimos con verdadera voracidad, tal era nuestra necesidad y la debilidad de nuestros cuerpos. Cuando lo hubimos terminado se nos ofreció de nueva cuenta, y así por cuatro veces. Las mujeres estaban fascinadas con nuestro apetito, y más demostraron cuando continuamos comiendo las frutas, de muchas y variadas apariencias y sabores, que nos dieron.

En el ocaso vino el hombre maduro al que llamaban batab, acompañado de otros dos que, amén de llevar un colgajo en el labio, llevaban horadadas las orejas y la nariz, y en ellas sendos adornos de pedrería y metal precioso, y les ordenó que nos vigilasen durante toda la noche. A estos hombres, después lo supe, les llaman tupiles y cumplen la función de los alguaciles de las ciudades europeas. Estaban armados con unas lanzas emplumadas y unas pértigas cortas, en cuyos lados se encontraban incrustadas unas filosas hojas de una piedra negra y reluciente. Uno de ellos llevaba una caracola y la hacía sonar a manera de señal de sereno o farolero. Aquella noche ni siquiera hicimos el intento de escapar.

Pasaron cinco días, al cabo de los cuales nuestras fuerzas se habían recuperado y nuestras grasas habían vuelto a acomodarse en sus lugares de costumbre. Doña Margarita tenía nuevo carmín en las mejillas y su busto se erguía con retoños de almizcle. Era el momento de huir, pues no tardarían en venir a catarnos y a determinar la fecha de nuestro sacrificio.

Desde la mañana de aquel día comencé a limar las resistentes ligaduras de los troncos y a aflojar los nudos que sostenían la estructura de nuestra prisión. Al llegar la tarde estaban tan endebles que bastaba con un fuerte y decidido empujón para derribarlos. Aguardamos hasta que la penumbra y la oportunidad nos dieran la pauta para revocar el encierro, y aprovechamos el suculento alimento que se nos sirvió con la rigurosidad de siempre.

Durante nuestro cautiverio habíamos observado que hacia el lado de la selva, en cuyos bordes nos encontrábamos, no habían veredas ni caminos. En una ocasión algunos hombres habían salido por ahí, ataviados con colores de guerra idénticos a los que ostentaban el día que nos habían prendido, y regresaron hasta el día siguiente, llevando a rastras los cadáveres de dos de sus compañeros, y hasta el mismo Nacón y otro hombre, cuya jerarquía era indiscutible, los habían venido a recibir con abierta ostentación de duelo y desagrado. Y, por último, observamos que nadie que no fuese un guerrero o un hombre armado osaba penetrar en lo inescrutable de tal jungla.

Todo esto nos daba indicios de que hacia allá vivían tribus enemigas de la que nos tenía en caponera y que, para bien o para mal, era la única vía que se nos presentaba franca.

Un ligero olorcillo a incienso, que provocaban al quemar una resina gomosa y seca a la que mentaban poom, llegó anunciándonos que se acercaba el momento en que los naturales se recogían en la casa principal del poblado, en la que ostentaba los adornos más preciosos, a entonar alabanzas a sus ídolos y a escuchar la voz de los chilames, quienes adivinaban el porvenir y emitían oráculos sobre los recién nacidos. Sabíamos que a esta ceremonia cotidiana asistían todos los miembros de la comunidad, inclusive nuestros guardianes, y que la misma se llevaría una buena parte de la noche. Previne a los demás para que estuviesen preparados, recomendándoles que tratasen de relajar los músculos de las piernas, pues la jornada sería larga y penosa, incierta y, seguramente, fatal.

El sacerdote Jerónimo nos llamó a un acto de contrición y nos administró la absolución, preparándonos para morir en el seno de nuestra amada Iglesia. Nuestras esperanzas eran muy pocas y todos teníamos conciencia de ello.

Llegó el instante que esperábamos con ansiedad y procedimos a desarmar el reducto en absoluto silencio. Cayeron las barras, que eran muros verdes sobre el pálido verde del suelo de la noche, y corrimos en dirección de la espesura, internándonos rápidamente en un mundo fantástico de siluetas y contraluces que extendían sus garras vegetales con la intención de causarnos espanto. El seco sonido de nuestros pasos, apoyos que quebraban ramas muertas y abrían el vello de la naturaleza, nos trastornaba, pues pensábamos que hacíamos un ruido monumental que pronto pondría sobre aviso a nuestros enemigos. Miedo, tremendo miedo que agiganta los minúsculos detalles y les da dimensión de pesadilla.

Continuamos avanzando por muchas horas, sobresaltados por el ruido triturador de los insectos, de las alimañas ponzoñosas; por el bostezo constante de las aves, morada de gorgojos; por el siniestro ulular de la lechuza y el nada cándido aullido del lobo. Pasos, más pasos que por momentos fueron húmedos jergones arrastrados por el fango; torturadas plantas que ardían de dolor, que gemían con las llagas y las pústulas que se nos iban formando.

Decidimos descansar sobre un promontorio en la llanura a la que habíamos venido a desembocar cuando la luna aún era novia del asesino de Faetón, desde el cual podríamos observar cualquier acercamiento, cualquier indicio de que éramos perseguidos. Para nuestra fortuna el bosque se mostraba quieto, dormido en un arrullo de hojas y sonajas animales.

Habíamos caminado hacia el norte, guiados por la testa de la Osa, y hacia allá se vislumbraban extensos llanos que nada limitaban, a excepción de un diminuto fuego cintilante que era diamante sobre paño granate. Estábamos agitados y adoloridos. Nuestros corazones palpitaban queriendo romper las costillas y en nuestros pies se cocinaban hervores sazonados con dolor. Me tumbé a un lado de mis compañeros y me clavé en la contemplación del maravilloso cielo. Dormimos como benditos, como bestias a las que no importa la mordida del galgo.

Dos días erramos por aquellos páramos yertos, evadiendo todo contacto con los pobladores, robando a las perdices salvajes el huevo del sustento, al charco el agua y a las raíces el sabor del condimento. Durmiendo en pequeñas hondonadas respetadas por el viento. Siempre al norte en busca de la luz del horizonte, de esa flama que era estímulo de vida, aunque no sabíamos el porqué.

Durante todo este capítulo anduve reflexionando la pregunta del destino. ¿A qué íbamos? ¿Qué buscábamos, si ya estábamos irremediablemente perdidos? ¿Para qué intentábamos prolongar lo que ya era gracia y burla del intrincado camino de la existencia? Cazábamos brujas, duendes de nuestro aferramiento a la continuidad de lo finito y, sin embargo, insistíamos en sobrevivir. Las explicaciones metafísicas del capellán no me convencían; el hecho de que Dios nos quisiese vivos para su gloria me sonaba tan peregrino como si el toro exigiese de sus liendres perenne alabanza. Las razones de los italianos, magias cocidas en un caldero repleto de sapos, eran simplemente bufonescas. Si estábamos destinados a encontrar la tierra del oro y la felicidad, seguramente no estaríamos muriéndonos de hambre y de temor. Que pasaréis a la historia, me decía la buena hidalga, y yo pensaba: eso será cuando esté muerto, y a mí qué se me da con ello. Cuando se vive una experiencia tan cruel e irrazonable se cae dentro de una espiral sin fin. Todo gira, el cuerpo, el cerebro, y las ideas se estrechan y se amplifican con una arbitrariedad desesperante.

La imprudencia, mezcla de curiosidad y de necesidad, nos llevó a acercarnos a un caserío que, a la vuelta de un recodo, se convirtió en una gran villa, casi una ciudad, que nos atrapó como moscas en una telaraña.

Xamanhá y su calanchionchi Taxmar nos esperaban para descastarnos e infligirnos deshonra.

V

Ser esclavo es lo más doloroso que puede pasarle a un ser humano.

Cuando nos capturaron tuve miedo instintivo de morir como Valdivia; cuando pasó el tiempo y me vi reducido a la condición más infamante, a ser un ppencat, me di cuenta que se había trocado lo malo por lo peor.

Enemigos ancestrales de la familia de los Cocomes, una de cuyas tribus nos había dado la feroz acogida, los pobladores Xiúes de Xamanhá se comportaron con mejores intenciones. Más prácticos que los otros, decidieron aprovechar las pocas fuerzas que aún nos quedaban.

Ah Cuy Ich Taxmar, Cara de Lechuza Hijo de Taxmar, era el Halach Uinic, el Hombre Verdadero, jefe del Estado y cacique de Xamanhá, súbdito del señor de Maní, ciudad-Estado que señoreaba sobre toda la provincia de Ecab y que, bajo el imperio de los Tutul Xiúes, había alcanzado un poderío y un esplendor digno de cualquier corte de nuestro mundo.

A nuestro encuentro vinieron unos cuantos guerreros, que se desprendieron de un grupo numeroso que discutía acerca de la colocación de una gran piedra labrada en el centro de un patio, cuya amplitud era lo suficientemente extensa como para albergar a un nutrido ejército. Fue tanta su premura, que ni siquiera se presentaron armados; sólo el sudor que caía sobre sus frentes, sus lacios cabellos y sus puños crispados por la sorpresa eran sus armas. No necesitaban de más para dominarnos. Veníamos tan debilitados y tan derrotados, que cuando sus voces y luego sus manos se posaron sobre nuestros brazos, éstos cedieron al cautiverio sin rebeldía de ninguna clase. Asombráronse de nuestro aspecto, y su azoro cundió llevando alas y graznidos propagadores hasta los palacios de los principales. La chusma se arremolinó a un lado cuando los señores llegaron haciendo gala de su posición, de su preponderancia. El nacom, precediendo a la comitiva de Taxmar, blandía una pesada lanza y una rodela de plumas multicolores que agitaba para intimidarnos. Sus tatuajes y aderezo eran exagerados y desproporcionados, dándole el aspecto de un furioso huracán contenido en las muecas de su rostro. Venía después la nobleza de la villa, representada por los almehenoob, agitando una múltiple variedad de armas, de entre las que descollaban palos arrojadizos, macanas, hachas y cuchillos de negros y filosos apéndices. Sus túnicas blancas, de algodón crudo y adornadas en los ribetes con cintas de cuero trabajado, pedrería de color azul aguamarina y, en algunos, con plumas cortas brillantes, ondeaban a partir de sus cuellos morenos como si fuesen los ricos mantos de los dogos venecianos recibiendo la brisa del Adriático. Al final, portando un cetro que simbolizaba el poder absoluto y que representaba a una serpiente de cuya cola brotaban los rayos celestiales, vino Taxmar a catar nuestra presencia, a tomar testimonio de los rumores de los mazehualoob, de la plebe enardecida.

Un viejo astuto, con mirada trastabada y la frente aplanada en forma de trapecio, y a quien denominaban ah cuch cab, esto es, consejero especial del cacique, nos dirigió la palabra en su lengua. Nos hizo gestos y señas, que a duras penas lograba descifrar el padre Jerónimo. Nos hizo muecas que, a no ser por nuestra miserable situación, nos hubiesen movido a reír. El capellán trató de responderle, dibujando en el polvo del suelo los contornos de una carabela, las olas del mar y el perfil del continente del que habíamos partido originalmente. Pronunció la palabra castellanos, y desde entonces los naturales se refirieron a nosotros llamándonos castilan.

Taxmar se aproximó al círculo que formábamos y miró largamente los dibujos. En su frente se formaron dos arrugas coléricas e impacientes. Quería saber más de nosotros y no aceptaba lo que las líneas le decían. Más tarde supimos, cuando logré aprender su lengua y pude servir de faraute, que en aquel momento pensaba que éramos espías enviados por sus enemigos los Cocomes para que averiguáramos sus posibilidades bélicas y preparásemos un ataque.

Comenzó a gritarnos y el padre Aguilar a responderle de igual forma. Esto lo encolerizó y dio instrucciones de que nos prendiesen y amarrasen con sogas. Fuimos entregados al nacom, el capitán de la guerra, y éste nos trasladó al interior de un hermoso templo, donde nos dejó bajo la custodia de varios distinguidos paladines.

Se nos obligó a sentarnos en unas esteras de bejuco y a esperar por horas el veredicto del cacique. Sin embargo, el tiempo se fue breve, transcurrió en la contemplación de los maravillosos frescos pintados en los muros, prodigios que bien podían competir con los de la ciudad de Pompeya y que yo había tenido oportunidad de admirar en los apuntes de un gitano trotamundos que había vivido con don Elear por una corta temporada y que, habiendo estado en esa zona, los había reproducido para venderlos a un rico moro de la ciudad de Granada. Ahí estaban, con una policromía inigualable, cientos de personajes y figuras que representaban a los reyes, sacerdotes y dioses de estos paganos. Estaban, realzadas algunas y escarbadas otras, las escenas de la historia de ese pueblo; y lo estaban con tal maestría y con tan fina imitación, que bien podía pensarse que eran vivas criaturas y no grabados. Tal era su perfección, que doña Margarita chilló y se estremeció de miedo cuando la negra figura de Hun Hau, el dios de la muerte, se le presentó de improviso al voltear la cara hacia una de las paredes laterales del recinto.

Y en todo esto estábamos, cuando llegaron otros guerreros y nos obligaron a salir del templo. La luz enceguecedora del día nos deslumbró y poco faltó para que nos despeñásemos por las gradas, que tenían la altura de tres casas. Bajamos, casi a volandas, y fuimos arrojados a los pies de un ahkin, sacerdote de menor rango que el Ahaucán, a quien deberíamos de servir en calidad de esclavos. Nuestras frentes maceradas recibieron la afrenta de la servidumbre, mancha que nos había de hacer sufrir por muchos y largos años.

Ah Itzam Tzohom, Lagartija Roja, ahkin consagrado al dios Yum Kax, deidad del maíz y de los bosques, sería un hombre rudo y exigente para con nosotros, y culpable, sin duda alguna, de la muerte de doña Margarita de Anzures y de los dos napolitanos, pues los trabajos que nos obligó a realizar estaban fuera de nuestras posibilidades físicas, y si el padre Jerónimo y yo sobrevivimos, fue gracias al rescate que de nosotros hizo Taxmar para que le auxiliásemos en otros menesteres.

Salíamos del templo y la extraña sensación de estar asistiendo a un prodigio de magnificencia, insospechada en nuestra patria, me hacía sentir inmerso en una esfera de nigromante dentro de la cual se reprodujesen las imágenes de los cuentos de Oriente, la destreza y refinamiento de los arquitectos y yeseros moros, y la grandeza del pasado egipcio, todo en el mismo plano, en la misma dimensión.

Iluminados con el áureo resplandor del ocre repujado, los templos y palacios que componían la ciudad se recortaban contra el cobalto del cielo y el profundo verdor de la selva. Frente a nuestros ojos apareció el pabellón de las vírgenes, con sus gradas de cantera trabajada y sus muros estucados en filigrana con grecas, rombos, estrellas y miles de figuras geométricas entrelazadas entre sí. Hogar de novicias, de impúberes destinadas a adorar a Ixchel, la diosa de hacer las criaturas, a quien los naturales tienen gran veneración y, también, verdadero temor cuando se muestra enseñando sus garras, haciendo gestos con su boca desdentada que vierte la amenaza del torrente e inunda las tierras, aniquilando tanto a hombres como a bestias, y destruye las cosechas que con tanto trabajo y esmero han cultivado. Juno de este mundo, que protege en las batallas a sus fieles y exige el esporádico y sangriento sacrificio de esas niñas de sonrisa triste. A cuántas he visto partir hacia Chichén Itzá, durante las peregrinaciones, llevando su huipil albo e inmaculado, sus trenzas orientadas hacia los cuatro puntos cardinales y su booch de seda blanca con palomas en las orlas; a cuántas ha comido la diosa con su voracidad implacable.

El templo del Adivino, del ahmén, nos ha servido de mirador antes de convertirnos en objetos de Tzohom y al sur hemos mirado el palacio del gobernador y la gran pirámide que flanquea a otros templos de menor alcurnia. Los hemos visto a través del corredor engradado, donde estos hombres se divierten y ejercitan con la práctica de un singular juego que consiste en hacer pasar unas extrañas y elásticas esferas por el interior de unos pequeños arcos adosados a los muros. Todo esto al impulso de caderas, hombros, codos y rodillas. Cuando, en alguna ocasión, solicité permiso para jugarlo, éste me fue negado por no pertenecer a la clase que tiene derecho a ello.

Vimos más, muchas más cosas y detalles maravillosos, pero en aquellos segundos no nos preocupaba otra cosa que saber si viviríamos. Habíamos ofendido a Taxmar y podíamos contar con la certeza de un ejemplar castigo a menos que algo inusitado sucediese, y esto no pasó. La pena, como ya lo dije, fue a la larga peor que la misma muerte.

Los lacayos y servidores de Tzohom nos trasladaron a los confines del pueblo, al lugar en donde se iniciaban los campos de labor, mismos que tendríamos que trabajar y hacer productivos con el sudor de nuestras frentes. Asimismo, se nos señalaron pesados bloques de piedra que tendríamos que partir y transportar sobre nuestras espaldas a un templo o palacio que estaba en construcción. Se nos trató igual a los cinco, sin que hiciesen distinción de edades o de sexos. La pobrecilla mujer española tendría que padecer lo mismo que los varones.

Comenzaron las jornadas de sol a sol, y el tiempo empezó a minar nuestras fuerzas. Un clima inclemente, abrasador, fue nuestra cobija diaria. Las espaldas y los brazos se llagaban con espantosas quemaduras; las manos se hacían viejas, se convertían en jirones agrietados, y luego en callos insensibles y duros. Había que desyerbar el campo con las manos, arrancando cuanta mata o espino se encontrase; derribar pequeños arbustos con hachuelas de pedernal que se rompían continuamente y después prenderle fuego a todo aquello, hasta dejar la huerta rasa, sin vestigio alguno de impurezas.

Luego tuvimos que colocar mojoneras que delimitaran la propiedad de nuestro amo. A esta labor nos acompañó uno de sus servidores, quien nos indicó a señas los lugares exactos y quien invocó plegarias al dios de nuestro dueño para que le protegiese de cualquier infortunio. Clavamos algunas estacas, más con el carácter de símbolos que con otra intención, y abandonamos el campo. Ahora tendríamos que esperar a que cayesen las primeras lluvias, que es la época en que es prudente sembrar para obtener una cuantiosa cosecha.

Mas no con ello tuvimos descanso: las labores de picapedreros se duplicaron y pasábamos los días enteros partiendo y seccionando los bloques que nos eran requeridos. La tarea era harto pesada; bajo el sol de mediodía, sin más alimento que una lechada de maíz, unas tortas planas de lo mismo y algunos frijoles, teníamos que seleccionar la pieza, rodarla hasta el centro del terreno y, una vez aprobada nuestra elección por uno de los principales encargados de la monumental obra, partirla de acuerdo con el tamaño exigido. Una vez hecho esto, nos turnábamos para transportarla hasta el templo.

Tres meses después de haber llegado a Xamanhá nos sucedió una tragedia de funestas consecuencias. Acaeció que uno de los napolitanos, Giovanni de nombre, al estar acarreando una pesada pieza por la escalinata del edificio a fin de colocarla en la cúspide, resbaló y se vino abajo, siendo aplastado por la mole de roca que cargaba. Su cuerpo quedó deshecho y su cara irreconocible. Para su fortuna, la muerte fue fulminante. Cuando nos percatamos de lo que había sucedido, pues vimos que la gente se aglomeraba en el lugar y que un jefe militar se llegaba al sitio dando una serie de imperantes órdenes, tratamos de correr a socorrerlo, mas no pudimos hacerlo: nuestros guardianes nos cerraron el paso y nos sujetaron y golpearon para evitar que tomásemos cualquier acción. El hermano del muerto lloró y suplicó, como un infante, que le dejasen ir; trató de zafarse y recibió un golpazo en la cara que lo dejó tendido y sangrante. Fue hasta que vino Tzohom que se nos aflojó el yugo y pudimos presentarlos. El padre Aguilar se arrodilló y le dio la absolución, ante la intrigada mirada de la plebe. Nos arrodillamos y rezamos frente a su cuerpo. Doña Margarita y el huérfano lloraban amarga y desconsoladamente, pues veían en aquel cadáver el siniestro reflejo de lo que nos esperaba. Nos impidieron darle sepultura cristiana; no pudimos hacerles entender lo que queríamos, por más que acudimos a todos los medios que se nos vinieron en mente. Unos jóvenes novicios, pintados de negro, se lo llevaron. De su recuerdo quedó una simple mancha roja en el borde de una laja de cantera.

La pérdida de nuestro compañero agravó más nuestra situación. El trabajo era el mismo y nosotros menos. Además, Lucarno, el otro italiano, cayó en un estado de apatía e indiferencia grave, tanto que lo llevó a la tumba. Dejó de alimentarse y comenzó a descuidar las instrucciones del nacom que entonces nos vigilaba, provocando su furor y su antipatía. Nuestros consejos fueron vanos, su condición de rebelde se acrecentó día con día, hasta que osó agredir al guardián y éste lo atravesó de lado a lado con su puntiforme lanza. Fue retirado de la cantería como un fardo sin valor y arrojado a la fosa común de los esclavos.

La diaria faena continuó ininterrumpida, ahora bajo la severa vigilancia de un celoso guerrero que portaba un amenazador tronco en cuya superficie se habían colocado rimeros de filosas lajas negras y brillantes. Tzohom se había vuelto desconfiado y no deseaba que se repitiese el incidente de Lucarno. De vez en cuando aparecía por la cantería y se sentaba a contemplar nuestro trabajo, mientras conversaba con nuestro verdugo y le daba instrucciones acerca de las dimensiones de las piedras que teníamos que labrar. Más tarde, cuando estuvimos bajo la protección de Taxmar, fuimos enterados de que se acercaba el final del katún, es decir del siglo de estas tribus, y que se aprestaban a conmemorarlo con la erección de un nuevo templo, sobre el cual iría adosado una especie de obelisco tallado por sus artífices.

Dos semanas habían transcurrido desde que el napolitano fuese inmolado, cuando doña Margarita comenzó a toser y a sentir que se asfixiaba a poco de iniciadas las labores. Se lo hicimos saber a nuestro amo, recurriendo a una pantomima muy elocuente y significativa, pero él se hizo el desentendido. Volvimos a la carga y tratamos de persuadirlo, motivando su respeto y consideración hacia la condición de mujer de nuestra compañera. El infeliz se rio e hizo traer a unas gruesas y fornidas indias, a las cuales obligó a levantar en vilo pesados trozos de roca para demostrarnos que, si ellas podían hacerlo, doña Margarita no tenía excusa para ser exonerada. Se retiró con su séquito de secuaces, y por la noche tuvimos que presenciar la agonía de tan ilustre y valerosa dama.

Cantaron los gallos y su voz fue repique de campanas que nos llamaron a misa de difuntos. Perdida entre la espesura de la selva del trópico, muy lejos de su patria y de los suyos, marginada, vejada y afrentada con la esclavitud, doña

Margarita de Anzures entregó su alma al Señor y nos dejó solos, más solos que nunca. Su cuerpo, prematuramente anciano, fue arrojado junto al de Lucarno, sin que el ahkin nos diese la menor oportunidad de presentarle las debidas honras cristianas. Muy por el contrario, apresuró su sepultura haciendo ascos y ademanes que caracterizaban su temor y aversión por la muerte.

A partir de entonces nuestras piernas flaquearon y nuestro apetito se fue extinguiendo. Con ello, el remordimiento se hizo flaco y los castigos más frecuentes. Acaeció entonces que Taxmar se conmovió de nuestra suerte y decidió tomarnos a su servicio, encomendándonos faenas menos aguerridas y de mayor congruencia con nuestro estado físico. Por prontas providencias, y a fin de aplacar el rencor del cruel idólatra Tzohom, le regaló a éste un hermoso disco de cobre con incrustaciones de nácar, que fue utilizado por su nuevo dueño a manera de bezote. Su labio inferior colgó con el peso y sus admirados servidores contemplaron el engarce de sus dientes. Contentóse con la albricia el sacerdote y nos entregó a nuestro señor. Fuimos liberados de la jaula y prisión, y trasladados al palacio del cacique.

Tan monumental y con tanto señorío como el que pueda tener la Alhambra, el palacio de este gobernador constaba de veinticuatro recámaras ricamente decoradas con miles de canteras labradas, estucos de cal y yeso cromado, pedrería semipreciosa y portentosos frescos. Cuánto primor en cada mosaico, cuánta riqueza en sus interiores, que rebosaban de pieles de animales salvajes, de enormes telas cuajadas de plumería y tintas naturales extraídas del insecto de la púrpura, de miles de recipientes y sahumerios en continua exhalación del perfumado poom, extraído del árbol de copal. Caterva de viandas de mar y de tierra cocinadas con el imprescindible maíz, en miles de formas que al capricho daban gusto y al paladar vacación. Arcos de coronamiento plano y bóvedas de piedra estructuradas sobre viguetas de fuerte ramazón de chicozapote, concreto de cal, conformaban el techo de las habitaciones, que estaban comunicadas con el exterior por medio de fantásticas puertas talladas sobre maderas preciosas de sus bosques, de sus montañas, de los linderos de sus tierras. Y ahí se nos introdujo en calidad de sirvientes para cuidar los atuendos del señor, los enseres de su servicio y los de su familia, que era grande, fecunda, prolífica tanto en hembras como en varones y, sobre todo, para procurarle la miel con la que endulzaba sus diarios alimentos y con la que agasajaba a sus dioses en las ceremonias especiales.

Contaba Taxmar con un trono hermoso y singular, desde donde atendía los asuntos del Estado, las cuitas de la ciudadanía que acudía a dirimir sus negocios de justicia, de guerra y de religión; asiento de granito en forma de jaguar pintado del color de las naranjas y al que se habían incrustado unas ruedas de jade verdoso que simbolizaban las manchas del felino, en el que impartía órdenes y resolvía los pronósticos elaborados por los chilames a través de sus oráculos y adivinanzas, provenientes de la observación del cielo y de sus astros. Gran industria tenía este pueblo para entender la lengua de las estrellas, sus caminos y sus movimientos. Por ellas sabían cuándo habría sequía; cuándo las langostas invadirían sus plantíos y devorarían todo lo que encontrasen a su paso; cómo se desenvolverían las guerras y los conflictos con sus vecinos; cuál alianza era provechosa y cuál enemigo guardaba rencores ancestrales; eran sabios en los vericuetos celestes y hasta el mismo padre Aguilar se asombraba de sus conocimientos.

Fue por aquel entonces que comenzamos a abandonar la costumbre cristiana de cubrirnos el cuerpo con telas pesadas y bochornosas, a imitación de las de nuestra patria, y empezamos a mudar de vestimentas y a utilizar el ex de los indios para taparnos las partes de la vergüenza. Eran éstas unas bragas que "se componían de una banda de fina tela de algodón de cinco dedos de ancho", como el tamaño de la palma abierta de mi mano y del largo de unas cuatro varas, que enrollábamos alrededor de nuestra cintura y hacíamos pasar por la entrepierna, dejando que una punta cayese por delante y otra por la curva de las nalgas. Mientras fui esclavo, este atuendo fue burdo y vulgar, pero en la medida en que ascendí de posición se fue cargando de adornos y figurillas que las mujeres tejían con hilos y con plumas. Las bragas de nuestro amo eran verdaderas obras de arte, por su refinamiento y audacia. Las tenía en forma de león, de serpiente, de ciervo; con piedras de obsidiana, de jade, de oro, cobre, turquesas y el plumaje más inquieto de las ramas cimeras.

Para cubrirnos del frío y para dormir en ellas, se nos proporcionó una manta de algodón, de forma cuadrangular y con una abertura en medio para meter la cabeza, que los naturales llaman patí y que podría asemejarse a nuestros mantos cortos para lances de espada o al cobertor de la camita de un niño. Nuestros pies venían descalzos y descalzos se quedaron, aunque no se me extravió el visaje de las calzas que usaban los principales, mismas que llegué a probar y que mencionaré más adelante, cuando la oportunidad me deje mostraros lo que mi brazo ganó.

Esta fue una buena época para nuestras personas. El Halach Uinic nos trataba con consideración y benevolencia, dejándonos comer sin restricciones y permitiendo que recuperásemos las fuerzas. Las faenas eran duras, pero razonables. Muy de mañana, cuando aún la luna manchaba de plata la oscuridad de los cielos, éramos conducidos, junto con otros esclavos, por una larga calzada hecha de artificios con argamasa de grava caliza y piedras en las cunetas, hasta que cruzábamos la demarcación de la villa de los señores y salíamos al campo, en donde se diseminaban multitud de chozas construidas con troncos y paja, a la manera de los hogares flamencos, y en las que vivían los mazehualoob, y nos metíamos al monte en busca de las colmenas, que son muchedumbre en estas tierras. El hombre que nos escoltaba, y que generalmente era un soldado de confianza de Taxmar, nos hacía sentar para que tomásemos el brebaje de maíz y unas tortillas de harina. Mientras esto hacíamos, dos de los servidores preparaban unas antorchas con varas y trozos de tela y las sumergían en un líquido que contenía agua y una sustancia gomosa y de mucho humo al prenderle fuego. Con ellas nos arrimábamos a las colmenas y las movíamos para que el humo entrase por los poros de la cera y aturdiese a las avispas. Éstas salían enloquecidas y zumbando con estruendo, buscando en su ceguera la mano de su agresor. Era entonces cuando debíamos de tener mucho cuidado en que no se nos acercasen y picasen, pues su aguijón es ardiente y harto ponzoñoso y, curiosamente, cuando una pica las demás encuentran el lugar enseguida. Vacía la colmena de sus moradoras, metíamos la mano hasta topar con las celdas del panal, y de un tirón arrancábamos el amasijo de miel, que salía chorreando sus lágrimas de oro y su aroma recargado.

Luego, era cosa de colocar la miel dentro de unos potes de cerámica primorosamente trabajados y conducirlos hasta el palacio de nuestro señor, donde eran recibidos con bastante algarabía; tal es el aprecio que estas gentes tienen por el dulce.

Durante el resto del día teníamos que acarrear agua del aljibe, alimentar el fuego de los hornos, apilar leña cerca de los fogones y auxiliar en el servicio de los ritos que preceden a la comida principal, que se acostumbra efectuar una hora antes de la puesta del sol.

Se recluían los hombres en sus respectivos aposentos y hacían sus abluciones, tomando un baño de cuerpo entero en una tinaja de agua caliente y aromatizada con copal y otras extrañas hierbas. Posteriormente eran atendidos por sus hijos varones en el atuendo y pasaban a la mesa en la que comían. Allí, el Ahaucán imploraba a Itzamná, Señor de los Cielos, del Día y de la Noche, por la salud y prosperidad del Hombre Verdadero, Taxmar, y daba la autorización para que se probasen los alimentos y se degustasen los condimentos, entre los que destaca por su sabor el ají. Verdadero alumbre para nuestras lenguas.

Caía la noche y el señor nos hacía llamar al padre Jerónimo y a mí, y nos enseñaba su bello y suave idioma con una infinita paciencia. Gracias a él, en el curso de dos años llegamos a dominarlo y a poder comunicarnos con los naturales; circunstancia que nos valió tanto como la vida y que nos permitió trabar conocimiento con un mundo riquísimo en contrastes, en cultura y en prestigio.

Parecerá inverosímil que un burdo e inculto marino, cual es mi persona, haya podido apreciar la grandeza de estos pueblos, pero ya os he advertido de las enseñanzas de don Elear, gitano de noble alcurnia de la rama de Antoñito el Camborio; fueron las que me hicieron ver con ojos de entendimiento lo que otros sólo ven con mirares de aspaviento. Así, mis oídos se acostumbraron a la melodía de la lengua que brotaba de las gargantas de estos hombres; mi lengua se acostumbró a paladear los manjares de la tierra; mi olfato a los olores de la selva, del monte, de las ciudades y de sus hombres; sudores que eran intuiciones de su comportamiento, preámbulos de sus quehaceres. No diré de mis ojos nada, pues será cosa de ver lo que me aconteció y para ello los guardo como brújulas que nos guíen.

El aprecio que nos tomó nuestro amo fue acrecentándose en la medida en que nuestra comunicación se hizo verdadera y pudo conocer de nuestras bocas el mundo del que veníamos y sus estructuras para la existencia. Supo de nuestros amados y muy católicos reyes doña Isabel y don Fernando, de nuestra hermosa España, de sus territorios y poderíos, de nuestros pueblos y de sus habitantes, y de todo se admiró con elocuentes gestos y por todo preguntó hasta saciar su curiosidad. Mucho le intrigó que nuestro Dios verdadero fuese un dios de amor y entrega y que no nos exigiese sacrificios ni tributos, y mucho se disgustó cuando el padre Jerónimo le explicó la complicada relación entre los miembros del clero y los feligreses; tanto, que nos suplicó que no le tocásemos más el tema y que observásemos el ortodoxo comportamiento de los sacerdotes vernáculos. El padre Aguilar sufrió en aquella ocasión más pena que en todas las anteriores juntas.

Con el tiempo, y como Taxmar veía que cumplíamos a pie juntillas sus órdenes y mandamientos, nos permitió que nos mezclásemos con la gente del pueblo y que asistiésemos a sus espectáculos populares y algunos religiosos. De esta manera fuimos convidados a presenciar una ceremonia que es el equivalente a nuestro bautismo, que se llama el hetzmek. Habíanles nacido a unos guerreros principales sus hijos ya hacía cuatro meses, y era la hora de que sus padrinos les hiciesen el hetzmek para integrarlos al seno de la comunidad. Vinieron entonces, con un atambor y un flautín, pregonando la fiesta y nos invitaron a contemplarla a la casa de Ah Ceh Chac, que en castellano sería Hombre del Venado que Llueve, y hacia allá nos fuimos en seguimiento del grupo de mazehualoob, a quienes dan una especie de bolo al final de la ceremonia. Llegamos, pues, y vimos unas esteras primorosamente decoradas con cortinas de henequén, que es una fibra parecida al lino que usan en sus casas y en sus ropas, sobre las que habían colocado viandas y ofrendas para ofrecer a los dioses. Esta vez el ritual estaría consagrado a Chac, dios de la lluvia, y los padrinos serían el ah cuch cab y su mujer, la de mejillas que siempre sonríen. Trujeron a los pequeños, todavía con la tabla y vendajes para achatarles las cabezas en las frentes, a manera de pilón y con los cascabeles o esferitas de cristal colgándoles de la peluca entre los ojos, para trastabárselos, que es un primor ver cómo bizquean y cómo se lo tienen por de mucha dignidad, y los padres se los dieron a los padrinos y éstos los colocaron a horcajadas sobre la cadera y comenzaron la ceremonia.

Diré lo que aconteció con el uno que fue el hijo de Ah Ceh Chac, que con los demás fue lo mesmo, y sucedió que su padrino se acercó a la estera orientada al sur y tomó de ella un cuchillo de pedernal y fue dándole la vuelta, musitando en voz baja y pausada un versillo que rezaba algo así como: "Aquí tienes este cuchillo, tómalo para que aprendas de la necesidad del sacrificio para aplacar a las plagas y proveernos de buenas cosechas".

Terminó la vuelta y el padrino se puso un grano de maíz en la boca, sin masticarlo; tomó otro objeto, un pote con tintura azul y díjole: "Toma esta urna y mete el dedo, para que sepas vestirte con el color de las ceremonias y de nuestros dioses, cuando están airados y ahuyentan al venado y al puerco de los montes, y hay que sacrificar al pavo o a la gallina";

terminó así la segunda vuelta y se introdujo otro grano de maíz.

Agarró un manojo de hojas sujetas con un cordel y le dijo al niño: "Este que ves y que es suave, blanco y está pintado, contiene las oraciones que has de saber para recitar a Itzamná por los beneficios del sol, que no se enoje, que no seque nuestros campos y que no opaque al dios Chac con sus rayos, ni ahume las aguas de los surcos, ni de los cenotes. Pídele por la vida y la abundancia".

Así sucedió con otros seis instrumentos, los cuales fueron ponderados y explicados, acerca de sus usos y necesidad, al infante, cuyo oráculo había sido divino, y en cuyo horóscopo el ahmén había visto las señales del sacerdocio. El hijo del Hombre del Venado que Llueve sería sacerdote.

Vino después la madrina y se repitió el ritual. Terminado éste, el chiquillo, que berreaba aburrido y molesto, fue devuelto a sus padres. Nos repartieron tortillas, gallinas y un brebaje de maíz y frutas fermentado, y se dieron las gracias a los padrinos, que con una ceremonia y boato asombroso dijeron: "Ah Ceh Chac, le hemos hecho el hetzmek a tu hijo y ahora te lo devolvemos para que cuides por él y por sus manes, hasta que sea la hora de que vaya a la casa de los jóvenes y conviva en el templo de los sacerdotes".

Muchas de estas fiestas, y otras que relataré más adelante, fueron vistas por nosotros, y no menos nos admiramos de aquéllas como de éstas, que fueron una nueva impresión para nuestras conciencias y nuestros entendimientos.

Llegaron, afortunadamente, las lluvias, y el pueblo se alegró y agradeció a sus dioses, en especial a Chac, por su benevolencia. Las siembras se llevaron a cabo con profusión de ceremonias, cánticos y alabanzas, y las mazorcas crecieron, se hincharon como pechos de parturienta y las cañas alcanzaron la estatura de los hombres. Daba gusto verlas balancearse con el viento sobre su único pie, danzando los cantos de Ceres, silbando las melodías de Yum Kax, empenachado dios del maíz, pan de estos pueblos, razón fundamental de su sedentarismo.

La temperatura bajó, se hizo más amable, y pudimos soportar mejor las inclemencias de los calores tórridos. Nuestras carnes pudieron almacenar algunas grasas y nuestra apariencia mejoró a ojos de todos. A pesar de los enojos y las riñas del padre Aguilar, me despojé de la barba, me arranqué aquel estigma rojo para la mirada de la gente, y me rejuvenecí diez años. Con una curiosidad infantil, me rodeaban y tocaban las mejillas lampiñas y luego tornábanse a reír y a cuchichear. No puedo negar que algunas mozas, bellas y bien dispuestas, me miraban de reojo y no sin cierta codicia. Pero... siempre hay un pero..., muy bien advertidos estábamos por Taxmar de no comer de ese bocado, si apreciábamos nuestras vidas en algo, y muy bien nos guardábamos de calmar los apetitos. Y esto, si debo ser honesto, más bien debo de hablarlo por mí, que por lo que respecta al padre Jerónimo es justo decir que no hay hombre más casto ni más apegado a sus votos de clérigo que él. Mas a mí, sí que me atormentaba el celibato forzado; la castidad, que nunca fue mi amiga, se ensañaba propiciándome alucinaciones y sueños lúbricos y pecaminosos, que me traían con la mirada turbia y las partes encendidas con metal líquido, con fuego abrasador, amenazante; brasas que me hacían amanecer mojado, pegajoso y de un talante de los mil demonios.

Para eso el trabajo es un buen amigo, y me esforcé como un cafre durante algún tiempo, hasta que unas manos, que no fueron las mías, se apiadaron de mi cuerpo. Era costumbre de esas gentes traficar con esclavos para su servicio y para los sacrificios que, con frecuencia, tenían que hacer a sus múltiples dioses. Estos cautivos eran mercados a las caravanas que llegaban del norte para intercambiar productos y a las tribus del sur y del oeste que pagaban tributo al señor de Maní. Con frecuencia se trataba de mujeres y niños capturados en la guerra o donados voluntariamente por sus agradecidos padres para las ofrendas de algún dios que les había sido benéfico, siendo escasos los varones, pues a éstos se les sacrificaba en el momento mismo de la derrota; aunque cuando se acercaban los días nayeb, días aciagos y de infortunio que precedían a las ceremonias del año nuevo, se les buscaba con afán e intensidad y se adquirían nutridas huestes para los sacrificios; también, cuando urgía terminar con los monumentos erigidos en elegía al final del katún, pululaban los esclavos en las obras y en las yeserías. Mas en las casas de los señores servían mujeres, y de una de éstas os estoy hablando.

Hacía ya meses que nos mirábamos cuando, ocupados en las faenas ordinarias del palacio, nos encontrábamos entre aquellos pulcros corredores insepultos en penumbra, en una media luz ambarina que se filtraba por unos orificios situados sobre la mitad superior de los muros del edificio y que servían para ventilar las habitaciones. Su tez enrojecía y en sus ojos negros y profundos, de un tamaño excepcional para los habitantes del país, se encendía un pequeño faro de risa, de encantadora seducción. Era un brillo lejano y hondo, como el mar en bonanza, que me atraía y encandilaba, como si fuese una mariposilla. Bajo el huipil albo, sin adornos como han de ser los de los esclavos, las inquietas liebres de sus pechos se asustaban y prevenían el embate del cazador, al que, sin embargo, esperaban. La piel canela de sus hombros y brazos exudaba humedades de almizcle, replicaba el aroma del copal y la bondad de la hierbabuena, y así pasaba con menudo pie, con la virgen cadera que cupiese en la fuerte palma de mi mano, arrullando mis deseos y los suyos, que sonaban como campanillas en brocal.

Fue una noche, en la que Taxmar y los almehenoob de noble estirpe fueron convocados a Consejo por el ah cuch cab para determinar si deberían guerrear con sus vecinos de Sotuta, capital de los Cocomes, sus ancestrales enemigos, al cual fue invitado el padre Jerónimo de Aguilar y que el palacio quedó vacío de hombres, cuando se me presentó la oportunidad que tan ansiosamente esperaba.

Habíame quedado vigilando los fuegos de la cocina, en la que rezumaban los peroles y las vasijas de crudo barro, cuidando de que la lumbre se extinguiese a su debido tiempo para evitar una posible desgracia, cuando del exterior del palacio me llegó el tenue sonido de una cancioncilla cantada por voces femeninas y ritmada con el sonar de sus palmadas. Me desprendí del hogar y fui a una terraza que señoreaba, montada en un terraplén y cabalgando sobre la grupa del edificio, sobre los confines de la ciudadela. Alumbradas por penachos de teas que portaban las esclavas, las señoras y damas principales celebraban un ágape de suave ritual en honor de Ixchel, pidiéndole que las dotase del calor necesario para concebir a sus futuros hijos, a esas criaturas que confirmarían la nobleza de la tribu, el orgullo de sus padres y abuelos; a esos seres que detentarían el poder, que conocerían las palabras exactas para calmar a los iracundos dioses y frenar los males y las plagas. En el cielo, una inmensa luna llena se dejaba acariciar por los cúmulos de nubes que surcaban los aires, los arreboles del viento, las cordilleras de vacío, y lanzaba su luz azul sobre todos los contornos, sobre todos los cuerpos y figuras que adornaban los templos. Las cabezas de jaguar, de serpiente, del ave moán de mal agüero y desgracia, de reptil de los pantanos, los grifos, homúnculos y simios, y las estrías, molduras y arabescos, palpitaban con siniestra vida, con diabólica lógica.

Ix Nahau Nic, Florecilla, esclava desde las guerras de los príncipes Tutul Xiúes contra los de su pueblo Tayasal, los Canek que habían bajado desde Chichén Itzá hasta el lago del Petén Itzá en una peregrinación de varios siglos, se desprendió del grupo y se internó dentro del palacio, alumbrándose con una antorcha de candela que difundía una iluminación placentera. Su sombra recorrió los pasadizos, los corredores olorosos a copal y, sin traspasar la barrera invisible que demarcaba las habitaciones femeninas, se introdujo en el cubículo que nos servía de habitación. Coincidieron sus actos con mi presencia en el balcón, con una aureola que bajó del disco de los amantes y se posó sobre mi testa. Ella me vio como una revelación y sintió que un escalofrío recorría su columna vertebral, que sus rodillas temblaban y que algún dios muy lejano, muy oculto entre los pliegues del universo, la señalaba como la vía de su rito, como el objeto sobre el cual yo, el de piel blanca y ojos celestes, debería sacrificar a los dioses del amor. Jamás fue Dionisios el que me empujó hacia ella, fue Eros el que me facilitó las cosas, pues en mis haceres había un enamoramiento que fue creciendo y que me permitió entregarme a ella con libertad absoluta. Caminé tras de sus pasos con el sigilo de un jaguar, con la orientación de un murciélago, fui céfiro que recorrió los laberintos sin tocar las paredes, sin provocar la insensatez del ruido. En mi horizonte había una colcha de plumas que soportaba el peso de los pies y la tensión de los músculos. Pronto, manos sobre sus tersos hombros, ojos sobre sus ardientes miradas, labios partidos por el sol y las penurias entreabriéndose en sus frescos gajos de púrpura, sobre la pelusilla de su cutis, el cuello, los dedos mariposas, los muslos robustos de acacia. Grito de sexos, susurros de pechos en un remolino de contactos, en el vórtice del jadeo animal, del vaho agradecido que renacía y comenzaba de nuevo con aquel amanecer de nuestros cuerpos.

Afuera, los cantos continuaban como la lluvia menuda; finos retazos de palabras extrañas a mis oídos caían humedeciendo las rocas, los taludes, los frontispicios del palacio; cadencia de musas, frases afrodisiacas que nos arropaban y daban renovados bríos, durante horas de seda en las que recorrimos y conocimos todos y cada uno de nuestros rincones.

Los gritos de los hombres que volvían, enaltecidos unos, airados otros, nos indicaron el final de aquel instante, y la prudencia nos proveyó de alas para ser rápidos y cautelosos. ¡Qué tristeza tener que borrar los vestigios de nuestra pasión; tener que aparentar que nada había sucedido! Gambusino mudo con los bolsillos retacados de oro. Eureka, como decían los vascuences de mi tierra.

Recién entró el padre Jerónimo, me di cuenta de que los oráculos de los chilames y el Consejo de los ah cuch caboob habían indicado a Taxmar afrontar la calamidad de una guerra. Su cara, siempre austera, reflejaba un intenso sufrimiento, una extraña ansiedad.

—Taxmar me ha pedido que le aconsejemos y le prestemos auxilio con nuestros propios brazos, Gonzalo me soltó a bocajarro mientras se paseaba por la habitación.

—¿Y qué le habéis contestado, padre?

—Que lo haremos. Somos sus esclavos y debemos obedecerle en todo lo que nos mande.

—Pero vuestras manos son sagradas; están hechas para bendecir y dar consuelo, no para matar al prójimo. Yo, por mi parte…

—¡Calla, Gonzalo!, ¿qué no veis que me lastimas? Dios me ha enfrentado a todo, ahora me envía esta prueba y yo, como simple mortal, debo acatar sus designios. Debo ser paciente y esperar a que Él me rescate y me devuelva a su rebaño.

—De verdad, ¿aún creéis que eso pasará, que seremos rescatados y restituidos a nuestro amado suelo?

—Dios lo proveerá así, hijo, si tienes fe en su santa palabra.

—Así sea, padre.

Hay alardes que elevan el polvo como si fuesen un remolino, como si de la tierra brotaran esputos del demonio que lanzan a los hombres a la locura y al frenesí de lo irracional, de lo bestial; así son los alardes de la guerra. Miles de jóvenes mancebos, enfundados en bien guarnecidas armas de algodón, especialmente dispuestas para recibir la flecha, la lanzada, el golpe de la macana, estaban provistos de rodelas, arcos, adargas de puntas de obsidiana, de unos tremendos garrotes, pedrería de río plana y filosa, hachas de pedernal y todo aquello que es útil para herir en la carne y hurtar el alma al cuerpo, otrosí digo que también había hondas, cuchillos, hoces y todas las manifestaciones de aniquilación, de odio y de rencor. Sus cuerpos embetunados de negro en las extremidades y en la cara eran marionetas de tumulto, de congregación de fiereza y agilidad, pues saltaban agitando el torso como si fuesen gusanos, haciendo que sus tatuajes revoloteasen, que sus colgajos tintineasen en honor de Ek Chuah, el perverso dios de la guerra, el Marte de estos nativos.

Sumamente temprano, Taxmar nos hizo llamar a sus aposentos y nos pidió le prometiésemos que le seríamos fieles, que no aprovecharíamos la oportunidad para huir o para traicionarlo. Con el simple gesto de nuestros rostros entendió que había sido imprudente al mencionar aquellas bajezas; mediante nuestras palabras obtuvo la garantía que pretendía y el valioso consejo de formar sus escuadrones como adelante se dirá.

Acostumbraban estos hombres pelear a la desbandada, en masa informe y desordenada, muy expuesta a los blancos del enemigo; se reunían en turbamulta, gritando y haciendo ruido, sin cuidarse de las rociadas de flechas, de las picas bien apoyadas, y se dejaban ir al ataque como quien va a un carnaval. Por supuesto, salían de las escaramuzas heridos y mal parados, si no es que muertos o cautivos. Era, pues, necesario enseñarles algo de las artes marciales, de las que yo fui tan avezado y tan bien afortunado. Le hice que convocara a sus nacomes y que me diese autoridad para ilustrarles sobre lo que yo sabía y que era usual en mi país, en mi amada España que Dios guarde para siempre. Y bien, decía que nuestro señor accedió a que él y los suyos viesen lo que se les podía aumentar en peculio castrense y me vieron dibujar, sobre unos folios de henequén, un descampado en el que se formaban escuadrones de un cuarto de ciento de soldados, destinado cada uno a diversas y muy ofensivas tareas. Debido a lo primitivo de sus armas, opté por elegir la falange macedonia para sus lanceros, erizo polidentado que avanzaría sembrando la muerte y el desconcierto que preludia a la derrota del enemigo. A los flancos se colocarían los flecheros con abundante arsenal de saetas, y en los intersticios los arrojadores de balas de piedra y viruta de cantera. Aconséjeles también, que su gritería y alharaca no fuese onomatopéyica, que eso estaba bien para asustar a las bestias pero no a los guerreros, sino que la convirtiesen en algo racional, en un código de entendimiento entre ellos que tuviese utilidad. Les pedí que se guardasen bien de asistir ataviados fastuosamente, que desdeñasen las ropas pesadas que no fuesen indispensables para atajar las picas y la mordida de la flecha, que evitasen todo aquello que sirviese de asidero al enemigo, tales como bezotes, aretes, arracadas y narigueras, a las que son muy afectos. Mucho disgusto les causó escuchar esto último, pues forma parte de sus rituales y de su religión, y muchos, con los ojos desorbitados y la espuma en los labios, amenazaron con no acudir, antes que hacerme el menor caso. Taxmar se puso muy inquieto y me hizo repetir lo que había hablado respecto de los adornos. Astutamente desvirtué lo que había dicho y se los volví a explicar, refiriéndome a brazaletes, cascabeles y otras ñoñerías que no vienen al caso, salvando así el pequeñísimo prestigio que se nos venía gestando y que había estado a punto de arrojar por la borda.

Los adustos capitanes dialogaron entre sí con tal rapidez que no pude entender ni jota, pero para nuestro alivio pidieron ver de nuevo los trazos y se estuvieron estudiándolos por un prolongado tiempo, hasta que Ah Pach Tok, que quiere decir Cuchillo de Pedernal que va Detrás, el nacom principal de las huestes de la villa de Xamanhá, sonrió y, dirigiéndose al padre Jerónimo y a mí, nos palmeó en las espaldas y accedió a seguir nuestros consejos.

El resto del día lo dedicaron a sus dioses. De las cimas de los templos salió humo de copal y sonido de oraciones y cánticos. En sus escalinatas se apiñaron los moradores de la ciudad para escuchar la palabra de sus ahkinoob, que ofrendaban a Itzamná, a Ek Chuah y a Ah Puch, ídolos que fueron sahumados y bañados con la sangre de los animales sacrificados, alimentados con corazones de masa de maíz, en cuyo interior colocaban pastillas de poom pintado de azul turquesa, con frutas y hortalizas, con brebajes de maíz líquido y otros aguajes. Los tambores, largos y de madera ahuecada de zapote, que podían percutir tres hombres a la vez, y las flautas, panderetas y campanillas de barro, sonaron durante toda la tarde y durante el paso de la noche.

Amaneció y nadie probó bocado. Los capitanes de los escuadrones efectuaron una minuciosa revista en un silencio absoluto. Extraños plañidos abandonaban los palacios y las cosas, reflejando de amarillo el negro rostro de los soldados. Cárdenas hojas de ceiba habían sido esparcidas por el suelo, en señal de buena ruta y de feliz retorno; pétalos de yaxché, la gran ceiba sagrada, daban una nota sangrienta a lo inmaculado del cielo. La voz grave del viejo Ahaucán, Señor de la Serpiente y sacerdote principal, les exhortó a vencer o morir con honor, recordándoles que su paraíso, regenteado por Ixtab, estaría abierto a todo aquel que muriese en combate o que, antes de caer cautivo, se inmolase con la horca. Tremendas fueron sus palabras para nuestros oídos cristianos y terrible fue el instante en que se inició la marcha.

Para evitar que sus hombres pasasen por los poblados de Keuic, Huntichmul y Labná, y se corriese la voz de alarma que prevendría a los moradores de Sotuta, Ah Pach Tok condujo a los guerreros por una calzada, Sacbé, que se prolongaba por dos leguas hacia la laguna de Chichankanab y luego torció hacia el noroeste del territorio, rumbo a la ciudad de los Cocomes. Aunque esto significó un pesado rodeo de varios días, en los que anduvimos muchas leguas medrando por los caminos y los poblados de los siervos del enemigo, se obtuvo el resultado deseado por el nacom, y cuando estuvimos en las inmediaciones de Sotuta, sus guerreros aún se entretenían con el juego de la pelota de caucho y se encontraban indefensos.

Ah Pach Tok nos ordenó que esperásemos en un descampado, dejándonos al cuidado de uno de sus capitanes, y que observásemos el desarrollo de tan singular batalla.

Cayeron como plaga de langosta, arrasando y aniquilando todo cuanto se interponía a su paso. Los Cocomes apenas tuvieron tiempo de huir hacia sus templos, desde los cuales arrojaron rocas a los Xiúes. Las calles de la ciudad hervían de sangre caliente; en los muros de las casas y palacios se formaban manchas de grana a las que se adherían pedazos de cerebro y de piel humana. Los aullidos de los sorprendidos moradores movían a espanto y a un profundo dolor. Cuánta agonía, cuánto llanto de mujeres afrentadas, de niño huérfano en un instante. Los Tutul Xiúes vengaban una derrota ancestral que casi había aniquilado a su casta reinante hacía ya muchos, pero muchísimos años, y se ensañaban con sus enemigos para que nunca olvidasen el castigo. Pena extemporánea, sobre seres que apenas y sabían de lo que había acontecido en un pasado ya tan remoto.

Algunos Cocomes habían logrado parapetarse en una de las terrazas de su templo principal y desde ahí ofrecían espartana defensa de su raza. Serían unos cincuenta principales y una veintena de arqueros que rociaban flechas con certera puntería, de tal suerte que ninguno de los hombres de Xamanhá osaba acercarse a la distancia letal. Grandes esfuerzos y pérdida de hombres estaba costando a Ah Pach Tok el apoderarse del reducto, sin lograr avanzar un palmo, hasta que sus flecheros cubrieron el cielo con sus varas y los lanceros lograron trepar por la escalinata de piedra. Inicióse entonces una danza mortal que, a pesar de lo siniestro, no dejó de ser una bella estampa guerrera.

Replegáronse los de Sotuta a una esquina para recobrar los alientos y preparar la defensa, dándole tiempo al nacom Xiu de formar a su gente como yo le había enseñado, conformando la falange. Avanzó ésta y pronto se encontraron en el medio. Quisiera excusarme de contarlo para no pecar de vanidoso, pero como es mi obligación hacerlo, debo deciros que ante aquella muralla de púas cortantes, los Cocomes sucumbieron como Santa Úrsula, dejando miembros y vidas regadas en camposanto, en tenebroso osario huero de almas.

Con esta acción la batalla quedó ganada, la victoria de las huestes de Taxmar quedó consumada y nuestros amos vengados. Todavía tomaron tiempo para hacer cautivos y efectuar sacrificios individuales sobre el mismo campo de la guerra y así se entretuvieron por largo rato.

A la tarde vimos venir los pendones victoriosos, y a sus orgullosos capitanes entonando cánticos y alabanzas a sus dioses y señores, que era gusto oírlos y saborear su triunfo. Amarrados con fuertes sogas traían a una treintena de miserables cautivos que serían pasto de las fauces de Hun Hau y de los ídolos menores en jerarquía litúrgica, pero no menos sanguinarios.

Emprendimos el retorno dejando la ciudad en ruinas, vacía de sus mejores hombres, de sus más valientes guerreros, sumida en un luto desabrido como la cal de sus fachadas, habitada por ancianos y mujeres conmocionadas por el espantoso espectáculo. Las fétidas alas del ave moán se extendían sobre la planicie de Sotuta y su lúgubre gracejo amortajaba a sus desmantelados guerreros.

El triunfo de Taxmar se divulgó como el viento, desde Dzilam hasta Copán, desde Palenque hasta Tikal y Xmakabantun. Selvas y planicies, montañas y valles, ríos y costas supieron escuchar de esta singular batalla y de su final apoteótico.

Nuestro amo no podía disimular el orgullo que le producía saberse vencedor y, sobre todo, poseedor de nuevos recursos estratégicos. Desde entonces nos trató con una consideración notable y bondadosa.

Omitiré narraros ahora la descripción de las festividades y sacrificios que sucedieron a la guerra de Sotuta, porque no quiero aturdir vuestros ánimos con el vapor de tanta sangre, y pasaré a ponderar un hecho que no sólo a mí me llenó de admiración, sino también a nuestros amos y señores, y muy especialmente a Taxmar.

Transcurrió el tiempo, llegaron las lluvias ansiadas, se vio crecer en los campos el verdor de las cañas que sostienen el grano sagrado de estos pueblos, se escuchó la formación de los pedúnculos y el parto de las mazorcas, llevándose a cabo la cosecha con manifestaciones múltiples de halago, festividades y sacrificios en honor de Yum Kax, de Chac y de Ixchel, que este año se había mostrado benévola y no había inundado las parcelas, ni había destruido las inmensas plantaciones de maíz.

El pueblo estaba feliz y alborotado y su Halach Uinic, Taxmar, se vanagloriaba de estar viviendo uno de los momentos más ilustres de su raza. Su dicha era tan intensa y el cariño que había cobrado por nosotros tan profundo, especialmente por el padre Jerónimo, a quien mimaba como a un hijo, que decidió que éste se casase con su hija, la princesa Ix Mucuy Taxmar, Tórtola Hija de Taxmar, a quien amaba fervorosamente.

Llegóse una noche a nuestras habitaciones, desprovisto de escolta y de guardianes, y dirigió al canónigo su petición, después de una serie de cómicos rodeos. Turbóse el padre

Aguilar, sin que acertara a contestar ni a proferir palabra. Su rostro, pálido y compungido, era una bella máscara de porcelana a la que difícilmente se podía considerar humana. Sus labios, blancos y trémulos, permanecieron sellados durante un tiempo que se me hizo eterno. Iba yo a intervenir cuando un lacónico "no" surgió de su boca, llenando los aposentos con un amargo sabor que me hizo temer por nuestras vidas. Sonrió Taxmar y, sin decir palabra, se retiró a su lugar de monarca.

Con cuánta zozobra pasamos los días que siguieron, esperando que de un momento a otro viniesen a prendernos y a llevarnos al Templo de los Sacrificios, o que el veneno de alguna sierpe, introducida subrepticiamente en nuestros lechos, epilogara nuestras miserables existencias. Durante todo este periodo de postración e incertidumbre, el padre Jerónimo se confortó con la lectura de su libro de horas, único lazo que nos unía con nuestra patria y religión, y yo me dediqué a cultivar en el generoso cuerpo de Ix Nahau Nic la posteridad de mis deseos. Ahora que lo veo todo con serenidad y con la perspectiva madura que la edad concede, me asombro de mis hazañas cortesanas en Xamanhá, de mi audacia y lascivia desenfrenada.

Aproximadamente dos semanas después de la solicitud de nuestro amo, fuimos separados. El padre Jerónimo fue trasladado a los aposentos de los señores principales y recluido en un recinto ricamente decorado y profusamente ahumado con copal y otras yerbas de efectos alucinantes y afrodisiacos. Me contó que durante tres días fue alimentado especialmente con manjares del mar y con carne de lagarto, verdadera exquisitez para estas gentes. Que luego fue visitado por bellísimas mujeres, de rasgos orientales y formas exóticas, a las que nunca había visto en la ciudad, que trataron de encender el fuego de sus entrañas. Cuando decidieron que ya se encontraba listo para celebrar las nupcias deseadas por su señor, hicieron venir a Ix Mucuy y se la ofrecieron totalmente desnuda, envuelta en gasas transparentes y perfumada con la más fragante y deliciosa pócima. Así los dejaron solos por tres días, durante los cuales les prodigaron con infinitud de viandas y mudaron los ropajes de la infanta y sus olorosos efluvios.

Pero, a pesar de todo, este monumental hombre resistió a la tentación; como San Antonio recurrió a Dios, a sus plegarias y a las santas enseñanzas de la verdadera doctrina, y venció para gloria de Cristo y de su Iglesia.

Cuando Taxmar, los principales y el Ahaucán vinieron a darles los parabienes y a celebrar los esponsales, se encontraron con que Ix Mucuy estaba intacta y que el esclavo se había portado como un señor. A partir de entonces y hasta donde yo he podido tener noticias, el santo varón se encargó del cuidado de la casa y de la familia del Halach Uinic de Xamanhá, y se le respetó como a un ser dotado de cualidades privilegiadas.

Aquella noche, en la que nos volvimos a encontrar después de tan prolongada ausencia, después de abrazarme y confesarme su singular pasión, el padre Jerónimo de Aguilar me dijo:

—Gonzalo, hijo, creo que por fin nos hemos salvado de morir sacrificados.

Y así fue.

VI

Corría el año del Señor de 1514, última fecha del calendario juliano que pudo haber sido conocida por Gonzalo Guerrero, cuando los habitantes de la ciudad de Xamanhá se dispusieron a celebrar el final del Katún 2 Ahau y, al efecto, se dedicaron a erigir un prodigioso monumento consistente en una estela que rescataba el pasado grandioso de la familia Tutul Xiu, en ofrenda al dios Itzamná, Señor de los Cielos, del Día y de la Noche.

Al acontecimiento fueron invitados los caciques de otras tribus, de otras ciudades remotas bañadas por las aguas del mar de los caribes, como Tulúm o el santuario de Cozumel; miradas en las brumas y resacas del Golfo de México, allá en Comalcalco, Champotón; el del valle del Usumacinta, con sus recintos de jungla salvaje, palúdica y pantanosa, como eran Chinikiha, Quexil, Toniná; y de la región boscosa, abrumada por pléyade de maderas preciosas y ejércitos de micos y pájaros de plumajes insólitos y muy apreciados, jaguares, pumas, pitones, saurios de río y hacinamientos humanos que eran racimo de privilegiados mayas, tales como

Tikal, Uaxactún, Naranjo, Oxtanká y Chetumal, el recodo de Ichpaatún.

A Xamanhá iban llegando los nobles señores acompañados de sus nacomes y sus huestes de guerreros, luciendo principescos ropajes que rivalizaban entre sí por la riqueza de las bragas o ex, que un cronista describiera como "un mástil entre las piernas, que era una gran tira de manta tejida, la cual, atándosela a la barriga y dando por debajo una vuelta, les tapaba sus vergüenzas, colgándole por detrás y delante dos puntas largas, teniendo en ellas mucha plumería", habiéndolas también con adornos de jade, obsidiana, nácar y, en algunos personajes, con cobre u oro de baja ley. Y venían armados todos con sus mejores vestidos de algodón y sus rodelas de pluma y colchón de pieles de felino, y las lanzas de procesión, macanas, hachones, bastos para herir en la testa; metiendo ruido y estruendo con sus atambores, flautines, cascabeles, caracoles y otros instrumentos de ruido madero, agudo o grave, de onda seca o vibrante, coléricos o flemáticos. Con ellos, los ahkinoob, los chaces, los chilames y, en el caso de los Cheles de Tecoh, el Ahaucán Mai, gran sacerdote, emparentado con Taxmar por la línea materna. Cuánto ilustre varón se congregó en la ciudad, haciendo valer el prestigio de su manta o patí, que eran verdaderos mantos reales, sobre los que una heráldica vernácula se expresaba con donaire y señorío; pisando fuerte con las sandalias, llamadas xanab, que enaltecían el caminar de su dueño y lo elevaban al rango de noble y muy principal ciudadano; y así los había muchos y cada vez más, hasta que todas las habitaciones de todos los palacios se vieron abarrotadas y las despensas y provisiones asediadas con el apetito de tan grandes mesnadas.

Los hogares y el clapoteo del arte de hacer tortillas de maíz proporcionaron luz y sonido continuo a las festividades. Último día del mes Uayeb, del postero Tzolkin del Katún de siete mil doscientos días, fin de siglo, resumen de la jornada de los años Kan, Muluc, Ix y Cauac, representantes temporales de los cuatro Bacabes o sostenedores del Universo Maya, vestales masculinos de la plataforma del mundo, de la tierra-madre.

Ante los ojos de los españoles desfilaron los miembros de las familias Tutul Xiúes asentados en Maní; de la de los Canek, cuya capital era Tayasal, junto al lago del Petén Itzá; de los Peches de Motul, resplandecientes hijos del dios Kinich Ahau, sol sangriento en el cénit; y de los de los Cheles, que adornaban sus atuendos con la pluma esmeralda del quetzal. No estuvieron presentes los Cocomes, nadie los mencionó ni se sintió triste con su ausencia, se les despreció con indiferencia. Allá que ellos festejasen en el luto y el oprobio de la derrota.

En el centro de la plaza circundada por el palacio de Taxmar, la gran pirámide y el santuario y habitaciones del Ahaucán, veintenas de artífices se afanaban por terminar el obelisco conmemorativo, labrando la roca, amasando la cal, mezclando las tinturas para cromar los detalles sobresalientes; llenando con el ruido de sus hachas y cinceles el silencio de las horas de meditación y de plegarias. Los oratorios expelían densas nubes de copal al cielo, perfumando a la ciudad, a sus habitantes y a sus importantes huéspedes. Gonzalo Guerrero y el padre Aguilar eran objeto de minuciosas entrevistas, de extensos interrogatorios y de codicia por los pares del cacique de Xamanhá. Las mujeres de la ciudad veían en la festividad el pretexto para aflojar un poco el yugo de la sumisión patriarcal y buscar posibilidades de establecer nexos convenientes, para ellas y para sus familias. Era buena época para maridajes, para bodas cruzadas en las que no existiese el peligro de caer en el pecado de la conjugación consanguínea, tan prohibida y castigada por los naturales del Mayab.

En esta ocasión, las ceremonias del sabacil than, que normalmente duraban tres meses, no fueron celebradas con la ligereza y liviandad descritas por el Obispo Landa, que de ellas decía: "Miraban en el pueblo de los más ricos quién quería hacer esta fiesta y encomendábanle su día, por tener más agasajo estos tres meses que había hasta su año nuevo; y lo que hacían era juntarse en casa del que la fiesta hacía y allí hacer las ceremonias de echar al demonio y quemar copal, y hacer ofrendas con regocijos y bailes, y hacerse unas botas de vino; y en esto paraba todo; y era tanto el exceso que había de estas fiestas estos tres meses, que lástima era grande verlos; ca unos andaban arañados, otros descalabrados, otros los ojos encarnizados del mucho emborracharse, y, con todo eso, amor al vino, que se perdían por él." Al contrario, la austeridad impuesta por Taxmar y sus sacerdotes fue ejemplar. Guardias y patrullas de cinco hombres recorrían las calles de la villa durante todo el día, de sol a sol, de luna al alba, pregonando abstinencia carnal y de bebidas fermentadas; conminando a los habitantes a la oración y al sacrificio, a la moderación y al buen comportamiento. El padre Jerónimo estaba asombrado ante la respuesta cívica de los moradores y de los visitantes. Gonzalo lamentaba, en su fuero interno, el exceso de liturgia y la carencia de un poquitín de buena juerga.

Dentro de todo este contexto de rigidez, casi místico, exigido por el cacique de Xamanhá, se dieron momentos de distracción y de jolgorio que animaron a los participantes en las ceremonias, tales como aquel en el que el macehual Hun Muy, Conejo Escurridizo, acertó a pasar la pelota de caucho a través del aro de piedra en el juego y, para escapar a la carga de la costumbre, los espectadores huyeron. Fueron perseguidos por los jugadores, hasta que los despojaron de sus prendas y se las entregaron al afortunado jugador; todo esto bajo el marco de la risa y la guasa de la juventud. Realizáronse bailes, cantos y competencias siempre premiadas con la exquisita generosidad de Taxmar, y sobre todo, se concertaron nuevas alianzas y se confirmaron las que ya existían.

Así fue como, en un rasgo que lo elevó ante los ojos de su pueblo y le dotó de una significación muy especial entre los mayas, Taxmar entregó al cacique de Chetumal, al señor de Ichpaatún y de Oxtanká, al esclavo distinguido por su blanca tez y sus ojos azules, a ese Gonzalo Guerrero oriundo del puerto de Palos.

Na Chan Can, Serpiente Hijo de la Madre Chan, no hacía honor al patronímico familiar, pues, para fortuna del español, había perdido los atributos detestables del bífido y se comportaba como un señor poderoso y seguro de su soberanía. Si alguna vez sus antepasados habían reptado o mordido arteramente, haciéndose merecedores a tal apelativo, su noble descendiente se mostraba como un viril y esforzado guerrero que había ganado su posición y prestigio a base de méritos militares y de la toma de sabias decisiones en el gobierno de sus súbditos.

Tocáronse con estruendo los tambores y los carrizos de viento para destacar la importancia del pacto a celebrarse entre Taxmar y Na Chan Can. Acercáronse ambos al centro del círculo del Consejo formado por los ah cuch caboob, ostentando los cetros de maniquí que los dignificaban como jefes de Estado, y se abrazaron. Luego se recitaron uno al otro las fórmulas de la amistad y del buen consenso y se sahumaron con el humo de las pipas, que para ello llevaban ex profeso. Los consejeros palmearon felices sobre la tierra, levantando un fino polvillo que fue saludado con silbas y estornudos. Un brazalete de un extraño jade veteado con estrías blancas y un bezote de oro con incrustaciones de obsidiana, que representaban a los Bacabes, fueron ofrecidos por el gobernador de Chetumal a Taxmar y éste, a cambio, regaló a su huésped con un escudo de preciosas plumas, cien pastillas de poom y uno de sus más preciados siervos, sobre todo ahora que había demostrado sus singulares dotes para los actos de guerra.

El maya estaba fascinado con tal presente, y tomándolo de un brazo lo hizo circular entre su gente, para que lo admirasen y adoptasen como propio.

La última noche en que los supervivientes del naufragio de *Santa María de Barca* estuvieron juntos en Xamanhá coincidió con la entrada del mes Pop y el inicio de un nuevo año y de un naciente Katún, dedicado a todas las encarnaciones de Itzamná, especialmente a la del jaguar. Renacían las épocas y los tiempos del seno de los ciclos de los astros; quedaban en las estelas y en los monumentos levantados los recuerdos, las glorias y los fracasos de cada tribu, de cada familia. Durante siete mil doscientos días, los hombres se preocuparían del último detalle y su espíritu y sus cuerpos estarían obsesionados con dejar patente, en las filigranas de piedra o de estuco, el cotidiano acontecer de sus acciones.

El universo había dado una vuelta sobre sí mismo y para el esclavo del otro mundo se iniciaba un periodo de nuevos asombros, de extrañas catarsis.

—Recuerda, Gonzalo, que eres hijo de cristianos. Nunca permitas que tu fe flaquee. Pasarás muchas miserias, innumerables agonías; quizás hasta la gloria alcances; mas siempre serás miembro de la familia del Señor. No lo olvides —dio su postrero consejo el pastor de un rebaño que había menguado hasta la cifra de una unigénita oveja, ovino con trazos de gitano de los alrededores del puerto de San Lucar de Barrameda, el hogar de la buena manzanilla.

—Padre —contestó Guerrero—, llevadme en vuestra sabia lengua y encomendadme a Dios, Nuestro Señor, y a su santísima madre la Virgen María, que tantos favores nos ha hecho y que de tantos entuertos nos ha sacado; tantos que bien podríamos aumentar en gran volumen los cantares del mester del buen Berceo y de muchos otros clérigos y legos de nuestra patria que, en su gloria, han vertido ríos de afanes. También os encomiendo, buen sacerdote, a quien llamo padre en el doble sentido de lo humano y lo divino, que cuidéis de vuestra salud y de la mía, mirando que vuestro amo Taxmar se informe regularmente por mi persona, a fin de que si vos sabéis que padezco de tortura, hambre o lacería, enviéis rescates y presentes para devolverme a vuestra santa compañía.

—Os lo prometo Gonzalo, ahora id con vuestro nuevo señor y sed feliz.

Iniciaron la caminata en una madrugada ataviada de blancos velos y dorados destellos; hollando con sus desnudos pies la fina arcilla del camino hacia el sur de la península, siguiendo una antigua ruta señalada por cenotes hasta la laguna de Chichankanab y por una vereda de comerciantes hasta la laguna de Bacalar. Desde ahí, y ya en la zona selvática, bordearían la bahía de Chetumal para entrar a las tierras de Ichpaatún, y por ende a los dominios de Na Chan Can.

Iban con el nuevo amo de Gonzalo una treintena de guerreros y dos ah cuch caboob que le habían servido de consejeros en los negocios concertados con Taxmar; toda gente principal del antiguo reino de Dzibanché, todos Cheles de noble alcurnia y vistosos atuendos; orgullosos por sus frentes romas y sus estrábicos ojos, por sus tatuajes y enormes penachos. Marchaban en ordenado ejército, haciendo flotar en el aire pequeñas banderas que sujetaban en las puntas de sus lanzas, silbando el caracol marino con su ronco acento, marcando el hito de la andada con el marcial braceo de sus rodelas, avanzando por entre los matorrales chaparros en donde se escondían las perdices salvajes, los cerdos del monte. En cada cenote hicieron parada, rezaron a sus dioses y arrojaron ofrendas. Las pastillas de copal que les regalara el cacique de Xamanhá fueron entregadas a las aguas cristalinas, a los manes de Yum Kax y a las paces de Ixchel. Iban proveyendo de buenos augurios a su pueblo, reconciliándose con las furias de los dioses del maíz y de la fecundidad; no fuese que los granos se pudriesen con el hongo negro que los mexicas llaman huitlacoche, o que los frutales de sus tierras languidecieran con las plagas de larvas o de la temible langosta; había que proveer por los buenos designios.

En Chichankanab pernoctaron, después de proveerse de pescado y de levantar una tienda para su señor. Entonces, Guerrero comenzó a trabajar acarreando leños para el fuego, tomando agua para que bebiesen, limpiando los pescados de escamas y filtrando arena del lago para obtener unos cuantos granos de sal con que sazonar las tortillas que antes había tenido que palmear.

La segunda jornada fue hasta Bacalar. Ahí llegaron ya entrada la noche y la gente del lugar les ofreció aves, tiras de carne de venado seco e infinidad de manjares de maíz. Ya estaban cerca de su casa y el cacique era respetado como protector y señor, aunque no ejercía todos los derechos de Halach Uinic. Al día siguiente, a mediodía, entraron triunfales a su ciudad.

Ichpaatún era un pueblo chico, compuesto de unas quinientas casas diseminadas en un promontorio ligeramente elevado sobre el nivel del mar, del palacio del cacique, de un templo que servía de gran pirámide, de adoratorio y de talud para sacrificios y de la casa de los consejeros, en cuyas habitaciones se hospedaban tanto guerreros como sacerdotes, siguiendo una vieja tradición Chele. Si la ciudad decepcionó a Guerrero por sus limitadas proporciones, en cambio lo entusiasmó enormemente por su belleza natural y, más que nada, por estar situada junto al mar.

Fundada en el segundo cuarto del Baktún 9, año 593 del calendario gregoriano, la ciudad había conservado su señorío y esplendor de antaño. Perteneciente al primer periodo del Viejo Imperio Maya, sus monumentos de piedra aún conservaban las finas y elegantes líneas propias de la cerámica Tzakol.

Guerrero todo lo anduvo mirando, con una curiosidad infantil que le llenaba de gozo el alma y que le hacía exclamar interjecciones de admiración y de satisfacción. Fuese a la plaza de los templos y con arrobo miró el palacio de Na Chan Can, edificio perfectamente armónico en sus proporciones y en sus líneas, que contaba con un largo muro de piedra cincelada en el que se enmarcaban tres puertas, siendo la de la izquierda la principal, compuesta de un arco semiojival; a la altura de un hombre y medio, el techo plano, soportando sobre gruesas vigas de caoba bruñida con aceite que extraían de unos pequeños cocos, quedaba señalado por una cornisa de cantera y, sobre de ésta, un falso murete de medio metro daba mayor realce al conjunto.

Cincuenta metros más allá de la terraza del palacio se elevaba el templo, al que se ascendía por una escalinata de roca que tenía la extensión de tres pisos. Desde su cúspide se podía mirar el mar y la brumosa costa de enfrente, ya que Ichpaatún estaba localizada en la parte norte de la bahía de Chetumal, casi donde se cierra la misma y en un día claro es posible tener dicha visión.

A pesar de la expresa prohibición que se le hizo a Gonzalo de subir al templo, éste sería uno de sus lugares favoritos, en donde pasaría muchas horas contemplando el elemento líquido y rememorando a su hermosa Andalucía.

Cerraba la plaza la casa de los consejeros, de una sobriedad absolutamente castrense, que el tiempo y la naturaleza se habían encargado de decorar con infinidad de hiedras, plantas trepadoras con flores blancas y olorosas, orquídeas salvajes que gritaban con voces de carmín, de violeta y de glauco satín. En este edificio, el más antiguo de todos, se llevaba la administración de los asuntos de la ciudad-Estado de Chetumal, sujeta a la familia de los Cheles. Ahí se impartía justicia, se decretaban castigos para los infractores de las leyes y se imponían sanciones a los pescadores y comerciantes que pusiesen demasiada ambición en sus demandas. En ese recinto se escuchaban los consejos de los ah cuch caboob sobre la conveniencia de las guerras, de las alianzas, de las peregrinaciones; se establecían los precios del trueque y el valor del grano de cacao, que era su moneda principal.

Gonzalo iría pasando de una sorpresa a otra respecto del adelanto social, político y religioso de estos hombres, y éstas empezaron desde un principio, cuando Na Chan Can lo hizo comparecer ante su presencia y…

—Esperamos de ti, hombre blanco y de vellos rojos, que seas prudente y sepas llevar tu condición de ppen-cat con mansedumbre y responsabilidad. Si Ek Chuah, nuestro dios negro de la guerra, te hizo prisionero, permitiendo que vinieses a ser nuestro esclavo, le debes estar agradecido por dejarte vivir con un pueblo de ilustres antepasados, de gloriosos guerreros y de sabios sacerdotes. Tus deberes te serán señalados día con día por el nacom Ah Balam, el que en las batallas luce las fauces del jaguar sobre su testa y sujeta a su ex con la cola del animal. A él deberás obedecer ciegamente, pues tu vida será de su capricho y su violencia tu muerte. En tus momentos de descanso serás libre de hacer lo que te plazca, con excepción de huir o de subir al templo de los dioses; puedes ir a la playa, a Oxtanká, si así te place, y bañarte en las aguas del mar; aprender a tañer la caracola y a labrar la tierra del maíz, pero nunca se te ocurra tomar un arma, porque eso sería tu perdición. En esta casa se te ofrece habitación y comida, mas ésta deberá ser pagada con el esfuerzo de tus brazos. Ahora dime tu parecer, castilan, que mis oídos están blandos para entenderte.

—Señor de la Serpiente, Hijo de la Madre Chan, he aquí a tu siervo y esclavo, he aquí al marino que de muy lejos ha llegado para servirte y complacerte, para dignificar el ilustre nombre de tu casa, darte gloria y prestigio. En mi país el vulgo dice: "no hay buen vasallo, si no hay un buen señor"; si tú lo eres para mí, yo lo seré para ti; y no diré más, pues más vale un acto que miles de palabras.

La parquedad de Gonzalo halagó al Halach Uinic; de inmediato se dio cuenta de que tenía ante sí a un hombre sólido y de buen temple, a un buen servidor, a un soldado seguro y quizás a… Taxmar no lo había engañado, la fama

167

no era una abuela parlanchina. Suspiró feliz y le permitió irse con Ah Balam.

El guerrero del jaguar no era una bestia feroz, era un hombre recto y probo que pronto trabó amistad con Gonzalo y que le llegó a querer como a un hermano. En un principio lo probó, encargándole tareas pesadas y complicadas, que exigían del español atributos muy singulares. Recolectar frutos de un cacto espinoso, manjar especialmente sabroso para el amo, le llenó las manos y los brazos de pequeñas heridas supurantes y muy dolorosas, mismas que Gonzalo sanó con un remedio marino a base de agua salada hervida en un perol.

Más adelante tuvo que llevar sobre sus hombros pesadas cargas de leña, vigas de madera preciosa para las construcciones, enormes cántaros de agua, tremendas cestas repletas de peces; pescar durante jornadas de dos o tres días sin descanso; ir con Ah Balam a recolectar los tributos para el monarca; castigar al reticente con innumerables varazos; luchar contra ebrios escandalosos y caciquillos orgullosos; ejecutar sentencias y otorgar castigos, y toda una serie de trabajos oprobiosos que agolpaban la sangre del esclavo sobre sus mejillas y sus sienes. Así pasaron seis meses para Gonzalo Guerrero, meses en los que sudó mares para justificar el pago del pan que le donaban; para ganarse, palmo a palmo, la confianza de su perenne vigilante, de su conciencia en el nuevo mundo que lo recibía. En ellos su cuerpo padeció la absoluta abstinencia y su mente se recreó con la imagen de la dulce figura de Ix Nahau Nic entre las hojas de la selva; con el rayo del sol que, atravesando la dorada hoja, bañaba de luz vieja las siluetas; con el arrullo del mar, que dotaba a la arena de la playa de un suave vientre sobre el cual reposar la mejilla y meter las manos. Llenóse de paz, de una terrible soledad interior, y no fue raro verlo llorar en silencio; mas cuando salió de aquel calvario, salió hecho un hombre maduro y con muchos propósitos en la cabeza, siendo el principal el de superar su estado de indigencia social, a costa de lo que fuese.

Fue así que, una tarde en que habían ido a ejercer el dominio fiscal de Na Chan Can sobre los habitantes de Dzibanché, a unas pocas leguas de distancia, tuvieron que cruzar el río Hondo, que estaba infestado de lagartos. Ah Balam, con su habitual arrojo, se adentró en las sucias aguas sin tomar muy en cuenta a los saurios que dormitaban en la orilla. Gonzalo, que se percató inmediatamente del peligro, sobre todo porque venía completamente desarmado, tomó un grueso tronco y se lanzó tras el nacom. No bien habían llegado a la mitad de las aguas, cuando ya dos enormes bestias venían en pos de sus blandas carnes. Tarde los advirtieron, pues aún les faltaba un buen trecho para estar a salvo. Dieron unos cuantos pasos más y, con el agua a la altura de las tetillas, recibieron la embestida. Para su desgracia, Balam fue derribado y prendido por el bicho del antebrazo izquierdo. La sangre entintó el caudal de lodo y Guerrero, que había logrado esquivar a su atacante, sintió que su cuerpo bullía de rabia. Con el garrote asestó un tremendo golpazo al bruto que mordía a Balam y logró que éste lo soltase. La bestia reculó ofendida, lanzando terribles coletazos, permitiendo con ello que el nacom escapase, pero dejando a Gonzalo atrapado entre los dos animales. Sin esperar a que lo cercenasen, Guerrero se aventó sobre el que tenía más próximo, lo golpeó sobre la nariz, y cuando la bestia abrió la bocaza para morderlo, le introdujo el troncón entre las fauces, trabándoselas. El lagarto quedó inutilizado y revolviéndose sobre sí mismo. El otro, que se había visto impedido de atacar, ya que el cuerpo de su compañero le había estorbado, se dejó ir hacia el indefenso hombre, que sólo esperaba un milagro. Éste le llegó mediante la lanza que Ah Balam, en un momento de cordura inesperado, le hizo llegar sobre la distancia que los separaba. Tomóla Gonzalo con la rapidez de un jaguar, justo a tiempo para lograr que el bicho se ensartase solo y recibiese media lanzada en el interior de sus entrañas. Sin esperar a ver lo que sucedía, el bravo esclavo ganó la orilla y se puso a salvo.

De inmediato se dirigió a donde yacía Balam y, haciendo uso de sus bragas, le aplicó un torniquete que detuvo la cruel hemorragia. Púsolo sobre sus hombros y a toda prisa lo condujo hasta Ichpaatún, en donde los ahkinoob se encargaron de salvarle la vida.

Con esta gesta Gonzalo Guerrero ganó dos gemas de destellos inmortales: su libertad y un amigo incondicional.

A partir de aquella fecha, el español dejó de ser un ppencat y ascendió en la escala social hasta la categoría de ah chembal uinic, es decir, alcanzó la calidad de plebeyo y se encumbró por encima de los macehualoob, o masa impersonal de indígenas. Sus derechos fueron los de un patricio y sus privilegios los de un ciudadano destacado. Pudo usar armas para defenderse de las ruines fieras de los bosques y de sus enemigos personales; contar con una parcela y una habitación propia en los linderos del poblado; casarse, si así lo deseaba; y aspirar, en la rama de las armas, al cargo de capitán general o de Nacón en un trienio. Por supuesto, nunca podría aspirar a pertenecer a la casta de los almehenoob; la nobleza era sagrada y nunca un plebeyo la había podido conseguir, ni a través de algún matrimonio fortuito. Sin embargo, si se esforzaba y demostraba las cualidades y virtudes necesarias, podría llegar a ser batab, jefe de algún pueblo o aldea.

Su vida se transformó en un placentero existir lleno de momentos halagüeños, de instantes excitantes y de pacientes esperas.

Volvió a limpiar los campos, a despojarlos de las malas hierbas, pero esta vez para su propio provecho. Cultivó su erial y vio crecer en él al maíz y al frijol. Esperó a que las aguas, que les enviaba el generoso Chac, le empapasen el rostro y a que su risa se desbocara por entre los árboles y la maleza; ungió sus manos con los primeros brotes de verdura que nacían del seno de la tierra y ofrendó a Yum Kax con exóticas frutas de carnosa pulpa; los mameyes y las guayabas se desparramaban en sus manos, tiñéndose con la púrpura saliva de las pitayas y la terrosa piel de los hongos silvestres. Pronto comenzó a compartir algunos ritos de los naturales y a formarse una teogonía particular, en la que la madre de Jesús compartía con Ixchel las oraciones del creyente, e Itzamná cobraba los rasgos del dios de Israel en sus alabanzas. El proceso fue muy lento, pero siempre progresivo. La naturaleza y el continuo contacto con la gente de la ciudad le forzaron a ir adoptando las formas de vida y costumbres de la comunidad, que eran más congruentes con su situación que sus tradiciones cristianas. No tenía por qué buscar en la cruz el consuelo que le podía proporcionar la ceiba sagrada de inmediato; ni por qué rezar a los santos apóstoles, cuando el adoratorio de los Bacabes estaba en el centro de su pueblo.

A la fe de Gonzalo Guerrero le fue sucediendo, en sentido inverso, lo que aconteció a los indios con sus creencias después de la conquista; se fue preñando de paganías, más decorativas que sustanciales, y adornando con un mundo de símbolos alucinantes y contradictorios, pero de gran efectividad. Realmente nunca se despojó de su religión como se ha pretendido, sino que se enriqueció con otra, y con ambas obtuvo la seguridad personal e inmunidad militar que le proporcionaron tantos éxitos. Combinando a Santi Yago, patrón de España, con Ek Chuah, el dios maya de la guerra, podía sentirse poderoso ante cualquier enemigo, fuese éste indio o peninsular, ya que si el uno le fallaba, el otro desviaría la flecha o trabaría la lanza.

Cuando el esforzado Ah Balam estuvo completamente sano, sus piernas lo llevaron a visitar a Gonzalo para expresarle su agradecimiento y ofrecerle su amistad y sus servicios. Baldado del brazo mordido por el lagarto, el soldado había tenido que renunciar a su cargo de nacom y conformarse con aconsejar a sus cofrades, situación que lo había mantenido alejado de las actividades sociales y que lo había sumido en una depresión peligrosa. Fue gracias a su sentido del deber para con su salvador, a quien consideraba su amo y señor, que no acudió a buscar el consuelo de Ixtab, colgándose de una rama. Guerrero lo recibió con una sonrisa que encerraba en sí el calor del sol, la savia de la vida y la alegría de los pájaros que poblaban la espesura de los bosques. El Chele entendió el mensaje y su pena se disolvió en los remolinos de la fraternidad.

—Señor, yo los he visto derribar al ciervo de un flechazo —decía el Ahaucán a Na Chan Can—, los he visto correr bajo un cielo oscurecido con el plumaje de las guacamayas, de los quetzales, de los loros parlanchines, persiguiendo al pécari, al puma y al jaguar. Mis oídos han escuchado el agónico bramido de la bestia herida mezclado con sus voces y sus aleluyas. Mi boca ha probado la carne del pécari atrapado con sus brazos. Sí, señor, oís bien, con sus brazos. Balam y el extranjero cuentan con tres brazos fuertes y certeros que son cuatro. Nuestro capitán ha recobrado, a través de su amigo, los nervios, los músculos y la destreza de su brazo muerto. Exacto, con ese pequeño muñón, Balam es capaz de templar el arco y, ayudado por sus dientes, soltar la veloz saeta y partir el corazón de su presa. Su amigo lo vigila, lo guía y lo celebra.

Na Chan Can sentía que un inmenso gozo trepaba por su pecho y se vanagloriaba ante los demás de su inteligencia al haber adquirido al hombre de allende el mar para el servicio de su familia. La admiración del cacique por Gonzalo fue aumentando gradualmente, y después de algún tiempo lo nombró nacom.

Aunque los Cheles de Ichpaatún eran gente pacífica, más dedicada a la pesca y al comercio que a las actividades bélicas, no por eso dejaba de tener enemigos, ni sentirse ajenos a la voracidad de Marte. Con cierta frecuencia tenían disputas con los pueblos de Oxpemul, Calakmul y Xamantún, por razones territoriales y por el pago de alcabalas que estos últimos se negaban a pagar. Era, pues, necesario escarmentarlos de vez en cuando e imponerles el respeto por la fuerza.

La primera misión de Gonzalo consistió en acompañar al nacom Ah Op Chel, Loro Tenaz, al pueblo de Xamantún para reprender al cacique por el robo de unos cervatillos que habían sido semidomesticados por los chaces de Ichpaatún para sacrificarlos, en su oportunidad, a los dioses menores Acanum y Zuhuyzipitabai durante las ceremonias religiosas del mes Zip, a fin de que les fuesen propicios en la cacería. Los cérvidos habían sido sustraídos de los cotos privados del Halach Uinic durante su reciente ausencia y esto había constituido una afrenta personal y una provocación desvergonzada.

"Salen dos escuadrones, perfectamente pertrechados con sus atuendos de algodón, con sus arcos y sus lanzones largos y bien afilados para cortar los miembros y abrir las entrañas, con sus rodelas para cubrirse de los lances del enemigo, sus macanas, sus hondas y generosa ración de pedrería —nos cuenta el cronista de la villa, nos lo deja asentado en el pergamino que contiene el códice castrense de aquella saga—; con las caras bien labradas y los adornos que cada uno se merece. Aquel lleva en el penacho la piedra de jade verde, este usa bezote de cobre; ese otro, en cuyo puñal brilla un trozo de cristal blanco y cristalino, se ha calzado unas correas de oro que penetran en la superficie de su carne; el de la rodela de plumas de guacamaya y un crespón de vello negro en el centro, se ha colocado la nariguera de hueso humano para estar inspirado a la hora de pulsar la honda y atinar con la piedra en el mentón del que se le enfrente. Y así van todos muy ufanos, espoleando la gallardía y el arrojo. A la cabeza del escuadrón de los flecheros marcha Ah Op Chel, con la ilustre majestad que sus ojos estrábicos y su frente plana le otorgan, luciendo un hermoso patí blanco con el loro de sus armas bordado en las espaldas, brazaletes dorados y arracadas de espina de yaxché. Comanda al otro el castilan, que ahora ha vuelto a permitir que una rojiza barba le cubra las quijadas, con la que infunde miedo aun entre nosotros sus amigos, sus amos, y seguramente hará correr a los cobardes de Xamantún, a los ladrones de las ofrendas sagradas. ¡Ah, qué placer nos causa verlos partir, para cobrar venganza en esos desvergonzados, en esos parias que se han atrevido a desafiar la cólera de nuestros dioses, de nuestros sagrados manes!".

Y desenvolviendo el rollo vamos viendo cómo los hombres se internan en los bosques, por las veredas que conocen como las palmas de sus manos; vemos cómo sus atuendos se confunden con los colores de la flora, con los matices de la fauna; cómo su piel cobriza semeja la miel de los troncos de las caobas, de los hules que encuentran en las elevaciones. Escuchamos sus pasos tal y como escucharíamos el cascabeleo del reptil, la huella del jaguar, el aliento del león. Olemos su sudor amargo, nervioso, cauto, presto a saltar a la menor indicación de sus nacomes. En el iris de sus ojos hay un brillo de determinación casi suicida, que nos eriza los vellos y nos paraliza la respiración, pues ya estamos adivinando lo que va a suceder, ya estamos palpando las escenas, sabrosas y agitadas, que conmoverán la paz de los espacios, la tranquilidad de los tiempos. Estamos dispuestos a ver brotar la sangre de las desprevenidas venas y a escuchar el grito de la arquería abrazada por el negro de la muerte. Estamos ya en el territorio enemigo; de sus adoratorios surge el humo envenenado con la sangre de las víctimas apócrifas, de las ánforas ajenas. Sopla un ligero vientecillo que hace ondear la ropa tendida sobre cuerdas de henequén, colada de espíritus. Unas nubes pastan en el césped cobalto del cielo y corren espantadas al verlos llegar; aparte de esa señal no hay nada que perturbe la inercia de la villa, que duerme los vapores de un mediodía con la mejilla apoyada en sus templos de cantera parda, en sus palacios de estuco bronceado, en la pizarra gris de sus calles.

"Siguiendo al pie de la letra las indicaciones del nacom de piel albina, los hombres formaron grupos de erizadas puyas, cuadrillas de aladas saetas, patrullas de honderos y se distribuyeron por el campo abierto —nos dice la voz vernácula—. Entonces Ah Op Chel emitió un sonoro grito que cayó sobre la ciudad, quebrándola en cien guijarros. De los palacios, y como un hacha en medio de las mieses, sobre el silencio de los templos, salieron multitud de jóvenes guerreros con los rostros pintados de negro, color de la soltería, del noviciado entre nuestros pueblos, y fueron recibidos por varias rociadas de flechas que les cayeron encima como avispas. Las gradas y los barandales viéronse salpicados con gotas de coral. Algunos cuerpos rodaron inertes y se quedaron postrados para siempre. Un grupo, que había logrado pertrecharse bajo el alero del adoratorio principal, formó armas y se dispuso a la lucha. Allá venían los mugrosos, ja, ja, ja, queriendo intimidar a los nuestros con sus gritos y sus gestos, con las zanjaduras de sus caras y de sus torsos. Cómo los recibieron nuestros guerreros, con qué aplomo y puntería. Avanzaba el castilan alzando el brazo y exclamando Santiago, Santiago, y hendía la lanza en los cuerpos como si fuesen frutas podridas. Detrás de él, la rueda con dientes que había organizado iba girando y matando, sin que nadie pudiese acercarse un palmo sin recibir la mordida de la fiera, ¡qué gran mortandad les hicimos, qué siega más productiva! Distinguiéronse todos los de Ichpaatún con un valor extraordinario y una serenidad nunca antes vista; pero sobre todos debemos señalar a los nacomes, que partieron cráneos y sorbieron entrañas en una forma espectacular. Los dioses quedaron satisfechos en unas horas de castigo ejemplar y justo."

Hasta aquí los ecos de Chetumal y de Oxtanká, y la inscripción de uno de los tantos hechos de Gonzalo Guerrero, en los que brilló como valiente soldado y como inteligente estratega. De aquella escaramuza Na Chan Can obtuvo buena fama y prestigio. Se convirtió en un cacique temido y respetado, y en muchas ocasiones se acudió a él en demanda de justicia y de ayuda militar. Sus dioses recolectaron una veintena de esclavos, de los cuales la mitad fue sacrificada para celebrar la victoria y apaciguar a los espíritus ofendidos por los depredadores. Ese año la caza fue abundante y los frutos generosos, la pesca rica y el comercio muy dinámico.

Pero no existen idílicos parajes que no estén incrustados en la mente por el marro del deseo y que no se abran como tenebrosas puertas, cuando la realidad irrumpe violenta. Así apareció la enfermedad, la desgracia que sería recordada con pavor por muchos siglos. Corría el año de 1516, en el mes Uo, cuando un rumor harto tenebroso comenzó a llegar del sur, del lejanísimo Copán, en boca de los mercaderes.

Ese murmullo, arroyito al principio, barra cuando ya era demasiado tarde, venía diciendo que el comerciante Tzul no había traído grano de cacao para canjearlo por miel, porque al mercado de Tizimin Kax no habían asistido los cultivadores, temerosos de contraer la enfermedad. Y cuando se le interrogaba de qué hablaba, humillaba el rostro y respondía con un apresurado entre dientes que nadie comprendía y que a todos dejaba en las mismas.

Conforme los brotes se fueron extendiendo, causando el pánico y la desorientación, y el rumor comenzó a tomar visos de tragedia, el pueblo se fue enterando de aquello que todos pugnaban por ocultar, porque nadie concebía que pudiese ser real tanta maldad. La mayacimil o muerte fácil de que hablase el *Chilam Balam de Chumayel*, había abierto sus pestilentes fauces y pretendía devorarlos a todos.

Se fue extendiendo desde el sur hasta Uxul, arrasando a su paso con todos los pobladores que habitaban las ciudades, villas y pueblos concentrados en las cercanías del lago Petén Itzá, diezmando indiscriminadamente a las familias, sin hacer concesiones de ninguna especie. Lo mismo caía el viejo que el joven, el noble que el esclavo, el soldado que el sacerdote. La tierra estaba cubierta por el humo del copal; el cielo gris y tormentoso; las figuras de barro y de pedernal de los ídolos anegadas de sangre, abarrotadas de ofrendas, y todo era inútil. De dónde había llegado, cómo se había propagado, eran cuestiones que tenían perplejos a los chilanes, eran preguntas que en más de una ocasión costaron la vida del ignorante ahmén, a quien se le achacara el castigo divino. Porque tenía que ser divina la hoz que barría con miles de vidas, en un invisible caminar que explotaba como el fuego y no era capaz de extinguirse.

Y la terrible pestilencia que nos describe Landa como "unos granos que les pudría el cuerpo" y que evolucionaba de tal suerte que al poco tiempo se les desprendían los miembros y morían, daba unas zancadas imprevisibles, salvándose por este medio algunos pueblos que quedaron azorados de su suerte y de la eficacia de sus dioses. Así fue el caso de Calakmul que, estando en el camino entre Uxul e Ichpaatún, se vio inmune ante la peste.

Mirando con los ojos de sus vigías, apostados en los caminos, en las cimas de los cerros y en las riberas del río Hondo, que la enfermedad se aproximaba irremediablemente a su ciudad, Na Chan Can redobló los esfuerzos para esquivarla y ordenó que se celebrasen innumerables e ininterrumpidos sacrificios a los dioses. Sobre el templo mayor se colocaron las efigies de Ah Puch, dios de la muerte, y de Hun Hau, señor del inframundo, y se prepararon los chaces. El ritual tradicional fue observado rigurosamente y "durante el curso de siete soles no probamos más bocado que unos granos de cacao y unas pizcas de sal; no bebimos más que el sudor de nuestras frentes. Pobre de aquel que pusiese sus manos o sus pensamientos sobre cuerpo de mujer. Todos cumplimos con el ayuno y nos dedicamos a orar", se recogió de la leyenda, de la *vox populi,* que perduró contando por mucho tiempo lo que entonces pasó. El Ahaucán se reunió con sus sacerdotes y "la fecha fue fijada para el día en que la luna se viese con las ojeras marcadas con arrugas amarillas, el perro ladrase y la doncella Xiu menstruase". Por supuesto, los sacerdotes se encargaron de que las señales fuesen vistas y escuchadas, pudiendo entonces subir por las gradas del templo, sahumando a las piedras y a los rincones para expulsar a los espíritus malignos y mal intencionados. Los ídolos recibieron generosas raciones de poom, variados y surtidos manjares y muchas horas de oración y de alabanza.

Gonzalo Guerrero, en su carácter de nacom de algunos escuadrones, tuvo que participar en la ceremonia de investidura del Nacón de los sacrificios, cargo que sólo podía designar el jefe de Estado y que era considerado como un privilegio sagrado y excepcional. Tocóle en suerte a Ah Balam, quien no cabía de satisfacción, y se dedicaron a teñirlo de añil. Su cuerpo fue embetunado con una grasa perfumada de un color azul intenso y sus tatuajes destacados con pincelazos rojos y blancos. El demonio de la ceremonia, el hombre más temido sobre la faz de la tierra, hizo su aparición y un silencio lúgubre se formó a su alrededor. El mismo Gonzalo sintió miedo cuando hubieron terminado la iniciación y su amigo le dirigió una sonrisa de complicidad.

Luego se estuvieron pintando unos a otros todos los capitanes que intervendrían en los ritos, y esto lo hacían cantando con aflautada voz y palmeándose la parte anterior de los muslos.

Cuando los tambores iniciaron un monótono plañido, los cuatro chaces se formaron al pie de la escalinata del templo y esperaron a que llegase el Nacón. Ah Balam surgió de entre las sombras, abriendo las tinieblas de copal con un brazo extendido en señal de solicitud de benevolencia y se integró al grupo. Ascendieron con parsimonia y se situaron alrededor de la roca dispuesta para el holocausto.

Yunque para cincelar la muerte, para extinguir la vida palpitante, cáliz en donde se coagularía la sangre inocente del niño y de la virgen, estaba frío y desabrido para la lengua de Ah Puch, para el paladar de Hun Hau. Habría que calentarlo y pronto, antes de que muriese el primer hijo de Ichpaatún a consecuencia de la purulencia. La pequeña princesa Xiu, hierba tierna de la primavera, compañera del trébol y de la precoz margarita, fue presentada ante sus verdugos envuelta en un manto de algodón inmaculado. De sus ojos, secos, se derramaba un haz de caridad por su amado pueblo, por sus padres y hermanos; iba contenta al altar de la parca, contenta porque con su muerte lograría apaciguar la ira divina y porque pronto estaría gozando de la paz de los dominios de Ixtab, la diosa de pechos henchidos con la miel de las abejas.

Tomáronla de las extremidades los chaces, ancianos patrones de los oráculos, y la colocaron sobre la curva superior de la piedra. Abrióse la túnica, que luego cayó cual pétalo desmayado, dejando asomar sus pequeños senos y el costillar aspirante. Ah Balam levantó el brazo y un fulgor se escapó de su mano. Un extraño rayo negro cegó a los espectadores cuando el cuchillo de obsidiana descendió veloz y atravesó el frágil cuerpecillo, que se estremeció con el golpe. Su garra penetró en la intimidad de aquella hostia de bronce y hurgó con impaciencia en busca del bocado siniestro. Pronto lo tuvo en el puño y lo arrancó de su morada, para mostrarlo palpitante a las fauces de los dioses.

Una gritería jubilosa se elevó de entre la multitud que asistía a los sacrificios, pidiéndole que lo ofrendase de inmediato, que lo entregase a sus dueños.

El Nacón se aproximó a los dioses iracundos y los embarró con la víscera, a uno y a otro, hasta que ésta desapareció de entre sus dedos. A continuación embadurnó sus propios cabellos y su rostro con la sangre caliente de la víctima. Había comenzado a impregnarse de calor la roca y un humillo sacrílego se pegaba a las fosas nasales.

El cuerpo, aún con rastros de vida en la epidermis, fue arrojado a la parte posterior del templo, de donde lo recogió el pueblo para usarlo en sus ofrendas particulares.

La filosa hoja de hielo negro trabajó todo aquel día abriendo cuerpos azules que se tornaban de grana, exhalando agónicos rugidos. Filas de esclavos, entre los que se encontraban algunos de Xamantún, fueron pasados bajo el brazo de Ah Balam, trueno cegador de vidas que con su estampido hacía vibrar a la tierra y con su fragor llorar al cielo.

Por fin, el verdugo terminó. El sol se había puesto, avergonzado y con las mejillas ardiéndole; su rubor lo demostraba. La luna apareció con una aureola rojiza y los chilames gimieron de espanto. Algo estaba mal, se suponía que la reina de la noche vendría con su velo nupcial brillante e inmaculado, y en cambio llegaba con la mueca triste y con pucheros de saliva roja. Al unísono exclamaron, con un largo y prolongado quejido: "¡Qué los dioses se conmuevan ante lo qui viene, que se apiaden de nuestra suerte!".

Entonces se vio correr a Na Chan Can enloquecido, con los ojos desorbitados y los cabellos revueltos. Mal había hecho en escoger a un tullido, a un manco, para salvar a su gleba. Era indudable que los sanguinarios guardianes del inframundo estaban disgustados y le enviaban su mensaje en prólogo del satélite.

Las mujeres, que durante los sacrificios habían permanecido ocultas en el interior de los palacios, surgieron formadas en filas de parejas, portando unos pequeños cirios de cera del reino de Campeche, y desfilaron en círculo alrededor del templo. Cantaban un reclamo dulce para el oído, mas terrible en su significado. De entre sus dientes brotaban los aleteos destructores del ave moán y los mal simulados ladridos del perro, pidiendo la muerte del Nacón ineficiente.

Con su plegaria, el pueblo comenzó a enardecerse y a solicitar, primero cautelosamente y después en forma insolente, el corazón de Ah Balam. La faz de Gonzalo se tornó ceniza cuando escuchó la petición y, ni tardo ni perezoso, se encaramó por las escaleras del templo y se dirigió hasta donde estaba su amigo, ignorante de lo que pasaba. Cansado y jadeante, el guerrero unimembre reposaba en la cornisa de uno de los altares, ajeno a todo lo que sucedía a su alrededor. Su cuerpo, saturado de sangre y de pequeños trozos de entrañas, era fuelle de gloriosa fragua y respiraba aceleradamente con un ritmo candente y lleno de virtud. Había cumplido, sin parar ni un segundo con la tarea que se le había encomendado y por lo tanto, salvado a su gente del rigor de la epidemia. Pero había sobreestimado a Ah Puch, se había confiado demasiado a una bondad inexistente y el dios de la lechuza y el esqueleto, descarnado lo había entrampado y, sin que él lo advirtiese, le había robado el alma.

—¡Ah Balam, huye, corre y no te detengas, que la guadaña te busca! —le gritó Guerrero, ahogándose en llanto.

El otro lo miró sorprendido, extrañado de que el extranjero hubiese podido subir sin que nadie lo advirtiera y se lo impidiese.

—¿Pero, cómo es que estás aquí, Gonzalo? ¿Qué no sabes que esto te puede costar la vida? —gruñó el Nacón, inocentemente.

—Es la tuya la que piden. Es tu corazón el que disputan allá abajo. ¿Qué no has escuchado el canto de las vírgenes, el ladrido del perro hambriento?

—No, Gonzalo. He escuchado el piar de mil pájaros que anuncian la buena ventura para Ichpaatún; que, con su trino, prometen la protección de Itzamná. ¡Nos hemos salvado de la pestilencia, Gonzalo; te lo aseguro!

—Los chilames dicen todo lo contrario. Han gritado de dolor. Una punzada les ha abierto las carnes en las ingles y en las axilas, y sufren la hinchazón de unas bubas supurantes. ¡Vete amigo, escóndete en el bosque mientras pasa la enfermedad y se olvidan de tu nombre! ¡Yo te cubriré las espaldas con mi lanza y antes de que la estela de polvo de tu figura se pierda en la espesura, ya habré muerto a muchos, tantos que no podrán trepar por las gradas sin antes limpiarlas de carroña. ¡Tendrás tiempo, os lo juro Ah Balam!

—Debo agradecértelo hermano, más que eso, pero toma conciencia de que el guerrero del jaguar, el que se viste con sus manchas y con la tersura de su piel, no puede permitirse el lujo de huir, y menos si es su pueblo el que lo reclama. ¿Te costará trabajo entenderlo, Gonzalo, bravo castilan, que tienes la honra por blasón? No, ¿verdad?

—No, por cierto —dijo el español, apretándose los puños de angustia: ¿cómo aconsejar al amigo lo que él no estaría dispuesto a hacer jamás?—. ¿Entonces, valiente?

—Estoy dispuesto y veo que tienes razón. Ahí vienen los guardias del cacique por mí. ¡Escóndete rápido, Gonzalo, que no te tomen preso aquí! Te degollarían de inmediato. Ahí, debajo del adoratorio de Hun Hau, nadie osará mirar. Cuando se vayan, llevándome al lugar sagrado para inmolarme, baja y mézclate entre la multitud. ¡Prométeme una cosa, Guerrero!

—Lo que quieras, noble jaguar, hombre valeroso.

—Nunca menciones mi nombre a nadie. Desde que me claven, seré tabú y mi apelativo significará la muerte para quien lo pronuncie. Eso nadie te lo explicará, pues es un secreto tribal que sólo conocen los descendientes de mi raza, de los Cheles, y es una forma de conocer al extraño y al enemigo. Si observas este secreto, te respetarán por la clarividencia de tu mente y te darán un trato de igual.

—¡Ay! Eso que pides, Ah Balam, será como negar la existencia de la aurora, del caudal de los ríos, de las olas del mar. Será enterrar en la penumbra a la luz del día, tapar con plomo el pico de las aves, poner cúmulos de tierra sobre el horizonte para no verlo; será clavar con la traición la palabra más hermosa, la unión más veraz y duradera, la amistad.

—¡Te lo suplico; hazlo por mí, por mi recuerdo, y así me ofrendarás con el mejor de los regalos... con tu vida!

—Así sea, que Dios, que mi Dios, te bendiga y nos una en la eternidad —dijo Gonzalo Guerrero, con los ojos arrasados en lágrimas.

Ya se escuchaban los cascabeles de los tobillos de los soldados, sus voces reclamando por la víctima, y los amigos se daban el postrer abrazo. Gonzalo se sumergió en la apestosa penumbra del adoratorio y Ah Balam recibió a los centuriones con una sonrisa en la boca.

Los cánticos se volvieron más sonoros, más apremiantes. Las gargantas del Halach Uinic y del Ahaucán vociferaron la proclama y los yalba uinicoob, pueblo común y corriente, se arremolinaron cercando una especie de cuadrángulo entarimado. A sus costados, dos travesaños miraban erectos a la multitud. A ellos fue atado el Nacón y... "si había de ser sacrificado a saetadas, desnudábanle en cueros y untábanle el cuerpo de azul, con una coraza en la cabeza; y después de alanceado el demonio, hacía la gente un solemne baile con él, todos con arcos y flechas alrededor del palo; y bailando, subíanle en él y atábanle y siempre bailando y mirándole todos. Subía el sacerdote suciamente vestido y, con una flecha en la parte verenda, fuese mujer u hombre, le hería y sacaba sangre; y bajábase y untaba con ella los rostros al demonio; y haciendo cierta señal a los bailantes, le comenzaba a flechar por orden, como bailando pasaban apriesa, al corazón, el cual tenía señalado con una señal blanca; y de esta manera poníanle todos, los pechos en un punto, como erizo de flechas", nos relató el Obispo Landa. Y para Gonzalo Guerrero fue como asistir al martirio de San Esteban; fue ver en carne color de canela el estremecimiento de las venas azules de su pálido patrón cristiano, palpitar la carne cerúlea sobre el tronco que lo sostenía, y ver abrirse en flor el costado del hermano y salir, aleteando, al ave de su amistad, a la garra del guerrero, al gruñido montaraz de la fiera libre de su piel humana, libre de su condición terrena, para adquirir la verde disolvencia de la selva.

Mas de nada sirvieron los sacrificios; los malvados dioses de la muerte comieron sin agradecer. Los afligidos jefes de Ichpaatún fueron incapaces de detener la depredación de la peste, que alcanzó hasta a sus familias. Pobres Cheles, miserables mayas que, sin tener el consuelo de un *Decamerón*, tuvieron en cambio que acarrear los cuerpos de sus padres, de sus mujeres, amigos e hijos, y darles una apresurada sepultura en el polvo de sus campos, en el lecho de sus ríos, en el fondo de sus mares.

VII

Hace un año que padecimos la mayacimil, que yo perdí a mi más querido amigo y Na Chan Can a su mujer.

Hace casi cinco años naufragamos en los bajos de los Alacranes y dos que no sé nada del padre Jerónimo.

Después de la peste mi vida se volvió triste y deprimente. Busqué en mis recuerdos el consuelo y no lo encontré. Acudí a la oración de mis padres y me perdí en un inmenso vacío. Rogué al Dios de Israel por la fuerza y la templanza para soportar la soledad y me vi ante un brillante espejo que me devolvía la imagen decadente de mi rostro. Un hombre no puede vivir sin fe, y menos de una fe lejana, enmohecida por el tiempo; necesita de una aproximación casi física a los pilares de su verdad. Esto me resolvió a aceptar ciertos trabajos que, posteriormente, me llevaron a integrarme en el misterio de los ritos.

Dada mi condición de nacom y de consejero del cacique en las artes de guerrear, y de someter a los pueblos insubordinados, que se taiman en el momento de entregar el tributo y dan cocuyo en lugar de liebre, cobre a cambio de oro, me fue permitido eludir la obligación de teñirme con tizne la cara y los cuartos del cuerpo, de tal forma que siempre me vi blanco, con mi rojiza barba flotando al capricho del viento. Ahora que hay paz; que, después de la peste, los rivales quedaron satisfechos con tanta mortandad, he venido a convertirme en un soltero más entre toda la pléyade de jovenzuelos, y por lo tanto debo ataviarme con el color negro de la soltería. He advertido que, si deseo verme integrado a la comunidad como si fuese un natural, debo acogerme a sus costumbres y respetarlas absolutamente. Por eso me he compuesto unas bragas decorosas, con gran adorno de pedrería y pluma; he puesto sobre mis hombros un manto de algodón blanco en el que las vírgenes han bordado un león que rampa sobre una torreja, diseño que yo mismo les dibujé con gran trabajo, pues soy de burda naturaleza, y me he calzado con unas sandalias de cuero de ciervo y zarcillos de oro que barren el polvo y dejan un rastro luminoso cuando camino en la noche.

Es curioso, pero después de tanto tiempo de estar alejado de la patria la lengua se me ha trastornado, al grado que ya no acierto bien a recordar algunas de las palabras que, en castellano, solía pronunciar con absoluta familiaridad. La dulce y bien modulada lengua de estos pueblos me ha ganado y, si bien aún continúo maldiciendo a la andaluza, mi comunicación se realiza en las voces de los Cheles. Qué buen faraute podía hacer ahora, si hubiese cristiano que se llegase a estos rumbos; pero es sólo un sueño y me lo guardo para mi magín.

Como Na Chan Can se ha visto favorecido con mis servicios y mis conocimientos militares, me ha cobrado un intenso cariño y me trata con respeto. Es harto frecuente el vernos conversar juntos, especialmente en las tardes cuando me invita a visitar una huerta que tiene sembrada en el monte con muchas maravillosas legumbres y frutas de gustosos aromas. Hasta ella se llega la brisa del mar y el rumor del eterno oleaje, haciéndola un paraje idílico. Allí yo le cuento de mi España, de sus bondades y orgullos, de nuestros castillos y fortalezas, de nuestras naves y reyes, del gran ejército y de la toma de Granada. Le explico cómo son nuestras montañas, los ríos, las bestias, y en ello pone gran empeño. No concibe el que un hombre pueda montar una jaca y caminar tantas leguas en una jornada regular. Le he dibujado algunas y se muere de la risa, y llama a los demás que nos acompañan y se los platica y todos se ríen, mirándome como si fuese un demente. Esto en algunas ocasiones me enfurece, y les aviento unas tortas bien castizas que, por fortuna, no entienden. Un día se me ocurrió hablarles de la nieve y lamento haberlo hecho. Es fácil pintar a una yegua, imitar sus relinchos, sus corcovos y reparos, pero describir la escarcha a gente que no conoce lo que es el frío y que en toda su vida no ha experimentado el hielo, es meterse en enredo de muchos hilos. Puse toda mi elocuencia en la faena, la mímica que aprendí de pequeño en las ferias, pero todo fue inútil, por más que forcejeé no pude dar con una palabra maya que fuese lo suficientemente explícita para aclarar el concepto. Se quedó en ascuas y no me invitó al paseo durante dos días.

Por su parte, él me narró la historia de su pueblo, de la fundación de sus ciudades, tal y como se la contara su padre y a éste el suyo y así hasta muy atrás, hasta la época en que no tenían tierras y vivían de prestado y a salto de mata, unas veces siendo esclavos, otras siendo señores. Siempre se mostró muy contento cuando hablaba de estas cosas y las adornaba con miles de hechos grabados en la memoria común del pueblo, en las estelas y en los monumentos que acostumbran hacer para conmemorar sus fiestas, que son muchas y muy vistosas.

Una tarde me sorprendió hablándome de sus dioses y de los sacerdotes que los cuidaban y les rendían culto. Era muy extraño que tratasen esos temas conmigo, pues temían ofenderlos con alguna indiscreción; sin embargo, el Ahaucán, un viejecillo ruinoso y desdentado de nombre Ah Uitz, que es Voz de la Montaña, le había sugerido la conveniencia de que el castilan fuese iniciado en el rito de Acanum, dios de la caza y los flecheros, deidad modesta pero importante, y él se hizo portavoz de tal demanda, planteándomela en términos que no dejaban otra puerta que la de aceptar. Además de que, como ya lo he dicho, yo necesitaba de ese sustento espiritual.

—El pécari ha dejado rastros de sangre en la senda y no ha sido apresado. El jaguar desgarró los hombros a un macehual y la muerte le cubrió los ojos. Estos son malos presagios, la caza puede escasear y el dios puede ser cruel y avaro con nosotros. Tu mano blanca puede, en cambio, hacerlo feliz si le lleva el humo del poom al altar y le ofrece las entrañas de las pequeñas aves. El gran sacerdote está pensando, lo está viendo en las partes del corazón del lagarto, en sus tripas que se volvieron negras en una tarde, que Acanum te pide y no debemos negar nada a un dios. No podemos obligarte, es una decisión que sólo a ti te atañe. Será bien visto y apreciado que mañana comiences. Ah Uitz te dará los instrumentos, los gestos y las oraciones que al dios agradan y que debes aprender para servirlo dignamente.

—¡Oh, Na Chan Can, Señor de la Serpiente, Hombre Verdadero y gran jefe de los hombres de Ichpaatún, me has designado para tu servicio con tus palabras y cumpliré con gusto tu mandato! Pero dime, señor: ¿por qué en tus ojos se refleja la duda y la inseguridad, por qué brillan en ellos dos gotas de agua, que son tan turbias como el ámbar? —le respondí, sintiendo que en el estómago se me formaba un nudo.

—Eres un buen nacom, un guerrero responsable y audaz que nos ha proporcionado muchos triunfos en innumerables batallas, y no estoy muy seguro de si debes servir a la deidad que nos proporcione Ah Uitz, o si sería mejor que tus oraciones y ofrendas fueran destinadas al culto de Ek Chuah, nuestro protector en las guerras. Es por eso que dudo y tengo marcas en la cara.

Su respuesta fue un alivio para mi corazón y una seguridad para mi vida. Por algunos momentos había pensado que sus cuestionamientos se debían a mi calidad de extranjero y de cristiano, pero con su contestación me di cuenta de que había sido totalmente aceptado por él y por su pueblo, y que había dejado de constituir una interesante curiosidad, para convertirme en un hombre de carne y hueso, con sus virtudes y sus defectos. Me propuse entonces realizar un pacto íntimo entre mi Dios y mis circunstancias. Esa noche, cuando ya todos dormían y el silencio se había posesionado de todos los rincones del Orbe, me deslicé de mi camastro y me fui a mirar la bóveda celeste. Desde el punto fijo de la Tierra en el que estaba plantado, le hablé a Cristo y le dije: "Señor, mi único y verdadero Dios, yo Gonzalo Guerrero, el más pequeño y abandonado de tus hijos, el más ignorante y sufrido, te pido perdón y clemencia por servir a otro dios, que es ajeno a mi naturaleza, a mis conocimientos y a mi fe. Pongo a tus pies el destino del alma con que me dotaste y te ruego que me aclares el misterio de tus designios para conmigo".

De inmediato, un incontrolable temblor se apoderó de mi cuerpo; el sudor empapó mis sienes y la frente, los brazos y los muslos, y me vi rodando por el suelo a un abismo interminable que se abría entre los cuerpos celestes, entre las aristas de las estrellas, y una estruendosa voz, su voz, me dijo: "Gonzalo, yo soy Dios, el único, el verdadero, el creador del universo y de todo lo que en él está contenido; yo soy el origen y el fin, la luz y la oscuridad, el movimiento y la muerte, el paraíso y el infierno, el todo y la nada. Vives entre pueblos paganos que no me conocen, pero que me intuyen y adoran en cada uno de sus ídolos. Me han fragmentado en muchos más que Tres, siendo ése el número de mis concepciones, mas esto no está mal. Tanto me sirven adorando a Itzamná como a Ah Puch; de igual forma que si un cristiano se dirige al Padre o al Espíritu Santo; por eso no te preocupes, que no pecas en mi contra sirviendo a un fragmento de mi personalidad, a un reflejo de mi presencia. Simplemente recuerda que, en las ofrendas que hagas a Acanum, alabas al Verbo, y dedícaselas a él en tus oraciones".

Cuando recobré la conciencia, una profunda sonrisa se había plegado en mis labios y las estrellas cintilaban como nunca antes lo habían hecho.

Al día siguiente, Ah Uitz me hizo acompañarlo a la casa de los ahkinoob o sacerdotes y me entregó a la custodia del ahmén, profeta y curandero. Durante siete días permanecí enclaustrado en una cámara pequeña y oscura en la que había un respiradero en el techo, a través del cual podía saber si era de día o de noche. No tuve ni compañía ni alimentos; sentado sobre el frío de las losetas de barro, me dediqué a meditar y a escuchar las oraciones que venían del exterior. Eran largas letanías que me hablaban de la vida y milagros del dios de la caza, que me relataban sus bondades y sus iras, y que me lo iban describiendo en su conformación física y metafísica. Si en la piedra se le esculpía con facciones de gavilán o con la estilización de los cuernos de un venado, en la conciencia debería de conceptuarlo como la buena puntería; como el viento favorable que guía y dirige al venablo; como la vibración que deja la cuerda del arco en la mano del cazador, comunicándole la certeza de su tiro; como el agónico rugido de la fiera, que se resiste a ser capturada; como todas las facetas y divertimentos de la caza mayor y menor, sus efectos y sus consecuencias. La voz del ahmén era el pincel que dibujaba todas estas consideraciones, era el vehículo mediante el cual se me introducía al mundo del dios y se me integraba como su servidor. Más tarde, cuando me condujeron a su adoratorio y lo tuve frente a mí, me sorprendió el reconocerlo de inmediato y el sentir una espontánea simpatía por su figura. Si el primer día de confinamiento tuve la preocupación de que me repugnara, llegado el momento de adorarlo no sentí aversión alguna y esto me tranquilizó. No hubo ofrendas ese día, ya que tenía que proporcionárselas yo mismo.

Ah Uitz y el ahmén rezaron en silencio y luego me profetizaron el momento y el lugar a donde debería ir por las presas. Dos noches después salí rumbo a la abertura de la bahía de Chetumal. Me fui costeando, caminando por la arena, recorriendo largas y paradisiacas playas que se extendían, solitarias, cientos de leguas, más allá de donde alcanzaba mi vista. Las olas me acompañaban y el perfume de las algas saturaba mis narices. Llevaba conmigo dos jabalinas y un arco, carcaj repleto de flechas, una bolsa con carne de venado seca y un guaje con agua de chía; lo demás debería de procurármelo con mis manos. Caminé durante cuatro jornadas, hasta que llegué a la desembocadura de un río nombrado Belice, que coincide con la entrada a la bahía, y ahí senté mis reales. Llevaba la consigna de llevar a Ichpaatún unas aves llamadas quetzales.

Sembrados en las riberas del río, unos árboles de raíces desnudas y largas, mangles, madriguera del caimán y nido del tucán, racimo de la ostra, sombreaban la arena parda y servían de aposento. Con sus ramas hice una pequeña choza y un raquítico hogar que me serviría para calentar mi comida. Esperé a que cayera la tarde acompañada de los ruidos de las fieras, de los cérvidos y de las aves, y puse el ojo avizor. No tardaron en venir aves de pecho amarillo, lomo negro y un pico en forma de cucharón aplanado a preparar la pernocta; en regresar, de las aguas dulce sabor, los lagartos de vientre voraz y escamas lustrosas y tornasoladas, escurriéndose como si fuesen bateles entre el légamo y la hojarasca; el jaguar y sus crías a saciar la sed y el reptil a calentar la panza con el calorcillo de la arena. Y eran tantos los animales que a mi alcance se ponían, que tuve que hacer un tremendo esfuerzo para no salir a darles muerte.

Un delicado verdor se mezcló con los rojos rayos del ocaso, un singular parloteo combinado con un piar melancólico onduló entre el éter y los vapores marinos, y mis ojos los vieron, los miraron volar con sus copetes recortados y sus largas colas esmeralda. Fueron a posarse entre las ramas más altas de una ceiba con la majestad de un príncipe, con la arrogancia de un mascarón. Quedáronse quietos por un rato, como si quisiesen posar su escultórica belleza para que los retratase el sol poniente. Mi consigna era llevarlos vivos y para ello tendría que urdir engaños.

Con las hojas de unas palmas que por esas playas crecen, pasé la tarde tejiendo finas redecillas enlazadas con mil nudos marineros, a las que coloqué en los extremos redondas piedras del río. Llegó la noche y, tratando de hacer el menor ruido, trepé por las rugosas ramas del árbol hasta alcanzar un punto desde donde pudiese arrojar mis trampas de lino.

Los pajarillos dormitaban con el párpado velado por una membranilla gris, espulgaban entre su plumaje en busca del coruco, ignorando el celo de mi paciencia. Lancé una red y ésta quedó trabada en un brote, balanceándose. Contuve el aliento y casi me caigo sobre el cieno. Lancé una segunda y di con la primera presa. El animalillo se estremeció, quiso huir y cayó enredado entre los finos hilos. Sus compañeros continuaron en los brazos de Morfeo, ignorando al desdichado. Doce redes arrojé y cinco piezas cobré, intactas y palpitantes. Descendí del yaxché y las recogí, cuidando de no dañarles sus vistosos atuendos. Me guardé en la chocita y mantuve el fuego durante toda la noche para proteger mi vida y la de mis preciosas víctimas. Con cuánto gusto las iba a devorar Acanum.

Por la mañana me desayuné un hermoso pámpano que capturé de un certero lanzazo y unas ostras del tamaño del puño de un vasco y abandoné la bella barra con la idea de regresar muchas, pero muchas veces.

Reanduve las cuatro jornadas de retorno, sin más novedad que la contemplación del paisaje, la caza de piezas menores que usé para satisfacer mi apetito y la recolección de algunas piedrecillas de jade que conservé entre mis bragas.

El Ahaucán me recibió con los brazos abiertos y con una sonrisa significativa, de la que deduje que había logrado hacer algo extraordinario. Más adelante supe que la captura del quetzal vivo era considerada como una proeza mayúscula y casi nunca lograda; que requería de una destreza y de un ingenio singular, y que los beneficios que el dios concedía eran inagotables. No puedo deciros qué tan cierto sea esto, pero sí puedo afirmar que a mí nunca me falló la puntería y que fui un elegido de Diana.

Vino otra semana de ayuno y se me preparó para mi primer sacrificio. Me tiñeron de azul el cuerpo y me sahumaron con abundante copal; me llevaron con los chaces y, sin ponerme sobre aviso, me sujetaron a un poste. Al principio creí que la víctima sería yo y que lo de las aves era un simple pretexto para tenerme alejado mientras preparaban los ritos, pero pronto advertí que se trataba de colocarme unas arracadas, para lo cual era necesario perforarme los oídos. Solté una tremenda carcajada que se continuó escuchando cuando el puntiagudo hueso atravesó el lóbulo diestro y la sangre cayó sobre mi brazo. Me miraron espantados y luego tornáronse a reír conmigo. Dos insignificantes punzadas y ya me tienen con sendos zarcillos de oro, que me habían sido expresamente regalados por Na Chan Can en recompensa por la caza obtenida, que con seguridad redundaría en beneficio de su gente.

Ahora, los viejos sacerdotes me dotan con un estuche que contiene un juego de cinco navajas de obsidiana y me enseñan cómo deben ser usadas, cómo he de abrir el pecho del pájaro y extraer su corazoncillo, qué palabras debo pronunciar y en qué tono. Me presentan con el ahkin que se ha de encargar de embadurnar al ídolo y me indican la salida y el camino al templo…

… las gradas están calientes por el peso del sol y mis pies sufren con la ascensión, a pesar de las sandalias que llevo puestas. Me precede Ah Uitz con el incensario echando humo a los cuatro vientos. Me contemplan Na Chan Can desde una terraza del palacio, y alguien más que tiene el cabello negro como el cuervo y los ojos profundos como el ciervo. El patí que cuelga de mis hombros flota delicadamente y un pequeño penacho que me adorna sobresale como copete de perdiz. Llegamos a la cima, el olor es nauseabundo, huele a carne descompuesta y me asombra no ver parados algunos cernícalos devorando los fétidos restos que han quedado de pasadas ceremonias. El idolillo que representa a Acanum es de barro y ha sido modelado a semejanza de un gavilán con las garras encogidas y prestas a aniquilar, las alas extendidas, con los apéndices hacia atrás, y los ojos llenos de rabia y encono. Sin embargo, no me inspira horror sino complacencia. Sé que su estatuilla es obra de una ciega devoción que ha exagerado sus atributos, que es un dios bueno que provee de bienestar a estos hombres y que su acepción en el panteón Chele es benévola. Pienso en Jesús, en las palabras del Padre, y me entrego a celebrar en su nombre.

El Ahaucán me auxilia, por primera y última vez, entregándome al primer quetzal. Dos chaces le extienden las alas, lo abren en cruz y lo colocan sobre un pequeño pedestal de piedra dura y acanalada para que escurra la sangre hasta unos pocillos de barro. Tomo una de las navajas, la limpio con mi aliento, cosa que les gusta a los ahkinoob, y de un tajo separo las carnes del ave, que se agita con un espasmo de muerte. De inmediato, y usando mis dedos como tenazas, abro el pecho del animal, hurgo hasta encontrar el corazoncito y lo extraigo. Pasa éste a manos del ahkin y con él embarra el rostro del gavilán, sus garras y su pico. Se desmorona la víscera y se agota. La sangre, que ha escurrido a las vasijas, es bebida por todos los que participamos en el acto y los restos arrojados al suelo, donde se convertirán en polvo después de muchos días. Cuatro filos más y el dios queda satisfecho. He cumplido y que el cielo me perdone por utilizar hostias que no son de harina, pero ya en tiempos de Abraham se usaban corderos, por qué no otros animales, por qué no hombres.

Todo eso sucedió en el transcurso del mes Zac, dos meses antes de que se pidieran las lluvias y se celebraran las ceremonias nupciales que aseguran la reproducción de la raza y la continuidad de la estirpe. Por aquellos días, a pesar de mis éxitos como sacerdote y cazador, me invadió una nostalgia y un abatimiento desoladores. Mi cara, siempre negra, reflejaba una tristeza especial que ponía nervioso al cacique, quien temía honestamente por mi vida. Imposibilitado de tener contacto con mujer por orden expresa de los ah cuch caboob, mi cuerpo padecía de una saturación de fuerza viril, de potencia masculina, de la cual no era posible deshacerme. Mis noches estaban impregnadas de monstruosas pesadillas y mis días de un excesivo ejercicio. La combinación de estas dos actividades me traía por la senda del acojonamiento, como dicen los gitanillos, y no había poder humano que me confortase. En cada ocasión en que pasaban las vírgenes del palacio al templo o viceversa, mis párpados se convulsionaban, mis puños se crispaban y de mi boca salía una espuma blanca que me daba el aspecto de un lebrel rabioso. Tenía que correr entonces; que lanzarme en alocada huida por los bosques hasta caer en algún riachuelo, hasta zambullirme en las claras aguas del cenote y dejar que se salieran mis furias, que se desbocasen mis deseos. Pero no hay mal que dure cien años ni cabrón que los aguante, y al fin llegó en mi consuelo una de las proposiciones más sabias, generosas y felices que he conocido en mi vida.

A la puerta de mi choza se presentó un personaje singular, gordo y chaparrón, con la frente aplanada en demasía y los ojos bizcos, típicos de la nobleza, portando unas pequeñas calabazas secas que hacía sonar con la palma de sus manos y un báculo que se bifurcaba en la punta, cual si fuese una horqueta para capturar serpientes. Me llamó tres veces con grave voz, a pesar de que yo había acudido a su primera llamada, y trazó un círculo en la tierra. Se metió en medio y…

—Gentil castilan, bravo hombre de la barba roja, terrible guerrero, feliz cazador y sacerdote —yo no sabía que tenía tantos y tan ilustres títulos—: el Hombre Verdadero me envía a tratarte un asunto serio, un negocio que te hace mucho honor y te elevará a las cumbres de nuestras castas…

—¿De qué se trata? —le interrumpí, levantándole el mentón hasta tenerlo próximo a mi cara. Se rio burlón.

—No te impacientes, tendrás mucho tiempo para disfrutarlo —se soltó y volvió a meterse en la circunferencia—. Hay alguien, que tiene los cabellos negros como el fulgor de la obsidiana que viene del norte y los ojos tan grandes y tiernos como los del venado, que suspira cuando te mira y se lamenta cuando partes; que se pasa días enteros bordando un patí con la efigie de un león y los colores de la coralillo macho, del musgo de luengas barbas rojas y cerriles. Se llama Ix Chel Can, Mosaico de la Serpiente Emplumada, azulejo de turquesa pálida, tapiz de estrellas y es…

—¡La princesa del capullo de madrugada, la hija de Na Chan Can, la mujer más bella del Mayab, la prometida a la diosa Ixchel, la novia del torrente, la fortaleza que detiene a la langosta! Y has dicho que ella…

—Ella no, es él quien me manda a rondarte, a obligarte a que otorgues tu consentimiento para ser su hombre, su marido. Yo soy el ah atanzah, el casamentero profesional de los nobles almehenoob, en cuyas manos germinan los vientres, en cuyas oraciones se gestan las estelas vivas del futuro.

Levantó los brazos y me señaló una bandada de rosadas aves que cruzaban el cielo; eran muchas y simulaban flechas de rubor sobre las mejillas de las nubes.

—¿Y qué es lo que debo hacer, honorable…?

—Llámame atanzah y no te compliques la existencia —me contestó, haciendo vibrar su panza con la risa—. Debes trabajar arduamente durante el siguiente mes, pues debes de reunir las arras que ofrecerás a cambio de la mujer. Su padre aprecia mucho las pieles de los seres salvajes, las plumas de los quetzales, que ahora puedes matar con tranquilidad, pues ha fenecido el periodo de los sacrificios, y las pepas de oro que ruedan por los arroyos que bajan al mar. El resto lo pagarás trabajando en la casa de nuestro cacique. Seis años ha propuesto, tres descendientes ha pedido; varones o hembras, no le importa.

Estuve a punto de saltar de felicidad; mas me contuve, ya que la tradición exigía que me hiciese del rogar.

—No, querido amigo, mi fuerza y astucia valen más que la de cualquier soldado. Soy nacom y mando a dos escuadrones, no lo olvides. ¡Tres años de trabajo y todos los hijos que yo quiera, y acepto!

Al escuchar lo de "todos los hijos", se puso lánguido y sentimental; sabía que al Halach Uinic le gustarían mis palabras y las tomaría como un premio obtenido con su esfuerzo, y que por ello le daría albricias. Luego se tornó sombrío y musitó algo acerca de lo del tiempo. Me dio las espaldas y de pronto se revolvió, enseñándome cuatro de sus grasosos dedos. Asentí en silencio y se largó corriendo y cantando. Era obvio que había logrado su cometido y que pronto podría festejar y gozar de canonjías.

Dos días después de su visita me adentré en la espesura de la jungla y llegué a las orillas del mar. La rubia arena me recibió caliente, suave y cariñosa. Me dejó caminarla, abrirle surcos en la piel y retozar con sus granitos de sal. Volví a seguir la ruta de los quetzales, el sendero de mis primeras víctimas, y después de algunos días llegué al estero, al Edén ofrecido por Dios a los primeros padres. Era de mañana cuando me detuve a mirar las copas de los árboles abarrotadas de loros, papagayos y pequeños micos que jugaban y gritaban como niños en Pascua Florida. ¡Ay Sevilla! ¡Ay mantón de bolita, quién te pudiera volver a ver!

Encontré los restos de mi primera visita y me dio mucho gusto saber que aún podría utilizarlos. Reforcé la cabañita con grandes hojas de plátano, con algunos maderos que el mar había arrojado con sus dedos de espuma, con sus caireles de plata, y me dispuse a pasar varias semanas. Por la tarde hice provisión de almejas, de chipirones y dos palomas que preparé en barbacoa.

No hubo un día en el que mis flechas no cobrasen pieza; no hubo piel que escapase al tajo de mi cuchillo de pedernal, ni ave que no tributase con sus plumas a la velocidad de mis armas.

Pasada una semana tenía en el interior de la cabaña pieles suficientes para alfombrar el palacio del cacique, plumaje para hacerle veinte penachos, cuero para varias sandalias y carne que, puesta a secar, le duraría varios meses. Me pasaba las mañanas atrapando; las tardes y gran parte de las noches destazando y curtiendo con sal las preciosas prendas. En el exterior, en un improvisado tendedero ponía a flotar los pelambres de felino que oteaban como banderines y que cobraban en la parte del pellejo un color glauco, transparente, parcelado de venillas negras, que más tarde desaparecerían. Afortunadamente, la cercanía del mar facilitaba mi tarea, impregnando de salitre aquellas partes de difícil extracción que, en otras condiciones, estarían expuestas a la acción de la podredumbre y la descomposición. El sol cumplía con su papel desecador y las cosas me iban a las mil maravillas.

Ya tenía bastante cuero para satisfacer a mi futuro suegro y sólo me faltaba el oro. Habría que ir a buscarlo. Hice un hato con el plumerío y las pieles, y las coloqué a resguardo sobre el travesaño que sostenía el techo de mi improvisada morada. Eché a andar río arriba, perdiéndome entre el verdor de la espesura, mojándome con la eterna humedad de las hojas tropicales, con sus gritos salvajes, sorpresivos, con el canto del torrente que bajaba caudaloso hasta su lecho marino. Fuime muchas leguas tierra adentro, hasta que me topé con un pequeño afluente que caía de una mayor altura, espumante y rebelde, a una poza de aguas cristalinas. En ella, el agua formaba remolinos y arcoíris de colores aceitosos que teñían los dorsos de los peces con escamas de oro, de cobalto, de granate. Mis manos se sumergieron y mis labios la probaron, degustaron el sabor de la chispa que salta con el cincelazo, del azúcar que escurre de la primera vuelta del trapiche. ¡Qué delicia, qué privilegio!

Continué mi caminata, trepé por pequeños montículos, escalones y terrazas que me servían de miradores para contemplar el mar y sus ondulaciones, su cuerpo de mujer que baila y cimbra la cadera de la tierra. Llegué a parajes escarpados y los superé imitando al simio, con el pulso de mis puños y el vigor de mis tobillos. Pasé unas lindas cascadillas que se peinaban murmurando y se salpicaban jugando, y por fin encontré un sitio adecuado para mi propósito. Era un lecho manso y arenoso, que serpenteaba por una meseta enroscado en cientos de espirales, después de haber caído de la montaña y quebrado su cerviz en la dura roca de granito, que se lo tragaba desde tiempos inmemoriales. Ahí me hospedé entre el follaje y los recios troncos de una acacia, en la que coloqué un primitivo entarimado.

Conformé un cernidor para tamizar la arena, como los que usaban los compadres del Darién en los primeros días, y me entregué a la tarea de buscar pepitas. Los dos primeros días me fue de puñetas, pues no logré atrapar nada, pero al tercero cayó la primera pieza, del tamaño de un grano de arroz. Me puse tan feliz que de lo más recóndito de mi cerebro bajó una coplilla castellana y brotó de mis labios con su sabor de anís, de azafrán de mayo. Y copiando y metiendo las muñecas en el barro me hice de una buena provisión de metal en el transcurso de un par de semanas, pero más gané y más aprendí de la vida con lo que ahí me acaeció y fue tal como os lo contaré...

Empezaban a posarse los pájaros en las cúpulas de los enormes árboles, a buscar el nido protector, y el sol a declinar en el horizonte, cuando de entre los arbustos lejanos salió un gruñido aterrador que me erizó los cabellos e hizo temblar mis rodillas. Sin lugar a dudas se trataba de un tremendo jaguar y, para mi mayor desgracia, hambriento. En esos momentos todavía me encontraba metido en el agua y no llevaba para mi defensa más que un cuchillo de obsidiana, absolutamente ineficaz para enfrentar a la bestia. Quise correr hacia la acacia para proveerme del arco o, al menos, de la lanza y la rodela, pero ya el animal se encontraba en medio, parado y erizado como un volcán que está próximo a hacer erupción. El miedo me paralizó unos segundos (y os confieso que es la primera y única vez, desde que vivo con estas gentes, que en verdad lo he sentido) y me estuve quieto, mientras el jaguar avanzaba. En mi mente se agolpaban imágenes desordenadas e incoherentes que me impedían hacer algo para defenderme. Tantas y tan diversas vinieron, como si fuesen un gobelino vivo, un tiovivo, una cascada, que entre ellas se perfiló la presencia de mi amigo. Asombrado, abrí la boca y le llamé: "Ah Balam; ¿qué quieres de mí, de tu hermano el blanco?". La bestia se me quedó mirando, con el hocico abierto y la lengua, sangriento muñón, babeando. Volví a llamarlo y a tomar confianza; el temor se había evaporado de mi cuerpo y sentía la seguridad del guerrero que ha vencido, del gladiador que es admirado por el César. Me le fui acercando y, en la medida en que lo hacía, el jaguar iniciaba un ronroneo que hacía estremecer a los abrojos y huir, despavoridos, a los pequeños roedores. Ah Balam, mi querido amigo, me visitaba para desearme buen augurio y para despedirse por siempre. Hun Hau le había permitido venir por última vez. No le volví a ver jamás. Me acerqué y lo acaricié en el lomo y, esto os lo juro, el animal lloró con un gemido que nunca antes y nunca después he escuchado: su rugido tuvo acentos humanos. Luego se fue, sin haberme hecho daño alguno.

A la mañana siguiente regresé al mar, recogí mis bártulos y tomé rumbo a Ichpaatún. Cuando llegué ya me esperaba, ansioso, atanzah y de inmediato se posesionó del botín. Todo le fue entregado a Na Chan Can, quien lo recibió con plácemes y me hizo saber que podía ir olvidándome de embetunar mi rostro.

Los angelitos orinaron sobre la tierra, como decía mi nodriza gitana, y las cosechas fueron vastas, abundantes, y arribó el mes Cumhú, la hora del placer, y mis esponsales fueron preparados con el boato que correspondía a mi consorte.

Ix Chel Can, que durante el último mes había estado confinada en el recinto de las vírgenes, recibiendo consejos y recetas, fue presentada a la diosa Ixchel en una ceremonia redentora, en la cual tuvo que pedirle perdón por abandonar su culto y ofrendarle con la sangre de sus oídos, narices y partes ocultas. Así lo exige el ritual y así se hizo, mientras los salmos y los plañidos se escuchaban en el templo. Ningún varón tuvo licencia para presenciar el sacrificio y todos tuvimos que guardar ayuno durante esa jornada.

El palacio de su padre la recibió radiante, con alfombras hechas con los pétalos de mil flores, con las ánforas de incienso repletas de copal humeante, con las cocinas en ebullición constante y las despensas abiertas. Todas las manos de mujer del pueblo, palmeaban, incesantes, la masa de maíz y extendían en sus manteles las tortillas, los molotes y toda la variedad de viandas que con ella confeccionan. La ciudad olía a festín, a incienso, a bacanal que parodiaría a las bodas de Canaán, a la solemnidad fenicia en la fiesta de la cresta del gallo.

Los flautines y las caracolas me comunicaron, con sus melodiosos acordes, que la novia ya estaba dispuesta, que sus padres me esperaban y me urgían a presentarme para iniciar la ceremonia. Todo estaba bien dispuesto, gracias a la responsabilidad del ah atanzah, quien todo lo había previsto, todo lo había arreglado, inclusive el proveerme de padrinos que, a falta de padres o tutores oficiales, tendrían que presentarme ante mis futuros suegros. A su vera se apersonaron Ah Uitz y su mujer, la de patas de gallo, la que ríe aun en el vórtice del huracán, la que lleva en las muñecas los jades que la hacen abuela de una prole vasta y que se hace llamar Ix Cab, porque su ternura es como la miel que se recoge temprano, antes de la gran sequía y de que las abejas tengan que volar grandes distancias para llenarse de rocío las cavidades.

Hacia el palacio nos fuimos todos, tomados del brazo en procesión hidalga. Una valla de macehualoob nos vitoreaba con el sonar de sus cascabeles, de sus sonajas de calabaza, con la risa de sus blancos dientes, y nos ofrendaba con flores fragantes, con pequeños copos de plumas de centzontle, de paloma torcaz, de faisán del monte. Y allá llegamos, rodeados de la nobleza, de los sacerdotes que auguraban buenas cosas, de los nacomes y soldados del Estado. Allá llegamos y el ahmén auscultaba los discos del tiempo, las estelas del porvenir, las grecas de la vida, los relieves de la muerte. Del templo mayor, del hogar de Itzamná, nos llegaba el reflejo de la fogata encendida para hacer propicios a los dioses, para que bendijeran nuestra unión, la mezcla de dos razas hasta entonces puras. De mi cuello colgaba un pendiente de hueso en forma de disco; en su centro, la figura de Acanum extendía las alas para protegerme de los malos demonios, de los celos de otras mujeres, de otros hombres. Nada se le había olvidado al casamentero, todo armonizaba con la perfección que demandan los himeneos reales.

—Pasen ustedes, vuestras mercedes —dijeron las mujeres de la casa de Na Chan Can—. ¿Dónde les hemos visto, de dónde han partido los caminos que dirigen vuestros pies? ¿Acaso es el cascabel de la serpiente el que llama vuestra atención, o las prendas de la que viste con cabellos negros, envidiados por la noche, el marco dulce de su rostro, encendido de estrellas rojas, de luceros ruborosos? ¿Son acaso ustedes los viejos Bacabes que nos vienen a traer las historias del fin del mundo, de la comarca donde el quetzal ha visto, con su ojo de cristal, la llamarada del viento, el vientre de la diosa del agua? O, ¿qué son vuestras mercedes que vienen mecidos por la música del tiempo? ¿Hay aquí alguna trampa?

Contestoles atanzah: "Qué nos han visto, qué nos han mirado, con esas pestañas cubiertas de lagañas que les enturbian el pensamiento. ¿Es qué, acaso, somos vocingleros o zafios machos de comadreja que reímos con los dientes de fuera? ¿No hay verdad en nuestras canas, no somos respetables como la ceiba de flores encendidas?". Y golpeando con su bordón en las baldosas de barro, dijo: "Aquí está un mancebo digno, aquí está un guerrero noble, aquí está un hijo y estos —dirigiéndose a mis padrinos—, sus padres, respetables manes de la raza de los Cheles".

—¿De los Cheles? ¿Pues dónde nos habrán mentado ese nombre tan sonoro? —respondieron las amas del palacio, conteniendo la risa que pugnaba por salir de sus narices.

—Más allá del mar, arriba de las montañas, hasta Chichén Itzá, desde Copán hasta Comalcalco, en todas las provincias de los reinos que abandonó Kukulkán, cuando la tierra aún no conocía las caricias de la coa.

—¿Entonces habéis venido en son de paz, para cantar con nosotros el prestigio de nuestro gran señor, de Na Chan Can?

—Así es. Pero también de su hija, del capullo que se abre en flor con los primeros rayos del sol.

Dicho esto, atanzah sacó de su morral unas bolitas de algodón silvestre y comenzó a arrojarlas sobre sus interlocutoras. Las mujeres hicieron todo lo posible porque les cayesen encima; era de muy buena suerte recibirlas. Se formó tal regocijo con su griterío, que pronto las puertas del recinto dedicado a la ceremonia se abrieron de par en par y fuimos recibidos por el Halach Uinic.

Por una puerta lateral salió un joven ahkin, de una belleza singular, y extendió su capa entre nosotros y la familia del cacique.

Inmediatamente, Ah Uitz arrojó unas cuentas granas que brillaban sobre el manto y dijo: "Gran Señor de Ichpaatún, estate contento, ponte feliz porque aquí te traigo a este mi hijo que te quiere servir y ha pagado las arras que le has solicitado, que son muchas, abundantes y dignas de cualquier príncipe, aun del cielo, aun de los infiernos. Danos a ese jirón de tu piel, a esa hoja del árbol de tu cuerpo, a ese reflejo de tu alma y convídanos a la generosidad de tu casa".

El ahkin me miró con una chispa de picardía y luego se volteó hacia el cacique y le dijo: "Señor, el gavilán ha extendido sus garras para atrapar a tu polla, no lo podrás evitar, es mejor hacerlo tuyo y que cace en tu servicio. Lústrale las alas con el color de tus hijos, para que todos lo reconozcan y digan 'ese que ves volar, es el yerno de Na Chan Can, el poderoso señor de los Cheles'".

—Así sea —rugió el Halach Uinic.

El joven sacerdote, entonces, lanzó una larga perorata sobre el negocio de las arras, peleó y discutió con atanzah acerca de mil minucias, pero todo estaba ya convenido de antemano; esto no pasó de ser una mera fórmula de cortesía para halagar los oídos de los comensales, que se admiraban de todo y prorrumpían con grandes exclamaciones. Luego se sahumó la mansión del señor y, con mayor esmero, las que serían nuestras habitaciones.

Debo mencionar que, durante toda la ceremonia, Ix Chel Can había permanecido muda de boca, mas parlanchina de ojos. Sus miradas eran saetas de fuego que me atravesaban y me dejaban en el corazón un zurrón de dulce que aleteaba ferozmente. Sus labios húmedos y sus párpados candentes venían el vapor de la alegría en el pozo de mi cuerpo. A duras penas logré contener mis impulsos por tomarla y estrecharla entre mis brazos. Creo que nos amamos desde aquel día con una fuerza incontenible.

La bendición de Ixchel cayó sobre nuestras testas unidas por las manos de Ix Cab y de la nueva mujer de Na Chan Can, que no era, como yo sabía, la madre de mi prometida, que había muerto por la mayacimil.

Mil palomas soltaron las terrazas del palacio, sus nichos, las graderías. De los palacios de los nobles brotaron fanfarrias, por boca de los caracoles, de los atambores que sonaban extraños en tiempos de paz, de los panderos y de las voces de los siervos y de los esclavos que, en esa nuestra fiesta, se habían unido para desearnos felicidad. Cuántos pétalos oscurecieron la luz del día, no sabría decirlo, no podría expresarlo. La comida del banquete fue una explosión de sabores que, apreciados por los chasquidos de las lenguas, causaron estupor y un gozo indescriptible. Comieron y bebieron hasta el atolondramiento, y cuando no quedaron más que migajas se lanzaron a las calles en un eructo monumental que se escuchó hasta las tierras de los Cocomes, causándoles gran envidia.

El algunas ocasiones todavía logro evocar los acontecimientos de aquellas bodas, y sobre todo mis pensamientos cuando, ya consumada la unión y satisfechos nuestros deseos, me puse a reflexionar sobre la trascendencia de aquella circunstancia.

El aislamiento en que me había visto perdido en los primeros tiempos, aunado a las múltiples extrañas experiencias que había vivido durante los últimos hechos, habían aguzado mi entendimiento, haciéndome crítico y reflexivo. Veía las cosas con nuevas dimensiones, con otras perspectivas, dotado de una sensibilidad especial, ajena a mi normal naturaleza. No habían transcurrido aún los postreros arrumacos, los besos del sueño, cuando ya me encontraba meditando la importancia de mis actos. Estaba seguro, y todavía lo estoy, de que fui el primer español que se había casado en estas recién descubiertas tierras con una de sus naturales. Si bien era cierto que muchos de los hombres que habían llegado con el Almirante se habían amancebado con naturales de las ínsulas arrebatadas a los caribes, también lo era que esas relaciones nunca habían llegado a ser matrimonios y que de ellas no habían fructificado hijos legítimos. Los míos serían los primeros, y además cristianos, pues yo me encargaría de hacerles llegar el verbo de mi religión y de mi raza. ¿Cómo se llamará a mis hijos, al híbrido fruto de dos constelaciones que han dormido juntas en los campos del Mayab? No lo sé, pero presiento que algún nombre se les dará, cuya raíz emane de la palabra mezcla.

¿Y cómo serán, de qué color en las carnes, en los ojos? Para saberlo habrá que esperar a que sean concebidos, a que sean paridos por Ix Chel Can, a que sean amamantados y presentados en el hetzmek, en la fiesta de la monta de la cadera. Todo esto y mil cosas más atravesaron por mi frente como nubes luminosas, como lunas crecientes que iban invadiendo mi curiosidad y que fueron satisfechas a su debido tiempo.

Poco después de mis nupcias, una o dos semanas, no recuerdo bien, fui llamado por el Ahaucán al templo mayor, con cierta urgencia. Acudí presuroso y me presenté rindiéndole los honores que se otorgan a los superiores jerárquicos y a los parientes. Desde mi boda, Ah Uitz había cobrado el rango de mi padre adoptivo. Nos unían, por lo tanto, lazos espirituales y carnales. A su vera se encontraban alineados una veintena de jóvenes recientemente casados, que venían a cumplir con el tributo de la sangre en aras de sus dioses tutelares. Era la costumbre, era la tradición que imponía la práctica del tatuaje, una vez que el establecimiento familiar se había asentado y los hombres habían tomado estado, mediante el matrimonio. Se cambiaba el betún negro del celibato por las zanjaduras en la carne y el tono rojo de la cochinilla. Así pues, no tuve más remedio que apechugar y aguantarme los ardores del tormento. Con un fino pincel de pelo de roedor, uno de los viejos chaces, apestoso sacrificador, me dibujó un gavilán en la tetilla derecha, un león en la izquierda, muy cerca del corazón, y unos listones en los brazos que simbolizaban el agua del mar desconocido, la bruma que se extiende impenetrable para la mirada en el horizonte, en los lares ignotos de los hombres barbados y de blanca tez. Esperó a que la tinta secara y se fue a pintar a otro fulano, que por cierto temblaba de espanto. Cuando los colores se fijaron indelebles en mi piel y la carne absorbió lo suficiente para que el filo del pedernal no se desviase, el sucio sacerdote me pidió que me acostara sobre un banco de madera que estaba ahuecado en el centro, como si fuese una cuna, y del cual partían unos bejucos acanalados para recoger la sangre.

Su mano firme, segura, se deslizó sobre mi tórax con la familiaridad del que conoce la senda, del que está acostumbrado a esta clase de labores, hasta que alcanzó el pezón y se detuvo. Masajeó los músculos del pecho por un buen rato, y cuando éstos estuvieron laxos efectuó la primera punción. El dolor fue tan terrible como la mordedura de una víbora, como el golpe de una saeta; ardiente como una brasa de encino, como la punta de una espada; violento como un insulto, como una cachetada; dulce como la carne putrefacta, como la sangre chorreante de una menstruación. Mi corazón dio de tumbos y una fiebre incandescente me hizo desvariar durante algunos segundos. En la medida en que la cuchilla revolvía la sangre con la tintura y las marcas se iban definiendo para siempre, el dolor fue disminuyendo, hasta convertirse en un placentero recorrido por las terrazas del infierno, por sus jardines sembrados de rosales negros.

Lo hizo con tal destreza que en cosa de media hora ya volaba el gavilán en mi pecho, graznaba y buscaba presa.

Me dejó descansar un rato, encargándose de mi vecino el temblador. Este no soportó ni un segundo, apenas vio venir sobre de sí al sacerdote, se fugó en el alado corcel de la inconsciencia. Me levanté un poco, incorporando el busto para respirar mejor, y a mi alrededor vi el dantesco cuadro de las mutilaciones. Varios chaces hacían lo propio con sus respectivos filetes, mientras Ah Uitz rondaba desaforado recogiendo los restos y embarrando los rostros de los ídolos. ¡Cómo comieron esa tarde los pequeños dioses, con qué voracidad se hartaron!

Le llegó el turno al león y tuve que acostarme de nuevo. La experiencia fue similar a la primera, quizás un poco menos dolorosa debido a que la figura tenía menos cantidad de grecas y a que ya me había acostumbrado. Lo de los brazos fue juego de niños y cuando encendieron las fogatas pude retirarme a mi casa. A pesar de que mi mujer trató de disimular, esbozando una sonrisa, unas gruesas lágrimas cayeron de sus ojos e inundaron el campo de sus mejillas. Me hizo tender en una yacija fresca y perfumada y se dedicó, durante toda la noche, a aplicarme ungüentos, pomadas y hierbas, hasta lograr que la fiebre cediese y que la carne iniciase el lento proceso de la cicatrización. Más dura que el sacrificio, fue la infección que le sucedió. "Se me enconaron las labores y se me hizo materia." Dos meses tardaron los tatuajes en fraguar; hasta que el mes Pop fue celebrado y se iniciaron los trabajos de un nuevo monumento. El sol seco del invierno, los cuidados de mi esposa y la sal del agua del mar lograron lo que ningún bálsamo había hecho: dotarme de salud y fuerza.

Para el mes de Zotz, dedicado a los murciélagos, Ix Chel Can me confirmó su embarazo. Pequeñas náuseas, ligeros mareos y una inevitable necesidad de estar conmigo fueron los heraldos de su gravidez. Lo celebramos con un íntimo regocijo, con una feliz caricia que se prolongó toda la noche. Por la mañana, el jefe de uno de mis escuadrones vino a avisarme que la gente del santuario de Cobá había visto en el mar unas grandes naos, iguales a las que yo les pintase alguna vez, para explicarles cómo había llegado a estas tierras.

Mi cerebro sufrió una descarga y mis vellos se erizaron: ¡Castellanos, gente de mi patria, de mi amada España, después de tantos años! Creo que serían casi seis, pues para entonces ya había perdido la noción del tiempo de los europeos. A mi cabeza acudieron las lejanas palabras del padre Jerónimo: "Nos vendrán a rescatar algún día, si tienes fe." Seguramente él la tenía, yo me había olvidado del asunto.

—¿Y cómo te has enterado, si Cobá queda en tierra en Cocomes, nuestros enemigos?

—Canjeamos algunos cautivos con el señor de Becam, y entre ellos se encontraban dos hombres del norte. Ellos hablaron, pues te conocen, saben de ti y de tus hazañas. Ellos dijeron: vienen más como tu señor, iguales que el castilan, blancos y con cabello en las mandíbulas. Sus ojos son duros, fríos, como el agua en el invierno y traen unos bejucos que vomitan fuego y hacen estruendo.

—¿Y cuánto tiempo hace de eso; cuándo supiste de su llegada?

—Ayer los escuchamos, señor; antes de ser sacrificados a Ah Puch para que no nos coja la muerte, para que no perezcamos en los pantanos y no nos muerda la serpiente negra. Dentro de diez días iremos a desmontar unas tierras de nuestro Señor Na Chan Can y hemos querido tomar precauciones.

—Bien.

Mis ojos se clavaron en los suyos con tal fuerza que lo hicieron parpadear. Lo atravesaron y se fueron a perder en un laberinto de preguntas, respuestas y conjeturas que brotaron como la simiente en época de lluvias. Lo primero que vino a colación fue el deducir que los navegantes habían guerreado con los Cocomes del norte, quizá con el mismo cacique que nos había recibido con la muerte y la depredación, quizá con aquel que había devorado a Valdivia y a tantos otros. Lo segundo, saber si podría obtener mayor información de otros cautivos.

Le pedí al soldado que me acompañase y juntos nos dirigimos a ver a mi suegro. Lo encontramos supervisando las obras del nuevo monumento y nos recibió con gran algarabía. Habían terminado de colocar la piedra ancilar y en su centro habían depositado una diadema de jade del lago Yahoa, que simbolizaba al sacrificio que se hacía por derivación del color verde-azul de las gemas, que es el mismo que se usa en los holocaustos. Le informé rápidamente del asunto, sin violentar la cortesía exigida por su rango, y le pedí su parecer.

En su entrecejo se marcaron unas ligeras arrugas de preocupación, de angustia ante la incertidumbre. Sus manos tomaron las mías y sus ojos se rasaron de nubes y de rocío.

—Ve, Gonzalo, y averigua lo que puedas. Después, decide por ti mismo lo que creas que debes hacer. Mira que tu proceder sea justo. Te hemos aceptado como a un hijo, pero eres libre y un hombre libre debe responderse a sí mismo.

Sus palabras me conmovieron en lo más íntimo de mi ser; una catarata que cayese sobre el mismo guijarro durante mil años no lograría penetrar tan profundo como él lo hizo. Mi nombre sonaba tan dulce y a la vez tan extraño entre sus labios; sólo él y su familia habían aprendido a pronunciarlo y a usarlo por respeto a mi persona. Era el padre de mi mujer y mi más dedicado protector y, sin embargo, tenía en sí tal sabiduría que llegaba al grado de ofrecerme la libertad en bandeja. Viejo sabio, bien sabía en quién depositaba su confianza.

Apresté a mis dos escuadrones y al atardecer partimos hacia Becam. Llegamos al amanecer y fuimos recibidos cordialmente por el joven cacique, el hombre de la tortuga de río, el risueño Ah Uech, que ostentaba un armadillo en su patí y otro en su rodela. Como manteníamos con él un comercio constante, en el que intercambiábamos pescado y mariscos por semillas de maíz y una fruta de pulpa rosada, llamada mamey, de muy exquisita tersura, de inmediato se puso a nuestras órdenes y comenzamos las negociaciones. El tráfico de cautivos para los sacrificios era una materia delicada y había que tratarla con cierta sutileza. Cuando se enteró que no íbamos con la intención de mercar, sino tan sólo de interrogar a alguno de los Cocomes que tuviese en su cautiverio, se mostró hosco y reservado; pero cuando se le ofrecieron unas conchas de caracol, labradas y dispuestas para sonar, su actitud cambió, y aunque se hizo del rogar, según era costumbre, mandó que nos presentasen al que parecía ser hombre principal. Lo trajeron a rastras, pues el pobre pensaba que iba camino del templo y, no sin dejar de horrorizarme, reconocí en él los tatuajes de los hombres que nos habían lacerado hacía ya tantos años.

Me fui hacia el infeliz y lo tomé por los hombros. Su sobresalto fue un poco ridículo e hizo reír a mis hombres: cayendo al suelo gritó: "¡Castilan, eres un fantasma!".

De un bofetón le hice saber que era de carne y hueso, y que aún no había olvidado lo que nos había hecho. Lo tomé del pendiente que colgaba de su cuello y lo llevé en medio de mis capitanes.

—Dinos lo que has visto en el mar. Habla sobre lo que flotaba en sus aguas…

—Castilan, son tus hermanos. Vienen muchos en sus casas, en sus templos que saben flotar y traen con ellos unas lanzas que no se rompen, y unas espadas que brillan como la luna y cortan los brazos de un solo tajo. Nos dieron unas cuentas que tienen cara de diablo y otras que son verdes y unas rojas, como gotas de sangre. Visten unas vendas en las piernas, afianzadas con cuero, y unos mantos que brillan en la luz y cuyo interior es frío…

—No me digas cómo son, que yo bien los conozco —le interrumpí tajante, grosero—. Dime lo que pasó con ellos, ¿acaso los habéis matado, los habéis devorado, según vuestras depravadas costumbres?

—Hemos peleado con ellos, castilan, y han huido en sus palacios. Se han ido llenos de sangre, con nuestras flechas entre las carnes…

—¡Malditos, les habéis hecho traición…!

—No, castilan, no hemos faltado al honor. Somos guerreros y hemos defendido lo nuestro. A nuestros dioses, a nuestros santuarios… —meditó un poco antes de proseguir, como si temiese ofenderme con sus palabras; al fin prosiguió— … había codicia en sus ojos, castilan; en sus bocas la marca del desorden, de la mentira. No querían la paz, ni alimentos, querían lo que se robaron después de habernos muerto a varios guerreros y de saquear nuestro templo. Querían el oro y nada más. Y yo te digo, hombre blanco, que tus hermanos matarán a muchos por esa bagatela…

—No, si yo se los impido… —respondí, pensando en voz alta.

Perdido el temor que al principio le inspirara, el hombre, el nacom vencido, continuó narrándonos los pormenores de la batalla, el robo de los ídolos y de las arquillas de oro por un sujeto que, según las señas que me dio, tenía todas las apariencias de un hombre del culto divino de Nuestro Señor Jesucristo. Supe que aquello había sucedido hacía solamente cinco días y que los navegantes se habían dirigido costeando hacia el poniente. Hice mis cálculos, recordando mis buenos tiempos de marino, y concluí que, si el tiempo continuaba invariable y los vientos soplaban como hasta aquel día, les tomaría unos diez días para llegar a la desembocadura del río Champotón, cerca de Edzná, en la frontera sur del territorio de nuestros amigos y aliados, los Tutul Xiúes, a quienes debería de prevenir y, si así lo ameritaba, prestar ayuda.

La distancia era enorme, pero si me apresuraba podríamos andarla en siete jornadas. Nos despedimos de nuestro amigo Ah Uech, al que obsequiamos con una macana de caoba clara, y nos echamos al monte.

Dos noches más tarde, después de proveernos de alimentos en Pechal, llegamos a Hochob, y de ahí en cinco jalones, tal y como lo había previsto, arribamos al pequeño poblado de Champotón, balneario y regocijo de los señores de Edzná.

Apenas clareaba y en el cielo el lucero parpadeaba deslumbrado por los primeros rayos solares. Unos perros nos recibían con su gruñido melindroso. Un gallo despabilaba a las mujeres y las arrojaba fuera de sus hamacas, esteras flotantes de henequén que, colgadas de unos salientes que tienen en los muros, sirven para dormir en el aire y evitar las molestias del inclemente calor de estas tierras.

Antes de irme a ver a los príncipes y presentarles mis respetos y los de mi señor, decidí reflexionar sobre los acontecimientos, y al efecto me fui a postrar bajo la ceiba sagrada, enviando a mis hombres a que tomasen un tentempié. Otrosí digo que envié mensajeros al poblado de Campeche para que transmitiesen la consigna de no dejar desembarcar a los blancos y para que indagasen si eran castellanos. Consideré que si les llamaban como a mí me llaman, esto les haría considerar la conveniencia de ponerse en contacto conmigo; más tarde supe que: "Y ya que estaban llenas [las pipas de agua] y nos queríamos embarcar, vinieron del pueblo obra de cincuenta indios, con buenas mantas de algodón y de paz, y a lo que parecía debían de ser caciques, y nos dicen por señas que qué buscábamos, y les dimos a entender que tomar agua e irnos luego a los navíos, y nos señalaron con las manos que si veníamos de donde sale el sol, y decían: castilan, castilan, y no miramos en lo de la plática del castilan." Lástima, cuántas muertes hubiesen evitado.

Así es que me puse a pensar en lo que se me venía encima. Conciliar los intereses de los aventureros con los de los naturales era cuestión harto difícil y para mí, siendo cristiano, una madeja indisoluble. No podría permitir que viniesen a robar a mis hermanos, a desposeerlos de su hacienda y de sus vidas. Pero tampoco me gustaba la idea de hacerles la guerra, de matarlos en tierra extraña; si esto pasase en España otro gallo me cantara, ahí podría ejercer el derecho de hidalguía y salir en defensa del más débil, pero aquí seguramente me condenarían como a un traidor, como a un judas pérfido y maldito. Fui escarbando en mi memoria, rescatando del pasado lo que pudiese servirme para juzgarlos, y logré reproducir una secuencia de actos malvados, de una crueldad singular, perpetrados en la carne de los caribes, en los pobres negros traídos como esclavos desde el África. Escenas de látigo y espada, de hierro candente en las espaldas de los infelices, de orejas y narices cortadas por el simple hecho de tomar un mendrugo de pan; pinturas de grupos de cafres hacinados en chozas putrefactas en pleno torrente tropical, ahogándose entre el hedor de sus propias heces y el lodo revuelto; ahogándose en el mar, cuando era más importante la carga que sus almas y había que aligerar la nao. Columnas de encadenados con grilletes, conducidas por los representantes de Dios en la Tierra, para que cultivasen las parcelas de los hombres de sotana y rosario; negros obligados a tener comercio carnal con sus hermanas, con sus madres, con sus hijas, para que el amo, el santo varón de la Compañía de Jesús, tuviese mano de obra fresca en los cañaverales, en los trapiches... Y, así, toda esta carroña blanca que el iluso Almirante Genovés, sin querer, vino a arrojar a estos lares.

Fue suficiente para mí, y que la historia me juzgue como lo crea pertinente. Español nací, europea es mi sangre y la que a mis hijos toque, pero antes que eso soy un hombre y un hombre limpio y honrado.

Decidí darles batalla tan pronto como se presentasen en la costa; aunque para evitarme el manchar mis manos con sangre de cristiano, tomé la determinación de delegar el mando en uno de mis capitanes.

Les mandé reunirse y les expliqué mi plan para derrotarlos. Deberían esperar a que bajasen a tierra, era seguro que lo hiciesen, y entonces atacarlos masivamente, sin darles resuello, sin permitirles ni siquiera tiempo para reaccionar. Deberían atacar como una máquina rodante, aplastarlos o hacerlos huir y, algo sumamente importante, aniquilar a su jefe, a su Halach Uinic. Si esto lograban, la victoria sería segura; la dependencia de una soldadesca en el líder era y es mortal en las batallas a cuerpo, en las embarcaciones las cosas son distintas.

Resuelto el asunto con mi gente, me fui a ver a los principales del lugar. Con sorpresa me recibieron y con alarde de intranquilidad a mis palabras. Les era muy difícil concebir la llegada de esos terribles extranjeros a sus playas, entender sus móviles y sus intenciones. Desconfiaban de mis voces, de mis argumentos, y temían que les estuviese engañando para algún fin inconfesable. Afortunadamente, uno de ellos era amigo personal de Na Chan Can y el hecho de que yo fuese su yerno acreditaba mi dicho. Aceptaron mis consejos y después de deliberar por separado, en consejo con sus sacerdotes, estuvieron de acuerdo en que fuesen mis escuadrones los que les guiasen en la batalla. Luego me dediqué a explicarles el funcionamiento de las armas a las que se enfrentarían, del arcabuz, de la escopeta y la ballesta. Era importante que entendieran que las armas de fuego no eran cosas de dioses, sino artefactos del hombre para matar al hombre y que, por lo tanto, era factible derrotarlas.

Previniendo que trajesen caballos con ellos, lo que me preocupaba mucho, hice todo lo posible por describírselos y aclararles que no se trataba de criaturas mágicas ni celestiales, que bestia y mancebo eran cosas separadas, y que al igual morían si se les atinaba con la lanza en el lugar adecuado. Con esto tuve grandes dificultades y, no sé si por cortesía o porque en realidad lo entendiesen, me dejaron saber que estaban de acuerdo conmigo y que no les temerían.

Se apostaron centinelas a lo largo del río y de la costa, y aguardamos a que llegasen. Aquella noche se desató un tremendo temporal que hizo aullar a los árboles y gemir a la ciénaga; tormenta que duró cuatro días, en los que nos dedicamos a conferenciar y a sacrificar en honor de Ek Chuah. Tanto tardó en amainar el huracán que llegamos a pensar que el mar se los había tragado y que nos evitaría los percances de la guerra; pero cuando el sol salió, nuestras esperanzas se desvanecieron al escuchar los avisos que ya les anunciaban.

Los aniquilamos en un día. Cincuenta fueron los cuerpos que cayeron en el fango; dos los que se sacrificaron antes de que pudiese evitarlo.

Las voces que escucho por las noches y que me reprochan lo que hice me cuentan con tronidos silenciosos, con relámpagos mudos que: "luego hicieron sus escuadrones y nos cercaron por todas partes, y nos dan tales rociadas de flechas y varas, y piedras tiradas con hondas, que hirieron sobre ochenta de nuestros soldados, y se juntaron con nosotros pie con pie, unos con lanzas otros flechando, y con espadas y navajas, que parece que son de hechura de dos manos, de arte que nos traían a mal andar, puesto que les dábamos muy buena prisa de estocadas y cuchilladas, y las escopetas y ballestas que no paraban, unas tirando y otras armando... Y cuando estábamos en esta batalla y los indios se apedillaban, decían: Al calachuni, que en su lengua quiere decir que arremetiesen al capitán y le matasen; y le dieron diez flechazos [a Francisco Hernández de Córdoba], y a mí [Bernal Díaz del Castillo] me dieron tres... y a dos llevaron vivos, que se decía el uno Alonso Boto y otro era un portugués viejo... y el capitán corría sangre de muchas partes, ya nos habían muerto sobre cincuenta soldados...".

Por los restos que quedaron de aquella pobre tripulación, de aquellos aventureros que perdieron sus vidas en aras de la quimera dorada, de la riqueza peregrina, supe la fecha del calendario cristiano: era el año de 1517, y recobré el tiempo de mi raza original.

Ese mismo año Ix Chel Can parió una niña, a la que pusimos el nombre de Ix Mo, debido a que sus colores eran bellos y singulares como los de la guacamaya.

Entre los honores que me dispensaron los nobles de Ichpaatún, encabezados por su cacique, por el triunfo alcanzado sobre los invasores, el feliz nacimiento de mi primogénita y las conmemoraciones tradicionales de los Cheles, se pasó el resto del año. El advenimiento de la pequeña Ix Mo me enfrentó con una serie de situaciones, para mí insospechadas. Hasta entonces había contemplado e inclusive participado en la práctica de algunas costumbres que, aunque raras, no habían afectado mi estructura existencial, ni siquiera cuestionándola. Mas con mi propia hija las cosas cambiaron radicalmente. La niña tenía las facciones de la madre que yo había dejado lejos, perdida en lontananza, en el confín de una vida a la cual no tenía regreso, ni lo deseaba. Y esa faz, que me recordaba mi esencia primaria, que me ligaba con un cordón umbilical desteñido por el efecto de los años, de las aventuras, de los cambios que en mí se operaron, me llenaba de una inmensa melancolía depositada en un recipiente de recuerdos que pugnaban por rebasarlo y caer sobre mis ojos con el brillo de una lágrima. Reprimía los sollozos y me hacía de tripas corazón para no expresar más de lo que era conveniente.

Esa carita, chiquitica, se dejaba sostener por una frente tibia y abultada que era la cordura de mi madre; esa frente debía de ser aplanada por mi esposa, para que la niña adquiriese la aparente belleza de sus parientes, de sus abuelos que la querían lisa y apiloncillada como las de sus ancestros. ¿Y yo debía de permitir tamaño desacato a la belleza? ¡No sólo permitirlo, sino admirarlo y pronunciarme sumamente halagado y satisfecho!

Cinco días tenía la pequeña cuando me la encontré entablada y vendada. Al principio no entendí lo que pasaba, creí que le había sucedido algún percance; pero cuando vi a Ix Chel sonriente y ufana, os debo confesar que a poco pierdo las bragas con la muina que me entró y enconó el pecho. Iba a estallar en denuestos e imprecaciones cuando tomé conciencia de que mi mujer no se distinguía, precisamente, por su frente romana. Que la tenía plana, más que los muros de Ávila. Oh, qué horror. Pero a todo se acostumbran las ovejas del Señor y este cabrón no fue la excepción; me hice todo un puchero y ahuequé para soportar el sacrilegio.

Lo demás ya fue de sainete. Que el abuelo, el cacique Na Chan Can, la deseaba bizca y tanto más hermosa entre más trastabada; venga que le cuelguen la bolita de resina. Que la abuela le había regalado una nariguera de oro de muy buena ley; adelante, que le perforen las narices. ¿Cómo, no le van a poner las arracadas que le ofreció Ah Uitz, tu padre putativo, el protector de tus manes, el autor del oráculo de la pequeña? A pasar y el hueso perforando los pequeños lóbulos. Y así, hasta que Ix Mo quedó convertida en un alhajero, en una cruz de milagros, en un alfiletero.

Eso en cuanto a lo físico, que por lo demás la incertidumbre fue mucho mayor.

Su nacimiento se convirtió en un acontecimiento tribal inusitado para los Cheles, quienes vieron en ella, el motivo de múltiples interpretaciones teosóficas, mágicas y astrológicas. La princesa blanca, de ojos celestes y nariz afilada, la hija del castilan, del guerrero que vino con los rayos del sol, envuelto en un sudario de esclavo, del ahkin del culto de Acanum, tenía por necesidad que estar dotada de atributos especiales, y por ello se le consagró al dios Chac, al dios de la lluvia, al pilar de toda la vida de esos hombres, y se le tributaron innumerables ofrendas y sacrificios. En mi hija depositaron su confianza y la esperanza de que, mientras ella viviese, la hegemonía de Ichpaatún estaría asegurada.

Para mí, ella constituyó un fenómeno harto peculiar. Consciente de que era el producto de dos razas totalmente distintas, separadas por circunferencias cósmicas de muy diferentes trayectorias, me preocupaba su destino. Bien sabía que lo extraordinario es el alimento favorito de los dioses y que su apetito demanda viandas de tal jaez. Desde entonces me preocupé por asimilarle completamente a las costumbres y tradiciones del pueblo, con el fin de que no sufriese cuando se le pidiese la entrega capital, el epílogo de su existencia; como al final de cuentas acaeció.

Pero vayamos con calma y miremos el corazón de este hombre que os habla desde los remotos rincones del tiempo. Veamos cómo su ternura se desplegó como las alas del flamenco que pulula en las ciénagas del Mayab y cubrió el primer año de su paternidad con hechos que le dignificaron ante los ojos de la raza que le había adoptado. Con esmero casi fanático, cumplió con los compromisos que había adquirido a través de su convenio matrimonial y fue proveedor de carne, pieles y cueros de cientos de animales cerriles y del pantano, en la casa de su suegro. Al palacio llegaron fanegas de maíz cosechado con sus propias manos; suficiente grano de cacao para poder adquirir los hermosos mantos del Petén, las sandalias rubias del sur del Darién y los penachos que traían los mercaderes de Tabasco. Escanciador de atoles en las fiestas, iluminador de teas en las ceremonias nocturnas, justicia en ausencia del cacique, na-com y sacerdote, y el mejor y más fiel de los esposos.

Así llegamos al mes Tzec, dedicado a los cuatro Ba-cabes, a los que sostienen el mundo, y en cristiano al año de 1518, cuando el sacerdote del santuario de Tulúm tuvo noticias de que nuevos extranjeros habían aparecido en la isla de Cozumel, sobre cuatro navíos. Que su desembarco había aterrorizado a los naturales, haciéndoles huir al inte-rior de la costa, dejando abandonado el templo y a algunos esclavos, entre los que se encontraba una caribe que había llegado náufraga hacía dos años y que era muy apreciada por su buena figura y carácter placentero.

A toda prisa reuní al Consejo de ancianos, a los ah cuch caboob, y en presencia de Na Chan Can les supliqué que me permitiesen partir a Champotón, con el fin de comba-tirlos. La respuesta de los viejos me fue adversa por dos razones; una, política: no era prudente ofender a los Xiúes entrometiéndonos en sus asuntos privados de naturaleza territorial, tan frecuentemente. Había que dejar que ellos resolviesen la situación; ya se les había dado ayuda una vez y eso bastaba. La segunda fue de carácter personal: Ix Chel estaba encinta de nuevo y había rogado a su padre que no me dejase partir a la guerra bajo ningún motivo.

Me concedieron, en cambio, el permiso para enviar un escuadrón dotado de lanzas largas y robustas que se habían fabricado especialmente para luchar contra los blancos, en el caso de que éstos apareciesen de nuevo. Como yo temía que esto iba a suceder tarde o temprano, debido al resca-te de oro que se habían llevado la primera vez, y conocía a mis paisanos, encargué su elaboración a un artesano de probado oficio, al que encargué un ejemplar que habíamos tomado en la primera batalla. Lleváronse mis consejos, algunos presentes para nuestros aliados y las armas, llegando justo a tiempo para incorporarse a las acciones...

De nuevo las acusaciones de las voces del sueño y el reproche que vi en los ojos del padre Aguilar un año más tarde me asaltan, reproduciendo lo que entonces pasó en la desembocadura del río de la matanza... "los indios naturales de él y de otros sus comarcanos se juntaron todos como otra vez cuando nos mataron sobre cincuenta y seis soldados y todos los más salimos heridos... y a esta causa estaban muy ufanos y orgullosos, y bien armados a su usanza, que son arcos, flechas, lanzas tan largas como las nuestras y otras menores, y rodelas y macanas, y espadas como de a dos manos, y piedras y hondas y mallas de algodón, y trompetillas y atambores, y los más de ellos pintadas las caras de negro y otros de colorado y de blanco, y puestos en concierto, esperando en la costa para en llegando que llegásemos a tierra dar en nosotros... Pues que llegamos a tierra nos comenzaron a flechar, y con las lanzas dar matiente... y tales rociadas de flechas nos dieron, que antes que tomásemos tierra hirieron a más de la mitad de nuestros soldados... y en esta guerra mataron a siete soldados, y entre ellos a un Juan de Quiteria, persona principal, y al capitán Juan de Grijalva le dieron entonces tres flechazos y le quebraron dos dientes, e hirieron sobre sesenta de los nuestros", y así el eco que rueda interminablemente.

Después los vieron irse, con las velas hinchadas de dolor y frustración. Sus siluetas pasaron por la Gran Laguna, sin trascendencia. Cuando cruzaron las márgenes del río del cacique Tabasco y se perdieron de vista, sentimos un gran alivio, como si la muerte nos hubiese rozado con sus velos y nos hubiese perdonado.

Ah Tok es el Paal Kaba de mi segundo vástago; es el nombre con que lo bautizaron los chilames cuando vino al mundo, alegando que un Cuchillo de Pedernal convenía a su padre y al Estado para obtener prestigio. Yo lo llamo Gonzalito en la intimidad de nuestro hogar y le dedico gran parte de mis energías y de mi cariño.

VIII

Tener dos tentaciones en tan corto tiempo fue demasiado para mis nervios. El verme enfrentado ante la posibilidad de regresar al seno de mi cultura europea y haber tomado la decisión de quedarme con los Cheles no fue cosa fácil. Mucho menos el combatirlos y ganarme el mote de la infamia en el transcurso de la historia.

Irascible en extremo durante los días que sucedieron a la última matanza de españoles en Champotón, me tiré al monte y me dediqué a cazar a las bestias más feroces, a las más sanguinarias; bajé al río y luché con el lagarto de recia escama y fétidas fauces a brazo limpio. Dejé los rastros de mi conciencia en charcos de sangre, en gotas de mi cuerpo. Me sentí como el Judas, como el vendedor de la fe, hasta que retorné al hogar y recibí en mis brazos el cuerpecito de Ah Tok, que se revolvía lleno de vida. Entonces comprendí que ya nada me unía a mis lugares de antaño, que ya nada quedaba en mí de aquellos naranjos andaluces, de aquellos gitanos de la sierra, del Guadalquivir, del Tajo, de la Giralda y menos aún de Palos, del Rey y del Darién. Era un Chele como los demás hombres de Ichpaatún, de Chetumal. Me había convertido en un auténtico natural de Yucatán, que amaba la región, a sus moradores y a sus hijos; que respetaba sus tradiciones, su religión y sus designios; que había enseñado a su cuerpo a alimentarse y vestirse con los recursos de la tierra, a sus ojos a contemplar la belleza de la aurora, lo espectacular del crepúsculo, la serenidad del mar y el pausado canto de la bahía. Era el padre, el esposo y el hijo de la raza de color canela, dotada de suave voz para expresar la sabiduría y lo profundo de las meditaciones; de gran ingenio e industria para preservar en el tiempo la trascendencia de sus acontecimientos en la piedra, en el granito, en los templos y palacios milenarios que alegraban a la selva con su mágico encantamiento.

Por eso, cuando se me presentó la tercera tentación a escasos diez meses del nacimiento de mi hijo, tuve la fuerza suficiente para rechazarla. Ésta me llegó por el medio que más podía conmoverme, a través del santo varón de Ecija, el padre Jerónimo de Aguilar.

Poco faltaba para que el sol se pusiese en el horizonte; ya habíamos terminado de comer y nos encontrábamos en una de las terrazas del palacio de Na Chan Can admirando las montañas rojas, en un incendio de difusas lenguas con explosiones violetas, cuando un pequeño grupo de guerreros se acercó, escoltando a un indígena que tenía todas las trazas de los Xiúes de Xamanhá, a excepción de su cabello rubio que traía suelto y no trasquilado como el mío.

Completamente tiznado de negro, vestido con un ex de algodón burdo y desteñido y con un patí andrajoso, propio de un esclavo, el hombre se distinguía de sus acompañantes por lo digno de su porte, por su gracia en el andar y por la suavidad de los gestos que hacía al comunicarse. Sus maneras nos llamaron de inmediato la atención y enviamos un mensajero para que se informase de quién era y qué lo que deseaba. Al poco tiempo regresó con la nueva de que se trataba de un castilan que indagaba por mi nombre. No tuvo que decirme más para que identificase a mi compañero de infortunios, a mi amado preceptor en la desgracia. Bajé corriendo las gradas del palacio y fui hacia él con los brazos extendidos y gritando su nombre. El padre me vio y, sin embargo, no hizo nada por separarse del grupo que le custodiaba. Su conducta me extrañó y pensé que no me había escuchado, así es que insistí en darle señas: "¡Soy yo, Gonzalo, Gonzalo Guerrero, padre!".

Su amor al prójimo y la alegría de encontrarme pudieron más que la condena que me había impuesto por los hechos ocurridos atrás y, ya libre de trabas, vino hacia mí y me estrechó entre sus delgados brazos. ¡Cómo lloramos, cómo nos ahogamos en un mar de lágrimas y en los ecos de la risa y la locura! Nos mirábamos las caras, deformadas por los afeites, y en mi caso por los adornos que colgaban de mis apéndices y de la nariz, y nos asombrábamos de lo cambiados que nos encontrábamos el uno al otro.

Una vez calmados los primeros impulsos nos dirigimos aparte, a un pequeño patio bordeado de columnas que servía para las oraciones matutinas del cacique y nos enfrentamos a lo que yo tanto temía.

—¡Han venido a rescatarnos, Gonzalo! Al fin la fe se ha sobrepuesto al destino y se ha cumplido lo que te profeticé hace ocho años.

Estaba tan apesadumbrado por lo que me decía, que le respondí parcamente:

—Han venido…

—¿Cómo? ¿No te causa alegría, no brincas y cantas de

felicidad? ¡España, Gonzalo es la patria que nos recoge, igual que el Señor aceptó al hijo pródigo y lo llenó de riquezas. Tu tierra, tus padres, todos tu afectos, hijo…!

Tuve que detenerlo, que cortarle el hilo de ilusión que estaba tejiendo sobre el curso de mi vida, tuve que confesarle…

—Mis afectos, mi amor, están aquí en esta tierra, en esta selva habitada por seres que, a los ojos de nuestros paisanos, son salvajes e idólatras, y que para mí son lo más noble y sensato del mundo…

—Pero, ¿qué es lo que dices, qué lo que mis oídos escuchan? ¿Te has vuelto loco, acaso? ¿Te habrán dado algún brebaje que nubla tu entendimiento…?

—No padre, no me sucede nada de eso. Cuando llegué a este sitio venía en calidad de esclavo, ahora soy yerno del Halach Uinic, soy nacom de dos aguerridos escuadrones y ahkin del dios Acanum…

—¿Del dios qué…? ¡Sólo hay un Dios en la tierra, en el cielo y en todo el universo, el Dios de los cristianos, nuestro Dios! ¿De qué blasfemias me hablas? ¿De un ídolo de barro y sangre, de ése…?

—Por favor padre, no me atormente reprochándome lo que es asunto de mi conciencia… La noche, la noche es suficiente…

Caí de rodillas y me humillé como nunca antes en mi vida lo había hecho, implorándole comprensión y luz para llevar mi carga.

—El Señor se apíade de tu alma, Gonzalo. Yo no puedo perdonarte lo que has hecho. Ahora creo en los rumores que se esparcieron por la comarca; ahora veo con claridad lo que antes el cariño me impedía aceptar: tú has sido el causante de la muerte de todos esos pobres cristianos que cayeron en Champotón. Ahora entiendo por qué mi amo y señor, pues debes saber que yo continúo siendo un ppencat, un esclavo, me insistía en participar en la guerra y en que dirigiese a sus guerreros. Es obvio que Ah Cuy Ich Taxmar deseaba hacerse de un nacom tan audaz y buen estratega como tú lo eres. Dios te perdone, Gonzalo Guerrero.

Su juicio, expresado en términos tan parciales, me incitó a responderle y a defender mi causa y mis acciones. Pronto nos enfrascamos en una agria discusión que se prolongó hasta el amanecer. Le di a conocer todas mis reflexiones al respecto; me apoyé en los argumentos que antes esgrimiese ante mí mismo, y no sé con qué razones, aún no las entiendo, concluyó insistiendo en que si me iba con él y regresaba al mundo cristiano, recobraría la fe perdida y el camino verdadero.

—Debemos darnos prisa, hijo. El capitán de las naos nos esperará solamente ocho días y el tiempo apremia. Mira, aquí tengo su carta, léela.

Me la tendió y la recibí con disgusto. Ya había tomado mi decisión y ésta era la de no volver. Sin embargo, por complacerlo, me hice cargo de la epístola.

"Señores y hermanos: Aquí, en Cozumel, he sabido que estáis en poder de un cacique detenidos, y os pido por merced que luego os vengáis aquí, a Cozumel, que para ello envío un navío con soldados, si los hubiésedes menester, y rescate para dar a esos indios con quien estáis; y lleva el navío de plazo ocho días para os aguardar; veníos con toda brevedad; de mí seréis bien mirados y aprovechados. Yo quedo en esta isla con quinientos soldados y once navíos; en ellos voy, mediante Dios, la vía de un pueblo que se dice Tabasco o Potonchan".

La firmaba don Hernando Cortés, general en jefe de la expedición.

Como me quedé pensativo, el buen sacerdote extrajo de una de las vueltas de su manto una bolsita de cuero crudo, la abrió y dejó escapar de su seno una veintena de cuentas verdes, rojas y glaucas, mismas que fueron a caer en las palmas de mis manos. "Así pretendes comprarme para tu causa", pensé, y las puse aparte sobre una baldosa.

Pretendiendo que no entendía de qué se trataba, me quedé mudo por unos instantes, esperando su reacción. Esta no se hizo esperar y yéndose hacia los cristales, los tomó y me dijo:

—Es nuestro rescate Gonzalo. Estas piedras son para que pagues al cacique por tu libertad, por el sustento y gastos que ha hecho en tu persona; para que no se sienta defraudado al perderte y el adiós se convierta en jolgorio…

—Qué mal los conoces padre, qué poco los entiendes. ¿Acaso piensas que el cariño que me tiene Na Chan Can se puede comprar con baratijas? ¿En serio crees que el amor de mi mujer y mis hijos puede tornarse en apatía, por unos vidrios brillantes? No, padre Aguilar, es necesario que entiendas que estas personas también tienen valores y respetan al prójimo y a sí mismos; que no son bestias a las que es posible engañar con señuelos infantiles. Si tú les das cuentas, quizás ellos te den oro, pues les sirve para lo mismo, para adornarse; pero si pretendes trocarme a mí por esas cosillas, es posible que te quiten la vida misma.

—Me desarmas, Gonzalo, y no sé qué más decirte, cómo persuadirte para que te apartes del demonio y del vicio que tienes con esa mujer pagana, a la que llamas esposa…

—¡Es mi esposa, tan legítima y verdadera como cualquier cristiana! —rugí enojado, celoso del respeto que debía imponer a cualquiera en todo lo que a ella se refiere.

El sacerdote se espantó de mi tono y se excusó con su habitual cortesía:

—Perdóname hijo, pero la causa del Señor es más importante que la causa de los hombres, y debo luchar por ella con todos los argumentos.

Sentí remordimiento por haber usado tal brusquedad con aquel ser que tanto amaba, y en un tono conciliador le propuse:

—Hermano... Yo soy casado (legítimamente) y tengo hijos, y tiénenme por cacique y capitán cuando hay guerras; idos con Dios, que yo tengo la cara labrada y horadadas las orejas. ¡Qué dirían de mí desde que me vean esos españoles ir de esta manera! Y ya veis estos mis hijitos (Ix Chel se había acercado para satisfacer su curiosidad, llevando en su regazo al pequeño Ah Tok y de la mano a Ix Mo) cuán bonicos son. Por vida vuestra que me deis de esas cuentas verdes que traéis, para ellos, y diré que mis hermanos me las envían de mi tierra.

El padre Jerónimo, que había cobrado rubor ante la presencia de mi esposa (quien se había presentado ataviada como correspondía a su rango de princesa, con un hermoso kub, vestido largo que cae desde el cuello hasta las rodillas y que va preciosamente adornado con pájaros, flores, insectos y pequeñas figurillas bordadas en xochil chui o punto de cruceta, y un pañuelo de fino hilillo de henequén sobre la cabeza, que le caía hasta cubrirle los pechos, en el que llevaba las insignias de la casa de su padre, el Hombre Verdadero de Ichpaatún), quedó sorprendido por su natural belleza y más por la de los niños.

Tomó en sus brazos a Ix Mo y la estuvo acariciando en la cabeza y hablándole tiernamente. Luego que la depositó sobre mis piernas, se hizo cargo del pequeño varón, lo izó en vilo y se estuvo contemplándolo por largo rato.

—Este niño, Gonzalo, a pesar de que se le ha aplastado la cabeza y se le han trastabado los ojitos, tiene toda la facha de un hispano. Esta criatura ni es español ni es indio Chele, es de una nueva raza de hombres y es el primero. ¿Estás consciente de ello?

—Lo estoy, padre, y me causa un gran orgullo. ¿Ahora puedes entender por qué no acudo a donde están las naos y me voy…?

—¡Perfectamente, Gonzalo Guerrero, no puedo ser ciego ante lo evidente! Adiós hijo; Dios te guarde.

—Adiós, Jerónimo de Aguilar. Reza por mi alma y olvídate de mi cuerpo.

—Así sea.

Con pesadumbre, que no pudo disimular, se levantó y, llorando, me aferró entre sus cálidos brazos, dándome el último beso que recibí de hombre blanco.

Lo estuve mirando por mucho tiempo, hasta que su figura se convirtió en un puntito que se tragó la vereda, que las hojas de los árboles borraron para siempre. Nunca jamás supe nada de él y siempre le recordé con un profundo amor filial. Mi tercer hijo varón llevaría su nombre a pesar de las protestas de mi suegro y de la comunidad, que se resistían a cristianizar a uno de los suyos.

Afortunadamente, los navíos de ese capitán Cortés no pudieron penetrar en la barra del río Champotón y pasaron de largo hasta los dominios del cacique de Tabasco, desde donde iniciaron la apocalíptica destrucción del imperio de los descendientes de Kukulcán, del pueblo de los mexicas, y nos dejaron en paz por muchos años.

IX

Tuvimos paz con los hombres, pero no con la naturaleza. Una de nuestras mayores desgracias, la plaga de la langosta, se presentó cubriendo al sol con sus alas, formando nubes gritadoras que arrasaron con las siembras, con los árboles y con nuestro sustento. Su ininterrumpido zumbido se expandió por todo el bosque, llenando de inquietud tanto a los hombres como a las bestias y alimañas feroces, propagando el terror de la hambruna, de la miseria total, absoluta. Sus mandíbulas, en forma de diminutas sierras, trizaron, trituraron y destruyeron todo cuanto se puso a su paso. Posándose sobre las tiernas hojas del maíz, en la hoja fibrosa que cubre a la mazorca, el bestial insecto mondó la pulpa del grano y lo dejó seco y estéril; le dobló la caña y le abandonó tirado, agónico, entre los surcos que gritaban la protesta inútil, la amenaza ineficaz.

Las flores, pobrecillas, fueron pasto de minutos, entrada para abrir el apetito. Las frutas, silvestres o cultivadas, violadas en el secreto de su carne virgen, inmaculada. El frijol y el cacahuate, aserrados con el filo de sus patas y succionados con sus trompas devoradoras. Verde infierno volátil ante el que el hombre es impotente y los dioses simples comparsas.

Hicimos todo lo imaginable, desde colocar barreras de fuego en los linderos de los campos, anegar con las aguas del río nuestros cultivos, extender hileras de incensarios con copal sagrado, con poom bendecido por Ixchel, derribar troncos de preciosas caobas, de zapote, para dejar claros en los que se aglutinaran los bichos y ahí darles muerte, hasta los sacrificios llenos de piedad, de rogativas y de sangre. Inútil. El pueblo comenzó a padecer carencia de alimentos y a refugiarse en los templos, en los palacios, exigiendo justicia del Consejo, de los ancianos ah cuch caboob, clamando por el auxilio divino. Los dioses fueron suplicados, ofrendados y, en algunos casos, derribados de sus altares por la ira popular que, ante la desesperación, había perdido la fe y la compostura. A muchos hubo que castigarlos, flagelarlos con la cuerda, para que recobrasen la cordura; a algunos tuvimos que privarlos de su libertad para evitar el saqueo, el hurto y la violencia.

Fue ante el altar de Itzamná que nos prestamos a un sacrificio colectivo y singular, en el que sólo podían participar los miembros de la nobleza, y que estaba destinado a dotar al dios de la fuerza y virilidad suficientes para que pudiese satisfacer la lujuria incontenible de Ixchel y convertirla, de una fiera cruel y vengativa, en una deidad propicia y amable que ahuyentase a sus huestes asoladoras.

Desnudados en el Templo Mayor por los chaces, fuimos agrupados en un reducido recinto de cantera, desprovisto de techumbre, y abandonados a los rayos del sol durante un par de días. Nadie podía permitirse comer y menos beber; el ayuno tenía que ser total. Nuestros cabellos fueron, previamente, impregnados con una sustancia muy parecida al añil; ungüento que fue resbalando por nuestros cuerpos, por efecto del sudor, y que los tiñó completamente.

Al tercer día fuimos conducidos ante la presencia del Halach Uinic, quien se cercioró de que nuestros cuerpos eran aptos para el ritual y nos exhortó a ser pacientes y obedientes con los chilames que se encargarían de la ejecución, los que habían sido seleccionados entre los hombres más puros de la comunidad.

El ceremonial era un secreto y sólo los sacerdotes lo conocían. Aparentemente, el rito no se practicaba desde los tiempos del Antiguo Imperio y se le había conservado para casos desesperados; tal era el nuestro.

Allá vamos, escalando las tétricas escaleras; precedidos por los chaces, por el humo santo del copal, por los cantos y rezos de los desesperados, por la angustia y la esperanza del pueblo, de las mujeres y los niños que predican en sus casas; nadie puede presenciarlo, nadie puede describirlo más tarde, so pena de perder la vida. Ahora formamos un semicírculo, en medio del cual se filtra un rayo de luz que incendia nuestras partes con su tono anaranjado. Un ahkin se presenta ataviado con una túnica blanquísima, con el cabello ennegrecido con los coágulos de sangre que le han donado las aves. Apesta y es repulsivo. Lleva en sus manos un delgadísimo hueso afilado en un extremo, quizás una espina de pescado. Del otro lado del instrumento de tortura cuelga un hilo largo de algodón.

Soy el primero en la fila, por razones de protocolo, y el primero al que el ahkin toma el miembro viril y se lo examina. Por mi espina dorsal corre una gota de miedo, un minúsculo relámpago que cimbra mis piernas. Sudo y tengo pánico a una castración. Internamente rezo y le pido a mi Dios que convenza a Itzamná de no pedir mi fuerza para cohabitar con su Juno; que escoja los cojones de algún otro. Siento un terrible cosquilleo en el ano y, de pronto, un pinchazo en el prepucio que me hace mirar estrellas. Afortunadamente no soy infiel y conservo el capuchón; de haber nacido judío, otro gallo me cantara. El sacerdote deja correr el hilo y quedo ensartado como si fuese chaquira o perla en un collar de reina. Conforme nos van engarzando, uno de los chilanes va recogiendo la sangre en una pequeña vasija de jade transparente y la va dando de beber al dios. Otro le habla de los goces del amor y lo incita a montar a Ixchel, a revolcarla en la nube, en la tierra, en la piel de nuestras plantas, para que espante, con sus gemidos de placer a las langostas y, en el mejor de los casos, las aplaste con su desnudo torso.

Abajo, en la vega, en el follaje que nos nutre, los animalejos continúan con su destrucción, con su masticar que nos hiere los oídos y nos desespera.

Al día siguiente vemos con desilusión que nuestro esfuerzo no servirá para nada, como no sea el provocarnos dolor, comezón y pequeñas fiebres.

Los macehualoob rondan en siniestra caminata por la plaza, por las veredas, blasfemando y levantando el puño hacia el palacio de su cacique. Na Chan Can teme una sublevación; la alhóndiga de su casa comienza a flaquear y pronto no podrá repartirles nada. Me ha pedido consejo y le he propuesto que, mientras pasa lo peor, acudamos al mar para proveernos de alimento. Me ha contestado que eso podría ofender al dios Chac y privarnos de lluvias en el siguiente periodo, lo que sería catastrófico. Sus ojos, afiebrados y enajenados con el peso de la responsabilidad que cae sobre sus hombros, buscan en torno a aquello que puede traerle el consuelo. ¿Por qué se han clavado sus pupilas en Ix Mo?

¿Qué daño le ha hecho mi pequeña hija, para que la destine a la muerte? ¿Será la venganza de Jehová, que no me perdona el haberlo compartido?

La ruta que lleva hasta Chichén Itzá será la ruta de mi pasión; mi hija, mi cruz.

Partimos en la madrugada, cuando el aliento de mi mujer, de Ix Chel, aún está caliente, cuando en sus párpados todavía se mecen unas gruesas lágrimas de dolor y en su boca hay una mueca de desprecio que me asusta.

La llevo aparte y le pido resignación, le suplico que piense en su pueblo, en su padre…

—Es necesario, la tradición exige que sea de sangre real…

—No hables así de tu carne, Gonzalo; no te permitas el lujo del holocausto en lo que más amamos. ¡Aquí en mi pecho se ha abierto una llaga que palpita y sufre! ¿Por qué a ella, si es inocente?

—¡Todos somos inocentes, Ix Chel, nadie ha provocado esa maldición intencionadamente! Son cosas que pasan y ante las cuales los hombres estamos indefensos. Nuestro único recurso es la fe y ésta normalmente falla… Ven, no llores así, me rompes el alma...

—¡Nuestra pequeña, Gonzalo…! ¡No la veré más, no escucharé jamás su canto, no sentiré en mi piel el calorcillo de su cabecita, de su cuerpo que apenas está creciendo! ¡Y me pides que no me lamente! ¿Qué clase de pa…?

—¡El mejor, mujer, el mejor, de eso puedes estar absolutamente segura. He dejado pasar la oportunidad de regresar a mi país tres veces, por el amor que les tengo. ¿Crees que no es suficiente…?

—No se trata de culparte, Gonzalo; perdóname, debo estar enloqueciendo con la pena. ¿Sabes?, he llegado a pensar en que el que debería sacrificarse por el pueblo debe ser mi padre. ¿Oyes la monstruosidad que te digo, la escuchas…?

—La entiendo; yo también lo he deseado, y sin embargo los arcanos del tiempo y las voces de las tradiciones deben respetarse para que no se derrumbe todo… Ahora debo irme, ya se escuchan las trompetillas y los atabalejos con su fúnebre sonar. ¿Lo oyes, mujer?

—Sí, lo siento en la carne, en las entrañas… ¿Cuántos niños morirán en el cenote?

—Diez flamitas inocentes, puras como el viento del invierno, frescas como el botón de la acacia.

—¡Uac Mitún Ahau, el Señor del Sexto Infierno, se sentirá satisfecho con la labor de Hun Hau, su fervoroso esbirro!

—¡No blasfemes Ix Chel, te lo suplico! Ya bastante tenemos con tanta desgracia. Me voy, ruega porque la niña flote al mediodía de todos los días que han de venir… sería su única oportunidad…

Ya no pude soportar más su presencia, le di las espaldas y me integré a la comitiva. Su rostro me quedó grabado en la memoria para siempre, aun después de que pasó el tiempo, de que tuvimos otros hijos, de que dormimos miles de noches juntos y de que compartimos nuestros alimentos, nuestras risas y nuestras tristezas. La muerte de Ix Mo fue algo que nunca pudo soportar y que la distanció de su padre y de sus dioses para siempre.

Doce jornadas hicimos hasta la laguna de Chichankanab, arrastrando nuestros vestigios de pena. Dejamos los bosques, la maleza, y allá quedaron las alimañas devorándolo todo; su mancha verde, trepidante, quedó palpitando en nuestras tierras, en nuestro pueblo que se moría de hambre.

Los sacerdotes levantaron un templete y sacrificamos a

unos cerdos salvajes. El Nacón que les abrió el pecho extrajo de sus entrañas manchas de bilis verdosa que nos transmitieron malas señales, malos augurios. Para aplacar el conjuro se inmoló a un pequeño Chele que entregó mejores vísceras, de un color rosado que satisfizo a los chilames, que hizo sonreír a su verdugo. Había que lavar los humores solferinos de los puercos, éteres que no eran del agrado de Ixchel, la diosa.

Continuamos avanzando por tierras de los Xiúes, evitando acercarnos a las fronteras de los Cocomes para no ser atacados y destrozados por sus guerreros. Así pasamos por Keuic, Maní, Sotuta, Ikil, hasta pisar la tierra sagrada de Chichén Itzá. Los moradores de estos pueblos que he mencionado se escondieron en sus casas, en sus palacios; nos miraron con lástima y con temor. La mala fortuna se propaga más rápidamente que la buena y hay que evitarla. Nos dejaron alimentos y agua en las orillas de los pueblos, pero se rehusaron a tener contacto con nosotros. Sus prédicas y sus rezos nos sahumaron durante el trayecto; su conmiseración fue un hálito grasoso y nauseabundo para nuestros oídos. Tenían razón al comportarse de esa manera, nosotros hubiésemos hecho lo mismo en su lugar; sin embargo, les guardé rencor porque se trataba de mi hija, de mi Ix Mo, que revoloteaba hacia el final de su destino.

Creo que Chichén Itzá es una de las ciudades más maravillosas que existen sobre la tierra; la magnificencia y pureza de sus templos y palacios alcanza límites sobrehumanos, prácticamente divinos y eso es todo lo que me permito decir, pues mentiros sería afirmar que la vi, que la observé. Obsesionado por aquello que se acercaba cada vez más a mi existencia, me sumí en la oscuridad y en el ofuscamiento del dolor. Tomé a la chiquilla entre mis brazos y no me desprendí de ella hasta que el Nacón me la pidió para arrojarla.

Llegamos a un templo de proporciones gigantescas, todo de cantera gris que al atardecer se torna ocre, y esperamos al pie de su elevada escalinata. Pronto aparecieron cinco sacerdotes, un ahmén y cuatro chaces, ataviados con las túnicas reales de los Tutul Xiúes, con los rostros pintados de azul bruno, portando el cetro que los autorizaba a recibir extranjeros y llevarlos al cenote sagrado.

Subimos a la casa que sustenta el templo, al adoratorio de piedra, y ahí nos purificamos con humo de copal y agua recogida en la mañana. Los niños, las futuras víctimas, fueron preparados con collares de cuentas de poom y de turquesa. Sus cuerpecitos embadurnados de añil y sus cabellos de miel. Ahí entregamos los presentes que llevábamos dispuestos: los brazaletes, los discos de jade, de obsidiana, los collares de oro y las narigueras, las tortas de maíz y los bejucos pintados con las plumas de nuestros quetzales, los cascabeles de cobre. Todos fueron colocados sobre el cuerpo de los niños y en el interior de unas ánforas de barro y unos cuencos de madera que deberíamos arrojar conjuntamente. Se determinó que la ceremonia se efectuase al amanecer del día siguiente, siguiendo la tradición de los habitantes de la ciudad, y que todos guardásemos estricto ayuno.

Salí al exterior del adoratorio a respirar aire puro y a despojarme del mareo y de la jaqueca que se habían instalado en mi cerebro, y desde ahí tuve la desgracia de adivinar el hueco oscuro de un cenote. A un costado de un edificio en forma de caracol y a la vera de una amplia calzada de piedra, elevada en talud, que partía del templo en el que estaba, el suelo se precipitaba a las profundidades del infierno y esperaba, esperaba con su gran bocaza a que le llevaran los manjares humanos. Me retiré y vomité todo lo que llevaba adentro; devolví restos de comida, trozos de mis intestinos, de mi corazón.

Me mostré tan trastornado que uno de los chaces se me acercó y me tendió un brebaje que bebí envuelto en un sudario de asco. Me interrogó acerca de mi comportamiento y no pude hacer otra cosa que llevarlo al borde de la escalinata y mostrarle la sombra tenebrosa. El hombre sonrió con una inocencia animal, que de pronto no entendí.

—Te has equivocado, castilan. Ese no es el Cenote Sagrado, ese es el Xtoloc, en desuso hace muchos años, tantos que ya lo tenemos olvidado. Ven, te mostraré el verdadero, el que alivia las penas y resarce de los sufrimientos. Ese no te provocará arcadas.

Me llevó al lado opuesto del templo y me enseñó una calzada, similar a la anterior sólo que mucho más ancha y de mucho mayor altura, mayor que la de dos hombres, y al final, rematando con un orgullo indescriptible y unos destellos malignos, el gran ojo acuoso del victimario. Curiosamente, sentí una inmensa paz, una tranquilidad insospechada ante los reflejos que despedía. Me quedé petrificado y en calma. El ahkin se retiró, dejándome entregado a la tarea de descifrar mis pensamientos. Sobre el templo de los guerreros, un azor volaba en círculos.

Aquella noche parí, literalmente, la muerte de mi hija. Abrazado a ella, sin permitir que nadie la tocase, me concentré en el significado de la paternidad, del amor que un ser humano puede sentir por otro que ha derivado de él. Traté de explicarle lo que sucedía y a dónde la llevaría cuando... Ix Mo, mariposilla, pajarillo parlanchín, abundante en cromos y vida, sus ojos sobre mi rostro y su boca aspirando un consuelo gratuito, pues ella no entendía nada, era demasiado pequeña... Recémosle a Jesús... ¿Quién es Jesús, padre...? Dios, hija... E Iizamná. ¿Es Dios también...? Sí. ¡Ah! Colación de misterios, tantos que no alcanza la vida para entenderlos… Sus manitas acariciando mi barba… Dos ojos que pueden llorar lo suficiente para llenar los océanos… suspiros que serían capaces de derrumbar las columnas del mundo… las estrellas y un gajo de luna y esa sombra que me guiña una proyección cómplice… ¿Me lo merezco, será posible que…?

El roce de la áspera mano del ahmén me despertó y me devolvió a la realidad. Echamos a andar escaleras abajo y nos internamos por el sendero. A nuestras espaldas el santuario de Kukulcán recibía la madrugada. Un perro, negro presagio, se cruzó en nuestro camino, y los Cheles que iban conmigo gimieron amargamente.

A nuestros pies estaba el temido cíclope, lamiéndose las comisuras con sus turbias liquideces.

Horadado por los demonios menores, por los hijos bastardos de Ah Puch, el dios de la muerte, engendrado en el vientre de Ixtab, la diosa del suicidio, el pozo tiene un diámetro de unas cincuenta varas y una profundidad, hasta el filo del agua, de unas veintidós medidas castellanas. Cortado a pico, no cuenta con ningún asidero que permita la escapatoria o el rescate, si no es este último decretado por los sacerdotes y auxiliado por los guardias del Cenote. Unos arbustos lampiños lo bordean en el lado por el que se pone el sol. La aridez de la cal es su sustancia y en sus profundidades el cieno y la muerte hacen pareja. El disco dorado del astro rey se asoma tras de los templos de la ciudad, proyectando sus sombras hasta el talón de nuestros pies. ¡Qué gran ironía, morir cuando el ciclo de la vida se inicia!

Un ahmén eleva sus brazos al cielo e implora a los dioses por ayuda a nuestro pueblo. Les pide que se aplaquen, que detengan la plaga y hagan retoñar nuestras mieses. "Dios todopoderoso, estos sacrificios te hacemos y te ofrecemos estos corazones porque nos des vida y bienes temporales", dirá Landa que decíamos y tendrá razón. Y no sólo eso decía el profeta Xiu; también llamaba a los dioses de la muerte, a los pérfidos del panteón maya, y les describía y enumeraba todos los demás presentes, exagerando sus virtudes, su perfección, tratando de sobornarlos para que nos dejaran en paz, para que atasen a la enloquecida Ixchel y la calmasen. Larga fue su plegaria y eterna nuestra espera. Cuando terminó, el sol ya había rebasado la punta de la pirámide más lejana.

Sonaron los atabalejos, las caracolas, las flautas de carrizo y se acercaron los chaces, siniestros como el ave moán. Llevaban pintada una circunferencia en el ojo diestro y una línea negra en la mejilla, para anunciar la temible presencia de Ek Chuah, dios de los sacrificios humanos. Sus manos, garras sucias de cernícalo, se posesionaron de la primera víctima y la llevaron al borde del precipicio. Mis piernas temblaron y un ronco gemido salió de mi garganta. El padre del muchacho miraba aterrorizado el fondo turbio del agujero.

Cayó como una piedrecilla, casi sin levantar el agua, y se sumergió de inmediato. Un remolino de crestas delgadas fue lo único que perturbó la serenidad del fango. Luego le arrojaron los cacharros que contenían sus demás ofrendas. Se hicieron más rezos, se pronunciaron nuevas demandas.

Al fin le tocó el turno a Ix Mo, a mi pequeña hijita. Cuando advertí la mirada del ahmén prendida sobre su nuca y que chasqueaba la lengua dando la orden maldita, la atraje hacia mí y la besé, más que con mis labios, con los perfiles de mi alma. Me la arrancaron sin mayores consideraciones y me quedé vacío, hueco, penetrado por una desolación desértica, en la que un viento lleno de llagas me gritaba palabras ininteligibles y me arrojaba canas y arrugas a la cara. Se fue cayendo lentamente, dando volteretas en el aire que eran el gesto del ave herida, del capullo que nunca alcanzó la metamorfosis de su esencia. Las aguas la recogieron con palmas lisas, desprovistas de las líneas del destino, y la acurrucaron en su seno. Su vestidito todavía flotó por unos segundos y luego se sumió en la noche eterna para siempre.

Como se trataba de la nieta del Halach Uinic de Ichpaatún, de noble y sagrada estirpe, las ofrendas fueron cuantiosas y de extraordinaria calidad. No sólo arrojamos adornos humanos, sino que lanzamos pieles, arpones y armas hechas con huesos de cautivos, a los que se les habían grabado estelas e incrustado nácar.

Terminaron las ceremonias matutinas y fuimos conducidos a un pequeño templo adornado con cabezas de águilas emplumadas, recuerdo de los tiempos de Kukulcán, con el propósito de orar para que los sacrificios no fueran vanos.

Gracias al apoyo de dos de mis guerreros pude arrastrarme hasta el lugar, pues mis piernas estaban flacas y mi ánimo destruido.

Había en mi pecho un aullido que no había podido ser expresado, que se había instalado como un hierro candente cerca de mi corazón y que me quemaba con la memoria de Ix Mo, con sus facciones indelebles.

Al fin pude arrojarlo y los hombres que me acompañaban vieron salir de mi interior a un grifo envuelto en llamas que se destruyó contra las paredes del templo, que explotó y dejó un rastro sulfurino y apestoso. Consecutivamente volaron palomas, cientos de torcazas y formaron nubes que corrieron hacia el mar, hacia la liberación.

Sin ninguna esperanza acudí al Cenote al mediodía. Nadie surgió a tomar las cuerdas salvadoras, las lianas del oráculo, de la profecía, y entonces, cumpliendo con la tradición, arrojamos piedras al agua y con gran alarido tornamos a huir de ahí.

Cuando la brisa del mar nos anunció que nos aproximábamos a nuestras tierras y a nuestros hogares, y que a muy pocas leguas se encontraba la respuesta, un corrillo de jóvenes soldados vino a recibirnos y a darnos la buena nueva: la langosta se había ido a otros lugares, arrastrada por un cúmulo de nubes rosas llegadas con los vientos del Norte, con los aires de Chichén Itzá.

Encontré a mi mujer con un ramo de nardos en las manos, el rostro pintado de azul, totalmente desprovista de adornos. A su vera, Ah Tok jugueteaba con un muñeco de madera y unos granitos de maíz. Detrás de ella, el viejo Ah Uitz, el sabio sacerdote, sostenía en sus manos una tira de tela bordada con primorosos pajarillos multicolores que simbolizaban la corta trayectoria vital de nuestra hija. Ix Chel Can me tomó de las manos y miró en mis ojos la terrible desventura; me permitió arrodillarme ante sus piernas y llorar larga y calladamente durante todo el tiempo que quise. Cuando mi congoja quedó adormecida por los efectos del llanto, me pidió que la siguiese. Caminamos hasta un descampado dentro del bosque, en el que aún se advertía la depredación de la plaga, y me señaló un pequeño promontorio que apenas sobresalía de entre la maleza.

—Ahí están sus manes, Gonzalo. Ahí le hemos recibido después de muerta, para que se una a la tierra que la vio nacer y nos acompañe en nuestro peregrinar por la vida. Ella será bien atendida, alimentada y recordada en las festividades. Mi padre ha puesto veto al lugar, le ha dado categoría de oratorio. Ningún hombre podrá cazar en este coto, ninguno labrar esta tierra; su vida y la de sus descendientes sería el precio. Sólo a la familia del Hombre Verdadero, del señor de Ichpaatún, y a los sacerdotes, les estará permitido acudir para vigilar el sueño de nuestra Ix Mo.

—Las piedras fueron lavadas con el sollozo del dios Chac —terció el buen Ahaucán tomándome de las puntas de los dedos, como si quisiese trasmitirme austeramente la pena que lo embargaba y que compartía con nosotros, sus hijos ante los dioses.

—Sahumadas con el más puro copal. Yo les recé; mi boca les pidió lo que tu hija necesitará en el viaje. Colocamos las dos tortas de maíz blanco, las cuatro de color negro, las semillas de calabaza y los peces, de los que tienen listas plateadas, de los que cantan en los meses Yax y nos encargan al astro que brilla antes del ocaso para que nos dé el don de las palabras bellas y con ellas conquistemos la satisfacción de los deseos del cuerpo. Ahí le hemos puesto sus juguetes, su flauta dulce y una canción graciosa. Adentro se ha quedado el ídolo de obsidiana con ojos de piel de concha, ese que ha de recibir las ofrendas y las flores. He cumplido con los ritos, Gonzalo, debes sentirte satisfecho...

—Lo estoy, querido padre; lo estoy querida esposa. En mi corazón está su imagen, su hálito feliz y amado. Mi pecho también es un terreno yermo en el que una zarza irradia su fuego y esparce su recuerdo.

En este lugar que marca mi tetilla siniestra se ha erigido un templo para guardar su memoria y preservarla ante el moho del olvido. Hemos cuidado bien a la pequeña avecilla y podrá volar eternamente...

En las mejillas de los dos se habían formado ligeras lluvias de primavera, con las que agradecían mi anuencia hacia sus creencias; en las mías una sombra les daba fe de mi fidelidad.

Colocamos unas preseas de iniciación y regresamos a la ciudad. Ix Chel Can, contrariando la costumbre de caminar un paso detrás de mí, se me había emparejado y tomado del brazo. Su linda cabeza se recostó sobre mi hombro y su silencio me narró toda su congoja. Un sentimiento, mezcla de amor y ternura, invadió el palacio de mi carne y me transportó al pasado, a un lejano paseo que siendo mozo hiciera con una linda pastorcilla a la que se le había ahogado un corderito en el río. En aquella ocasión la consolé con un beso; esta vez tuve que entregar el alma.

Las canas que habían terminado de blanquear la adusta cabeza de mi suegro me confirmaron que él también había caminado sobre el fuego, que su corazón se había rasgado con la muerte de Ix Mo y que, sin embargo, debía mostrarse alegre y no conmovido. El sacrificio, en gran medida propiciado por él, había sido una medida sabia para ahuyentar a la plaga; una decisión de gobierno, impersonal y fría, en la que los sentimentalismos quedaban afuera y los remordimientos en los vasos de las reflexiones nocturnas, allá en el sumidero de la conciencia.

No me dijo nada que pudiese traicionarlo; al contrario, me estrechó con fuerza y me felicitó por haber llevado a buen término la misión. Me transmitió el beneplácito de sus consejeros y me entregó un suculento broche de oro del que colgaban racimos de perlas.

Durante un mes no me permitió verlo. Los guardias del palacio me cerraron el paso cada vez que traté de aproximarme a sus aposentos. Con extrañeza observé que sólo a mi mujer y a mi hijo les estaba permitido acompañarme y que nuestros alimentos eran servidos en vasijas y cuencos que luego eran destruidos. Aparentemente, los visitantes del Cenote de Chichén Itzá eran temidos después de su retorno, pues habían estado en estrecho contacto con la muerte y podían causar la mala fortuna. Ese dato lo verifiqué al enterarme de que los demás padres de las víctimas padecían de similar ostracismo. Pero todo tenía un término, y éste...

... He dejado la piragua en la playa, después de remar durante todo el día. La pesca ha sido generosa y los arpones ágiles y certeros. La bahía ha estado más quieta que un estanque, y el sol y el ejercicio me han proporcionado el calor y la concentración que tanto necesitaba para soportar el aislamiento de la comunidad. Mi piel ha adoptado un color moreno, cobrizo, que haría difícil a cualquier blanco el distinguirme de mis cofrades. Es curioso, pero creo que la convivencia de tantos años con los Cheles ha transformado mis facciones y las ha modelado a su imagen y semejanza... Así el hombre habrá vivido con Dios para adquirir sus rasgos, o acaso serán los del demonio...

Na Chan Can es el primero en darme la buena noticia. Ha terminado el periodo del ayuno social, ahora ya no somos peligrosos para los habitantes de la villa y podemos mezclarnos con ellos. Consciente del sacrificio que el tener contacto conmigo ha significado para Ah Uitz y su familia, corro a entregarle el producto de mi incursión en el mar y a venerar sus manes. El viejo me recibe conmovido y me invita a sacrificar con él en la primera ocasión que se presente. Un gran honor, os lo juro. El medio más rápido y eficaz para conseguir el divino derecho de ser Nacón.

Su proposición me obliga a ser discreto y a preparar mis asuntos privados para que todo marche de acuerdo con mis intereses y mis planes. Debo prevenir a mi mujer, de quien espero su complacencia, a pesar de lo duro que será la prueba para los dos. Nadie más debe saberlo, en tanto el Ahaucán no se pronuncie públicamente por mi designación y me proponga a los ah cuch caboob.

Las débiles protestas de Ix Chel Can son aplacadas con el argumento que lleva en su vientre, mi promesa de no caer en infidelidad alguna y la certidumbre de que mi amor por ella es más fuerte e importante que cualquier cargo político. Asimismo, le hago ver que, para su padre y nuestros hijos, será un gran honor, inusitado en un extranjero, que les asegurará la continuidad en el poder, misma que por mi condición había quedado descartada. Algo vislumbró la hembra, pues miró a Ah Tok y esbozó una sonrisa.

Llegó el día, una vez transcurridas todas las ceremonias y sacrificios ejecutados durante el mes Mol, consagrado a todos los dioses, mes durante el cual Ah Uitz no descansó y yo menos, ya que hube de oficiar ante todos los altares, y fui presentado al pueblo para tantear las opiniones. El veredicto fue ampliamente satisfactorio: aquel que no había titubeado en sacrificar a su propia hija para el bien de la comunidad, se merecía el alto cargo. La ovación fue hojuelas sobre miel para mis oídos.

El propio Na Chan Can me entregó el cetro y el patí sagrado que debería de usar en los próximos tres años. Los cuatro chaces del templo mayor barrieron mis habitaciones y les hablaron a los muros y rincones para expulsar a las tentaciones y a los deformes hijos de Uac Mitún Ahau, que tratarían de pervertirme.

A la investidura asistieron todos los bataboob de los pueblos y las aldeas vecinas, en donde ejercían las funciones de gobernantes, la nobleza y todos los sacerdotes.

Consistió mi nuevo ascenso en lo que describe el cronista, en mosaico escueto y verosímil: "A este llamaban Nacón; no había en esos tres años conocer mujer ni aun la suya, ni comer carne; teníanle en mucha reverencia y dábanle pescados e iguanas, que son como lagartos, a comer; no se emborrachaba en este tiempo, y tenía en su casa las vasijas y cosas de su servicio aparte, y no le servía mujer y no trataba mucho con el pueblo... y traíanle con gran pompa, sahumándole como a ídolo, al templo, en el cual le sentaban y quemaban incienso como a ídolo".

Tener el puesto implicaba que yo sería el estratega del Estado, que las decisiones castrenses caerían bajo mi férula y mi conciencia, y esto me era conveniente por razones de índole personal y de naturaleza social.

Las noticias de lo que sucedía en el altiplano, situado al norte de nuestras tierras, me tenían gravemente preocupado. Las chirinolas, compromisos y acomodamientos que había utilizado aquel capitán Cortés, con el que se fuera el padre Jerónimo, habían llegado a mis oídos. Las guerras que había desatado, enfrentando a unas tribus con otras en su propio beneficio, me tenían consternado y debería prepararme para que no sucediese lo mismo en el Mayab. Nuestra enemistad con los Cocomes podía ser utilizada lindamente para lograr propósitos similares.

Desde que llegaran los primeros españoles a Champotón, hacía ya más de cuatro años, había entendido la amenaza que pesaba sobre mi gente y sobre todos los comarcanos. No cejarían en su empeño por conquistarlos y arrebatarles sus tierras, su hacienda y su libertad. Lo mismo había pasado en todas partes, sin que existiese poder alguno que les detuviese en el avasallamiento de los naturales. Tanto señores como plebeyos y esclavos, pasarían a ser siervos del blanco, de la fusta y el tormento y, sobre todo, del engaño. Para ellos no habría diferencia entre un Canek, un Cupul, un Xiu, un Cocom o un Chele, todos seríamos iguales; tribus indefinidas, mesnadas derrotadas, entes aptos para trabajar la tierra de sol a sombra y para explotar los recursos de la región en beneficio de ellos. Debería, por lo tanto, prevenir y enseñar a los guerreros de Ichpaatún a pelear en su contra. Debería inculcarles que se trataba de vándalos que venían a sojuzgarlos, a robarles lo que el derecho natural les había otorgado, a violentar a sus mujeres e hijas, a destruir a sus ídolos y dioses tutelares y a trastocarles su religión y sus conocimientos de los astros y del tiempo por un catecismo castrante, siempre beneficioso para el amo venido de allende el mar.

Según mis cálculos, la caída de la gran ciudad de los aztecas o mexicas había sucedido durante el año cristiano de 1521, esto es a finales de nuestro Dos Ahau Zac, mes del Katún que estaba dedicado a mi dios Acanum, y por lo tanto, mientras yo viviese nuestras flechas cazadoras serían lo suficientemente eficaces para detener la invasión de los conquistadores españoles. Mis escuadrones, que ahora lo eran todos y cada uno a cargo de un nacom, tendrían la fuerza y la destreza necesarias para imponerse en las batallas. Lo importante sería preservarme, cuidarme de no caer mortalmente herido y dirigir a los guerreros desde posiciones estratégicas; estar siempre alerta para que mis paisanos nunca pudiesen encontrarme. Que sintieran mi presencia, pero siempre como una emanación de la selva, de lo incógnito e indescifrable...

... No han brillado yelmos, ni armaduras en el camino blanco de Cobá que comunica al Oriente con el centro de Yucatán, no se ha destruido ningún adoratorio y yo enseño lo que considero prudente... Hemos imitado corceles, tallando algunos viejos troncos de chicozapote, y los jóvenes soldados han aprendido a desmontar al jinete. Nuestras mallas de algodón han sido reforzadas con escamas de concha… Mi hijo Jerónimo se asemeja en mucho a su abuelo y Na Chan Can lo ha hecho su favorito. En su cadera se formó una mancha rojiza, que ha sorprendido a los chilanes y a las comadronas. Trataron de lavársela y adquirió un tono encarnado. Para no atemorizarlos les he dicho que es una señal de prosperidad y felicidad. No sé si se lo habrán creído, pero los noto más tranquilos…

Mi cargo de Nacón ha expirado, pero como he puesto tanto empeño en el fortalecimiento de nuestro ejército, el Consejo me ha ratificado en el mismo, liberándome de la penosa carga de vivir en un estado ascético…

… He enviado mensajeros a los demás señores, a los Xiúes de Champotón y de Chichén Itzá, de Campeche, para que estén alertas ante una posible invasión y reciban la instrucción necesaria de mis hombres. Lo mismo he hecho con las demás ciudades. La mayoría me lo han agradecido; sin embargo, han rechazado nuestras propuestas y nuestra ayuda… he desistido de insistir, tendrán que valerse por sí mismas.

Como un relámpago que desgaja el robusto tronco de la ceiba sagrada, así cayó en nuestro pueblo la discordia. Na-mux Chel, primo de mi mujer por la rama materna, se ha rebelado ante la jerarquía de Na Chan Can y ha provocado una injuriosa sublevación que ha dividido a los Cheles. Disgustado porque su tío le había reprendido su embriaguez ante el Consejo de los viejos, el orgulloso joven formó alianza con los súbditos de Oxpemul, Xamantún y Calakmul, quienes se negaron a pagar tributo, aconsejados por el rebelde. El castigo no se hizo esperar y al renegado se le desterró, junto con todos sus cómplices, largándose a formar señorío en Dzilam. Espero que no tengamos que lamentar esta escisión en el futuro.

Otros hijos me han nacido, una niña y un varón. La pequeña es nuestro sol, cálido retorno de lo perdido cuando las plagas, la recompensa de tanta nostalgia. Ix Chel Can presume de ser la mujer más dichosa de la tierra e irradia felicidad a su contorno y se le ve muy señora y principal entre sus damas.

Por fin han llegado los tiempos que tanto temía. Cozumel de nuevo.

X

Desgraciadamente los hombres son necios y por ello se les van las vidas. Si Ah Naum Pat, cacique de la isla de Cozumel, hubiese obrado con cordura, desde un principio hubiésemos destruido a los españoles. Trescientos hombres desembarcaron de las dos naos; vienen con quince corceles y alarde de buenas piezas de artillería. Sus bastimentos son nuevos, relumbrantes, y a los indígenas de la pérfida ínsula han deslumbrado. Mucho puerco y gallina se han comido a cambio de cuentas y baratijas como las que me envió el tal Hernando Cortés, muy llamativas y brillantes pero sin valor alguno. Al inútil Halach Uinic regalaron con una cruz y le bautizaron un hijo, a quien pusieron don Melchor. Bien le vaya a don Melchor con tales parientes.

Me han contado que de ahí se fueron a la pequeña ciudad de Xelhá, en donde los blancos riñeron, se rociaron los hocicos con puñetes y obligaron a su Capitán a quemar y desbaratar sus navíos para que nadie se le fugase. De esto pienso que es admirable y bravío, y tomo indicación de que el hombre que los comanda es tenaz y nos dará malas peleas y gran daño. Nos las veremos con un perro de esos que una vez cogida la presa se traban y no la sueltan, aunque el amo los ahogue.

Por prontas providencias he enviado un escuadrón a la región de los Xiúes y les he dado instrucciones de que se reúnan con los caciques y los bataboob de los pueblos Chikin Chei y de Aké, y les convenzan de acabar con los castellanos tan luego se presenten. Espero que acaten los consejos de mi nacom y no titubeen a la hora de presentar la batalla. Si logramos expulsarlos de esa zona y los obligamos a concentrarse en los dominios de los Cocomes, donde ahora se encuentran, será fácil hostigarlos y derrotarlos con el tiempo. No quiero correr riesgos innecesarios y mucho menos enemistarme con los Xiúes, así es que seré paciente. Mis informantes llegaron con la novedad de que el capitán de los castellanos, o lo que sean, ha dividido sus fuerzas dejando una pequeña guarnición de cuarenta hombres en Xelhá y otra de veinte en el pueblito llamado Pole. Esto nos beneficia y nos da la oportunidad de que mientras uno se dedica a recorrer el país, el otro estará indefenso y podremos atacarlo. He hablado con Na Chan Can y ha sido de la opinión de que concentremos nuestros esfuerzos en los pequeños batallones que se quedaron haciendo pueblo.

Considerando que el número de hombres a los que voy a combatir no representa mayor peligro, he armado a un escuadrón de flecheros, de los más diestros en la cacería, y les he llevado a ofrendar ante Acanum para que nos proteja. Hemos sacrificado a una decena de hermosos quetzales y a un tigrillo de sedosa piel. El dios ha debido quedar satisfecho, pues al día siguiente vimos a un gavilán volando en círculos sobre el templo, y por la noche una estrella se desprendió del cielo y cayó en el mar. Buenos augurios nos dieron los chilames, quienes bendijeron nuestras flechas sahumándolas con copal y embadurnando sus puntas con una resina apestosa y ponzoñosa. Bien nos advirtieron de no tocarlas y de cuidarnos mucho de no cortarnos con ellas, bajo la pena de morir envenenados de inmediato. Los carcajes y los hatos de varas tostadas fueron cuidados por la mujer de Ah Uitz hasta el día de nuestra partida.

Ix Chel Can, mi amorosa mujer, me ha suplicado que no me arriesgue demasiado y que dirija mis operaciones desde un lugar bien guarnecido y a la distancia conveniente entre el enemigo e Ichpaatún, de tal forma que, en el caso de vernos en peligro, pueda contar con el apoyo de mis demás guerreros. Su consejo es admirable por venir de quien viene, pero tanto me ha visto hablar y discutir sobre el asunto que algo ha aprendido y lo ha hecho bien.

Decido sentar mi campamento en la laguna de Chichankanab y hacia allá me dirijo con mis huestes. Llegamos en dos jornadas y nos instalamos sobre un promontorio arbolado que mira sobre todos los alrededores. Montamos unas chozas y las disimulamos con harto ramaje. Desde ahí y a los tres días, envío a dos expertos flecheros a que comiencen la lenta destrucción del enemigo. Sus instrucciones son las de disparar sobre los hombres que se encuentren distraídos o lejos del poblado, sin dar la cara jamás. No quiero que los españoles sepan de dónde les llega el ataque, ni a qué tribu pertenecen mis guerreros. Deberán eliminar dos hombres cada uno y luego regresar a informarme y a recibir relevo.

Mi ayudante, un nacom simpático y feo como una iguana, aparte de los tatuajes y los colgajos el tío ostenta una descomunal verruga en la punta de la nariz, me habla exaltado y dando brinquitos: "Ya se van, señor, ya se han ido castilan, marinero; han dejado su rastro en el bosque, en la espesura.

El caracol y la tortuga de la laguna escuchan sus pasos, cómo se van sus pasos, cómo sus nucas nos dicen adiós sin vernos. Ya pasan la línea hasta donde alcanzan mis ojos, los tuyos señor Nacón, los de los Cheles, que tienen la envidia de no ir allá adonde ellos se fueron. Mira, señor, que yo también les envidio y mis brazos tiemblan por huir y matar a nuestros enemigos, a los que son iguales a ti, pero no son buenos…".

Ha debido hablar por largo rato, ya que su elocuencia me arrulló y caí en un pesado letargo que me transportó muy lejos, a aquellos días en los que luché contra los moros y yo era el que hablaba al hombre que por entonces nos comandaba.

Mientras espero que los míos retornen, un heraldo me ha sido enviado desde Ichpaatún para informarme de los movimientos del grueso del ejército invasor. Se han movido y han atravesado, sin pena ni gloria, por las tierras del bondadoso Taxmar, de aquel noble cacique de Xamanhá que tratase con cariño al padre Aguilar y que murió ya hace algunos años; le han sucedido sus sobrinos y espero que sean de la misma madera. Se han ido por Mochis y Belmá, todas propiedad de los Xiúes, quienes se han abstenido de darles guerra. No me preocupa, sé que la darán a su debido tiempo.

Mis flecheros han regresado y me traen buenas noticias y un delicioso presente: la espada de un conquistador. Victimaron a sus cuatro enemigos, sin que tuviesen tiempo de exclamar un ay. Tres fueron de los que habitan en Pole y uno de los de Xelhá. Este último andaba rondando a las mujeres mientras se bañaban en el río, con la esperanza de conseguir linda presa y satisfacer sus ansias. Escucho con atención esta escena que me relata el soldado y siento que la sangre me hierve. Así harán con mi esposa y mi hija, si no logro desbaratarlos. Si tan sólo fuese el oro lo que estos bastardos buscan, se los enviaría a montones; lo haría traer del norte, de la región mexicana, pues en el Mayab hay muy poco; mas lo malo es que quieren algo más y eso es sagrado.

Felicito a los saeteros y me reúno en consejo para continuar la obra. Ahora irán cuatro y el tributo será el doble: ocho cabezas quiero que caigan, ocho labios que no puedan volver a besar, ocho pares de ojos que no vuelvan a ver el amanecer ni el dulce color de las aves. Vanse los elegidos, después de recibir mi bendición. Les he prevenido que vayan con paso de jaguar, los enemigos estarán sobre aviso y muy alertas.

Los otros se han internado más en territorio Xiú. Ya están en Conil y parece que se quedarán por largo tiempo. El invierno está entrando y el viento es molesto y cortante. Los alimentos silvestres escasean y los animales se esconden para mudar de piel y de plumaje, al grado de que las codornices se convierten en terrones, en diminutos puños de barro que corren a una velocidad vertiginosa, haciéndose su caza imposible. Con alegría me entero de que han perdido a dos de sus caballos en unas ciénagas fangosas. Los naturales se darán cuenta de que no son animales divinos, por sus propios ojos. Este testimonio me es muy necesario para que les pierdan el miedo, el terror que los paraliza en cuanto los miran.

Como mis flecheros tardarán en volver, hago una escapada a mi ciudad y, después de una larga entrevista con mi suegro y el Consejo de Ancianos, paso un par de días en el tierno recinto de mi casa. Ah Tok me ha sorprendido con su destreza para tensar el arco y con su excelente puntería. Encontrarme con que el niño es ya todo un hombrecito ha sido muy halagüeño. Me ha pedido que lo lleve conmigo y le he suplicado que sea paciente, que espere a que se celebren las ceremonias en honor de Ek Chuah y a que su abuelo lo distinga con la comisión del lagarto, en la que tendrá que capturar a una bestia, curtir su piel y comer su carne sin la menor ayuda. Accede y me quita un peso de encima. Ix Chel Can había fruncido el ceño y eso presagiaba tormenta familiar. Será un buen guerrero, lo sé; su porte y su elasticidad natural harán de él un hombre fuerte y resistente. Es curioso, pero a pesar de las deformaciones craneanas y lo trastabado de sus ojos, en ciertos ángulos me recuerda a mi padre, a quien Dios tenga en Su Gloria.

Jerónimo es apenas un chiquillo travieso que dibuja lindamente en la madera y que auxilia a su madre en miles de menesteres; es él quien corta la leña, cuida de los almácigos y arrulla a sus hermanicos. Su talante amoroso lo tiene bien dispuesto con todos los habitantes del palacio y en especial con Na Chan Can. Los dos pequeños son larvas, gusanitos de leche que no se preocupan por otra cosa que por mamar de su madre y dormir todo el santo día.

Cuando regreso al campamento mis hombres ya están de vuelta. Su misión ha sido un éxito: ocho soldados de la guarnición de Xelhá dejaron el pellejo en las cercanías del santuario de Tulúm, en plenos dominios de los Cocomes, cuando andaban haciendo un reconocimiento de la zona. Las flechas de los chilames han resultado letales. Me cuentan los soldados que tan pronto como hincan la punta en la carne, los españoles se estremecen, vomitan un aguaje verde y ruedan por el suelo envueltos en terribles convulsiones, de las que no salen hasta que los ojos se les desorbitan y mueren con un estertor espantoso. Qué lástima que así sea, no me gusta la idea de que sufran. Pero, ¿qué puedo yo hacer para que no me maten a mi familia y a mi pueblo? Tengo pánico cada vez que me enfrento con mi conciencia, y el único paliativo que encuentro reside en el hecho de que no soy yo quien les invade sus tierras, ni quien quiere dominarlos. En fin…

La primavera ha llegado con una exuberancia fantástica. Miles de florecillas han abierto sus botones y han inundado el campo con una policromía generosa y brillante. Todos los colores del arcoíris pueden ser olfateados a ras del suelo, recogidos por puñadas y prendidos en los cabellos. Los capullos han arrojado al aire a sus dormidos moradores con alas de sol, de luna, de mar, de lágrima, y al volar se transparentan contra el cielo, semejando deliciosas novias y bailarinas orientales. Hay tantos y tan diferentes trinos que la voz del hombre siempre canta, aunque esté contando cuitas. Es la primavera, el año que comienza, y que celebramos renovando todos nuestros utensilios y honrando a todos los dioses, desde Itzamná, Señor de los Cielos, del Día y de la Noche, hasta Ah Kak Nexoy, deidad de los pescadores; renovando la talla de las estelas sagradas; reuniendo cantidades de frutos de yaxché y de chicozapote y de mamey y de otros de muy variadas formas y delicados sabores que preludian la danza del Okot uil, en la que el ritmo y los cantos del ahmén nos entregan los pronósticos del año por empezar.

Me interrumpen la alegría las voces que llegan a decirme que los españoles han abandonado Conil y se dirigen a Chikin Chei. Un correo lleva mis palabras al nacom del escuadrón que envié hace algunos meses. La consigna es atacarlos durante la madrugada, cuando aún estén dormidos y desprevenidos.

En el campamento de Chichankanab también han celebrado las fiestas. Los restos de aves y bestias sacrificadas se confunden con los de dos soldados enemigos en la hornacinas de los sacrificios. Pregunto qué es lo que ha sucedido durante mi ausencia y me entero de que, actuando por iniciativa propia, un nacom y treinta flecheros del escuadrón atacaron a la población de Pole y la aniquilaron por completo. Mi reacción es de gusto y de disgusto al mismo tiempo; por un lado siento mucho agrado en que se haya eliminado un bastión español y por el otro preveo la certeza de una persecución inminente de parte de los hombres de Xelhá. Les reprocho su entusiasmo y me lamento de que no me hayan reservado a un enemigo vivo, para poder interrogarlo. Mis guerreros congelan sus sonrisas en los labios y se disculpan con excelsa cortesía. Hay en sus voces un autorreproche inmaculado, digno del mejor de los soldados. La disciplina es para ellos algo fundamental y altamente meritorio. Si su nacom hubiese sido un paisano, seguramente algunas pieles hubiesen sido desolladas. Para su fortuna, mi vicio por los sacrificios es meramente profesional y no algo que satisfaga mis instintos. Les echo una arenga en la que exalto el valor de la obediencia y los exhorto a que en el futuro restrinjan sus ansias a lo que se les haya ordenado. Un murmullo de aprobación epiloga mis palabras y pasamos a otros asuntos.

Mando limpiar los adoratorios, les hago dispersar los huesos carcomidos de los hombres blancos y celebro una ceremonia en honor de Ek Chuah, el dios negro de la guerra. Quemamos copal y restos de jaguar, y con las cenizas nos embadurnamos las caras y parte del torso. Unas líneas blancas que parten de nuestras rodillas hasta el empeine nos proporcionarán la agilidad necesaria para huir de los castellanos, en caso de que éstos hayan decidido darnos caza.

Dos días después veo brillar, a lo lejos, el metal de sus yelmos. Vienen en número de diez y nueve, y traen tres corceles consigo. Sus pesadas armaduras se bambolean sobre las bestias o sobre los talones provistos de espuela de oro. Adelante caminan los de a caballo, los infantes van una docena de pasos detrás. Sus arcabuces y pistoletes lanzan reflejos plateados, propios de las bellas armas toledanas; sus espadas son de las de dos manos, pesadas e impropias para lides en estas tierras.

Cerca de la laguna existe una arboleda conocida como el rincón del dzulub sagrado, enorme chicozapote venerado por su fronda y porque anuncia a la distancia la proximidad de la laguna y por ende del dulce líquido. Veo, con agrado, que los españoles se dirigen a él, e instruyo a mis hombres para que se posesionen del lugar en forma disimulada. Cada nacom llevará a doce hombres y los esconderá entre la maleza, hasta que yo les dé la señal de ataque. Designo a dos hábiles guerreros para que atrapen vivo a un enemigo y doy la consigna a los demás de que no lo toquen. Sólo mi puñal podrá partir su corazón.

Tenso mi arco y me dirijo hacia el paraje corriendo. Llego justo a tiempo para agazaparme y evitar que me huelan los caballos. Los españoles entran al bosquecillo con una confianza infantil, se apean de las bestias y, mientras enjugan el sudor, esperan a sus compañeros. Algunas frases se cuelgan de la frescura y llegan a mis oídos con el dejo de un remoto antecedente existencial:

—Maldito desierto al que nos ha mandado el comandante de la plaza.

—No maldigáis, Pedreros, no os quejéis así. Haz cuenta que vais en corcel y los otros pobres a pie…

—Que se pudran los demás y el imbécil Alonso y la mala madre que los parió…

—Guardad vuestro encono hasta que hayamos regresado con victoria —terció el otro caballero, que vestía el jubón azul de los hijos-hidalgo—. No vituperéis en vano en contra de nuestro capitán. Recuerda que él es noble y su trato es el de un caballero bien criado…

—Es un cabrón… —insistió el tal Pedreros, irritando mi animosidad hacia él.

Emití un ligero silbido y pronto tuve junto a mí a uno de los hombres a quienes había encargado la cuestión del cautivo. Se lo señalé con el dedo y el hombre tomó nota de mis instrucciones. Entre los breñales los vi deslizarse hasta quedar cerca del malhumorado…

Los infantes llegaron por fin haciendo gran escandalera, despojándose de los petos y las corazas, tirando las mallas de alambrón sobre el pasto y reclamando por descanso y agua.

El tipo del jubón azul les pedía calma y los otros protestaban airadamente, cagándose en hostias, cristos, vírgenes y toda la santería española por mí conocida. Mezclábanse en sus lenguas denuestos de muy diversos orígenes, desde los graciosos andaluces hasta los severos e ininteligibles vascos. Para mí aquello resultaba un agradable festín de palabras que incitaba rabiosamente a mi curiosidad.

Noté nerviosismo en mi gente y me decidí a actuar. Esperé a que algo motivase a las iras de mi pecho y el momento llegó cuando el malediciente, entre otras muchas majaderías, soltó aquello que hizo explotar mi bilis:

—Ea, señor de Ordaz, cuántos salvajes queréis que mate para satisfacer al comandante Dávila…

Mi flecha y mi orden fueron soltadas al mismo tiempo y el aullido guerrero de los Cheles cundió latigueando entre la maleza y el bosque. Como verdaderas fieras se lanzaron sobre el desprevenido enemigo y en cosa de quince minutos ya habían dado cuenta de ellos. Me sorprendió que no usaran las flechas envenenadas y que prefiriesen el cuchillo de pedernal y la macana, para ultimar a sus víctimas, pero lo comprendí cuando admiré la bravura con que se batían. Querían probarse a sí mismos que podían contra el blanco en igualdad de circunstancias y lo habían logrado, pues aunque algunos se habían defendido con sus pesadas espadas e inclusive habían logrado disparar un par de tiros de arcabuz, esto fue inútil. Un espantoso reguero de cadáveres cubrió el humus del rincón y sólo una queja, un lloriqueo femenino, me fue entregado en las manos.

Los flecheros formaron un círculo alrededor de mí y se dispusieron a presenciar el encuentro de su Nacón, de su sagrado capitán, con la piltrafa atrapada como botín de guerra.

Tomé a Pedreros de la rubia cabellera y lo atraje hacia mi cara, hasta que sus ojos y los míos se vieron sin ninguna interferencia. Le hablé en la lengua de los Cheles y el hombre quedó boquiabierto, sin entender ni jota. Así lo hice por divertirme un poco y para dar oportunidad a mis hombres de que entendiesen lo que le estaba preguntando y lo que le estaba recriminando. Lo separé un poco de mi cuerpo y lo dejé reposar un rato. Su aliento, oloroso a miedo, brotaba agitado desde la profundidad de sus pulmones.

—¿Quién es vuestro capitán, señor Pedreros? —le espeté con sonidos que ya no eran míos, con palabras que ya no me pertenecían, ecos que eran extrañas voces para mi boca y que mi lengua apenas lograba modular.

El hombre palideció y comenzó a temblar como si lo hubiesen embrujado. Sus mandíbulas chocaron entre sí y sus rodillas se volvieron de trapo. Tuve que sostenerlo e insistir en mi pregunta:

—¿Quién es vuestro comandante, vuestro jefe?

El hombre balbuceó… ¡Montejo, Francisco de Montejo…!, reculó y vociferó… ¿Pero quién sois vos, engendro del demonio? ¿Te habéis tragado a uno de mis hermanos y ahora utilizas su voz? ¿Qué clase de sortilegio es el que haces?

Esperé a que se calmara, a que las babas que escurrían por entre sus aterrorizados labios bajasen a apelmazar sus barbas y entonces le hablé:

—Soy Gonzalo Guerrero, natural de Palos, y no soy ningún engendro, ni demonio, ni ninguna de las estupideces que podéis estar pensando. Soy tan español como vos, sólo que en mi alma no habita la codicia ni la maldad que moran en la tuya, pícaro, ladrón, cobarde que abusáis de vuestros adelantos bélicos para sojuzgar a estas razas, a estos hijos del Sol que nada os piden y para nada os necesitan. Como veis, estos salvajes, a quienes tanto despreciáis, son capaces de venceros en limpia lid, usando armas muy inferiores a las vuestras. Y ahora, para vos eso es suficiente, no os informaré de más. No quiero arrojar margaritas a los cerdos, ni perder mi tiempo con tal alimaña. Contestarás a mis preguntas escuetamente, sin comentarios, y ya yo veré qué hago con vuestra vida.

Creo que nunca he visto en toda mi existencia a un sujeto tan asustado y a la vez tan asombrado. Por su cabeza han de haber pasado las escenas más enloquecedoras y alucinantes. Lástima que no me detuve a observarlo con mayor detenimiento, pero mi gente esperaba algo y tuve que hacerlo:

—¿Cuántos hombres quedaron en Xelhá y quién los capitanea?

—Doce soldados y una bestia. Nuestro capitán es Alonso Dávila, esforzado y leal soldado de Su Majestad Carlos Primero de España.

En mi paladar se quedó pegado el nombre del nuevo monarca de mi patria. Cuántas cosas habían cambiado desde que salí en la *Santa María de Barca*…; cuántas cosas…

—¿Y a qué habéis venido a estas tierras, cuáles son vuestras intenciones?

—Conquistarlas para nuestro Adelantado Montejo, quien tiene Cédula Real para poblar y cristianizar estos dominios; para hacer repartimiento de indios y para impartir justicia…

—¡Basta, es suficiente…! —le corté el hilo de sus explicaciones. Me retiré unos pasos y me quedé meditando acerca de lo que debería hacer con el cautivo. Los Cheles y todos los demás pobladores del Mayab sacrifican a sus prisioneros y… en mi espíritu hay más garfios de estas selvas que gárgolas europeas; de mi sangre ha sido parida sangre Chele, y por lo tanto…

Pedí a los akhines que no devoraran su cuerpo, sino que después de sacrificarlo arrojaran sus cuartos a un foso. No tengo dudas de que cumplieron con mi solicitud. La carne de los caballos recompensó con creces su apetito.

La posibilidad de tomar Xelhá por asalto y acabar con Dávila y sus secuaces acudió a mi cerebro, pero quise consultarlo con Na Chan Can y me devolví a Ichpaatún.

El dolor que expresaban las arrugas de la cara de mi suegro y el desaliento con que movía sus elegantes brazos, me comunicaron que alguna desgracia de magnitud catastrófica había sucedido. Mi primer pensamiento fue para mi familia, pero éste se esfumó al ingresar Ix Chel Can en las habitaciones de su padre y darme un caluroso beso.

—Ha sucedido en Chikin Chei. Cumplieron con tus órdenes Gonzalo, pero el fuego de sus armas es más poderoso que el valor de los Xiúes. Nuestros amigos cayeron abatidos como el jilguero, como el pato en la charca y la llenaron de sangre. Los dioses así lo quisieron, así lo determinaron y el hombre barbado, el Halach Uinic, no pudo ser desmontado. Sus piernas lo aferraron al animal que tiene cabellos largos y sedosos, como una mujer anciana, y sus brazos cortaron

muchas cabezas, muchos brazos sucumbieron allá en el pue-
blote los Xiúes.

—¿Nuestro escuadrón también…?

—También Gonzalo, tus nacomes Ah Kukum Chel, mi
hermoso sobrino, y Ah Chacah cayeron en el suelo de Aké.
Nuestro heraldo me lo contó todo, todo lo dijo; con lágrimas en los ojos relató lo que vio, lo que sus ojos vieron y le
avergonzaron; él dijo que nuestros amigos, los descendientes
del valiente Ah Cuy Ich Taxmar, "aparecieron con todas las
armas que en las guerras se usaban, carcajes de flechas, varas
tostadas, lanzones con agudos pedernales por puntas, espadas a dos manos de madera fortísima, rayos, pitos y tocando
en carapachos de tortugones grandes con astas de venado,
vozinas de caracoles grandes de la mar, desnudos en carnes,
sólo cubiertas las partes verendas con un pañete, embarrados todo el cuerpo con tierras de diversos colores"; y que los
invasores, los de ojos azules y cabello dorado, tomaron sus
tubos de metal y arrojaron el fuego que mata, el rayo que
apesta, y lanzaron a sus bestias sobre las filas de los guerreros y segaron la vida; como la plaga, como la pestilencia pasaron, así pasaron y sembraron en el campo los cuerpos de
los nuestros, de cientos de nuestros hermanos y la comarca
quedó mutilada, convertida en un cementerio en el que los
zopilotes se hicieron cargo de las ofrendas.

Sus palabras hicieron en mí el efecto de una droga.
Como el león herido me levanté y rondé en los aposentos,
arrojando maldiciones y destruyendo todos los objetos que
se me atravesaban. Mi triunfo resultaba un mezquino regalo
para quien había comenzado a guardar luto por sus amigos,
por sus hermanos; para quien veía llegar, a través de sus ojos
acuosos, los tiempos aciagos y se sabía débil, fatalmente débil ante un enemigo superior en armas y con dioses más efec-

tivos. Los adoratorios de Ek Chuah y de Ah Puch se encontraban vacíos, abandonados por sus fieles que habían visto su poca efectividad frente al rubio crucificado que portaban los españoles, los Dzules del pronóstico fantástico.

Hice comparecer al mensajero de las oprobiosas nuevas y me encerré con él en una habitación que estaba separada de las demás por un espacioso patio adornado con columnas. Así obtuve mayor información y supe que el número de muertos rebasaba al millar y que los hispanos también habían sufrido bajas. Que los hombres de Montejo habían optado por regresar a Xelhá y que sus efectivos no deberían de superar a la centena. Esto me reconfortó, y de inmediato concebí la conveniencia de atacarles y acabar con ellos de una vez por todas. A pesar de mi calidad de Nacón, de la vehemencia que puse en la defensa de mis argumentos, el Consejo de los ah cuch caboob me negó el permiso para salir hacia el norte con mis guerreros. Con prudentes palabras el ahmén que lo presidía me conminó a acatar la voluntad de los sabios y a no distraer las fuerzas de nuestro Estado en ayuda de otros pueblos. "Algún día bajarán hasta nuestras playas, pisarán nuestro suelo, y será entonces cuando necesitaremos de toda tu fuerza, de toda tu astucia y la valentía de nuestros jóvenes soldados. Hasta que no se presente esa fecha, te rogamos te abstengas de guerrear contra los hombres de tez blanca".

Cuando, dos semanas más tarde, supe que había arribado a Xelhá una tercera nave, portando refuerzos, agradecí el Consejo de los Ancianos, y más cuando mis informantes me avisaron que el propio Montejo se acercaba a Chetumal por el mar y que Dávila lo hacía por tierra.

De acuerdo con Na Chan Can y todos los nobles Cheles, los almehenoob, todos los bataboob que gobernaban a los diversos villorrios de la región y todos los sacerdotes, determinamos que deberíamos llevar a cabo la defensa por medio de la astucia, en tanto los soldados se reponían del inmenso daño que su ánimo había sufrido con la derrota de Aké. Todos estuvieron de acuerdo en que no deberíamos permitir, por ningún motivo, que los cuerpos expedicionarios de los castellanos se reuniesen; en que no se les presentase la oportunidad de aglutinar sus fuerzas, porque entonces estaríamos en peligro.

Reuní a los hombres disponibles, a los escuadrones de valientes soldados, y los distribuí entre la selva y la costa, de tal forma que quedasen cubiertos todos los puntos importantes para desembarcar y para proveerse de alimentos y agua dulce, con la intención de que si los españoles intentaban llegarse a nuestra ciudad fuesen atacados desde todos los ángulos.

Durante toda esta época nuestra estrategia consistió en enviar pequeñas partidas de soldados disfrazados de jornaleros o de comerciantes para que se encontrasen con el ejército de Dávila y lo confundiesen respecto a la posición de la bahía y de las ciudades importantes. Otro tanto hicimos con Montejo, a quien le enviamos piraguas pobremente guarnecidas, que le dieron datos falsos sobre los fondos del mar y arrecifes, inexistentes, muy apropiados para el naufragio.

Curiosamente, cuanta embarcación envié siempre regresó con recados para mi persona en los que se me convidaba a reintegrarme a mi patria, a mi religión y a mi raza, lo cual me causaba risa y pena. Era obvio que el Adelantado sabía de mi supervivencia y de mis actos, si no, no se hubiese tomado la molestia de indagar por un paria insignificante como yo; pero también era claro que se me perseguía y que lo que el hombre deseaba era tenerme en sus manos para ejecutarme de acuerdo con sus normas judiciales. Nunca lo lograría el muy cochino.

A pesar de parecer inocente, nuestra estratagema dio resultado. Montejo y Dávila nunca lograron tener contacto y este último, desesperado de no encontrar el paso hacia su comandante, decidió regresar a Xelhá y luego mover sus reales a Xamanhá, que se encontraba bajo su yugo. Montejo se largó poco después hacia el sur y nos dejaron en paz.

El triunfo de nuestro ardid fue celebrado con grandes sacrificios a Itzamná y a Ixchel, diosa que también podría ser patrona de Odiseo. Mi cargo de Nacón volvió a ser ratificado y mi hijo Ah Tok salió avante en la prueba del lagarto. Pasó a formar parte del escuadrón del cacique y su abuelo le tiznó la cara de negro.

El paso inexorable del tiempo se posó sobre la persona de Na Chan Can y la lechuza graznó en el palacio. El velo de la muerte, del odioso Hun Hau, vino a oscurecer su visión, a retardar su canto y a morderle la memoria. El viejo Halach Uinic ha volado al paraíso y su boca ha recibido el puñado de koyem, maíz, y las cuentas de jade transparente que le asegurarán ser bienvenido y respetado durante el trayecto.

A los plañidos de las viejas y al llanto natural de su familia se ha sumado el duelo sincero de su pueblo. Si ha existido un Hombre Verdadero que hiciese honor a tal designio, ése lo ha sido Na Chan Can. Si ha habido un hombre recto, justo, bondadoso y amante de su gente, éste ha sido nuestro Halach Uinic. Por su ausencia sufrirá desde el más insignificante ppencat, hasta el más soberbio almehen.

Por su espíritu serán convocados todos los dioses, todos los manes benditos; los habitantes de la jungla, los del mar, los de nombre Paal Kaba, los de nombre Coco Kaba, los Progenitores y los cuatro Bacabes que sostienen al mundo y detentan el tiempo. Ichpaatún, su ciudad-Estado, será decorada en los cuatro puntos cardinales: al norte se usará el blanco de Zac, para que durante los años Muluc su espíritu envíe el agua sagrada del dios Chac; en el sur las sementeras tendrán el tinte amarillo de los lienzos de Kan, con el fin de que su sombra detenga a las plagas en los años Cauac; al poniente se sacrificará un cuervo en honor a Ek, y así el océano será pródigo en dones, cuando en los años Ix escaseen las cosechas; y, por último, al Oriente se colgarán las túnicas rojas de las vírgenes consagradas a Chac, en su versión de curandero, y en los años Can no padeceremos con fiebres o pestilencias. Todos en uno, al mismo tiempo, en el único instante en el que Xaman, Nohol, Chikin y Likin estarán empujando su barca, su camino de flores, de olores aromáticos, hacia el paraíso, hacia el Edén en el que sus restos se olvidarán de ser carne para retomar la forma pura del espíritu.

En el templo mayor se ha encendido la pira de Itzamná, el padre y madre, la abuela de los primeros partos, del origen, y hacia allá nos hemos encaminado llevando la estera en la que descansa el abuelo de mis hijos.

Jerónimo ha perdido el habla y no logra tragar bocado. Ah Tok es más fuerte y más resignado, su dolor se expresa con comedimiento; ha estado presente durante la preparación del cadáver y ha ayudado en todos los menesteres. Ix Chel Can sufre con una intensidad que me sobrecoge. Lamenta que en su corazón se hayan incubado tantos recelos cuando murió nuestra Ix Mo. El dolor de su remordimiento, que es llaga, cauteriza demasiado lentamente. Su luto es total; en su piel no hay ni una insignificante gota de sangre que revele que está viva. Vaga como una porción de brisa prisionera en un vaso de cristal de roca. Sus hermanastros la compadecen y le dan innumerables muestras de solidaridad.

Para ellos, la muerte de su padre es una consecuencia natural de la vida y, aunque sufren intensamente, la soportan con riguroso estoicismo. Han sido engendrados para gobernar y su forja ha sido la obsidiana y la guerra. En el pedernal de su cuerpo corren arterias de lava; sus venas son antorchas incendiarias.

Ah Uitz, nuestro noble Ahaucán, oficiará en los rituales. Será el encargado de prender los leños y de salmodiar las oraciones fúnebres. Sus cansadas piernas deberán sostener la vasija de las cenizas y transportarle hasta la plaza de la villa, donde será colocado en el interior del monumento funerario.

En silencio recogemos sus palabras, la despedida de su jefe, el adiós a su amigo y compañero. Con lágrimas en los ojos vemos accionar sus manos, sus dedos que pretenden asir al cielo, a las nubes, al calor del sol, para dárselo como alimento al muerto.

—Llévate el rayo del sol a la morada de las sombras, para que te alumbre; toma el beso del rocío para que no extrañes a la mujer, a los hijos; pon en tu atado el amor del pueblo que te quiere y que nunca te podrá olvidar. Alabado sea Itzamná, venturosos sean Ixchel y su prole, adorados todos nuestros dioses que te vieron nacer, que te ven partir hacia ellos, hacia su casa en la que se está cocinando el pozol, la tortilla y los frijoles. Bendita la ruta de los quetzales que brillan con el verde del jade sagrado, que anidan en las ramas del yaxché, de la ceiba de las flores granas. Id con ganas, Na Chan Can, con la convicción de que gozarás de las delicias que se ofrecen a los hombres de bien. Remóntate sobre la cascada y bebe del agua que no tiene forma, del líquido que emana de los ojos de Hun Hau cuando lamenta la muerte de quien no se la merece y, sin embargo, tiene que devorarlo.

Así fueron sus rezos, sus plegarias, y, mientras esto decía, el fuego consumía los restos de uno de los hombres que más he querido, que más he respetado.

En la plaza, los escuadrones le rindieron postrer homenaje y los albañiles terminaron de construir, bajo las baldosas, el recinto en el que serían colocadas sus cenizas y las joyas, las cuentas de oro, jade, cobre, obsidiana, las plumas, las vasijas policromadas repletas de copal y de granos de maíz, y las hojas aromáticas tan apreciadas por los dioses.

No se hicieron fiestas en el mes que sucedió a su muerte; no se bebió ninguna bebida embriagante, ni hubo ceremonias mundanas. Todos se concentraron en honrarlo y en elegir a su sucesor. El Consejo de los Ancianos trabajó noche y día para escoger al indicado. De los pueblos y ciudades vinieron los gobernadores, los bataboob, y dieron su parecer, esgrimieron sus astucias, cada cual de acuerdo con sus conveniencias, con sus predilecciones, con sus alianzas.

Se eligió a Ah Hunac Ceel, cuyo nombre Coco era Ah Tapaynok, el de la manta bordada, señor de Tecoh, pasando así el cargo de Halach Uinic a otra ciudad y quedando entre nosotros como batab el hijo de Na Chan Can, Ah Ceh Can, Venado Hijo de Can.

La muerte de mi suegro fue el acontecimiento más importante durante ese año. Los españoles se concretaron a consolidar su poderío en Xamanhá y a efectuar algunas salidas al país del cacique Tabasco.

Dos años nos dejaron tranquilos, sin avanzar ni una cuarta y sin intentar conquistar a nuestros pueblos. Fue durante estos años que los Xiúes establecieron nexos con ellos y se avinieron a ser sus vasallos; que los Cupules se establecieron en Chichén Itzá y nos enviaron mensajeros para coordinar la lucha en contra de los españoles; y que el traidor Namux

Chel, quien se había complicado con los Peches y los Xiúes para fortalecer su posición en Dzilam, sobre la costa norte del territorio, se hizo bautizar y cristianizar por manos extranjeras.

Seis meses más tarde, nuestros amigos y aliados de antaño permitieron a Montejo sentar sus reales en Campeche. Esta vez, el Adelantado trajo consigo una poderosa fuerza, de quinientos hombres, frescos y bien pertrechados, con abundante caballería, mulas para el transporte de piezas de artillería y, como novedad, a su hijo.

Los informantes llegaron a Ichpaatún con alarmantes noticias y con el miedo pisándoles los talones. "Viene el Dávila, el diablo de fuerte brazo, sobre una bestia blanca que echa humo por el hocico, vestido de luna y con muchos tubos de fuego. Viene hacia acá, a nuestras tierras. Ya se acerca, ya viene nuestro final, el reinado de la muerte. Caro pagaremos nuestra osadía por haberles hecho la guerra. ¡Ay, qué será de nosotros, de nuestras mujeres e hijos!".

Lo primero que hice fue reunir al Consejo y solicitarles que, por intermediación de Ah Ceh Can, obtuviesen de nuestro Halach Uinic el apoyo necesario para sostener a un nutrido ejército que estuviese alistado para dar la batalla.

Ah Hunac Ceel accedió sin titubear y nos envió a todos los escuadrones de que disponía. Dos mil soldados fueron reclutados y puestos a mi disposición para defender la, hasta ahora, inexpugnable patria de los Cheles. Armados con sus bastimentos habituales, con sus varas tostadas, sus macanas, sus flechas, sus cuchillos de obsidiana, las rodelas de algodón adornado con multitud de plumas, los petos guarnecidos con escamas de concha de tortuga, de caracol, los penachos, las pieles y las máscaras para confundir y aterrorizar al enemigo, los guerreros me saludaron como su Nacón y me rindieron pleitesía. Ante el ídolo que representaba a Ek Chuah me juraron fidelidad absoluta y a sus nacomes incondicional obediencia. Pronto estuvieron distribuidos en los lugares de acceso a la región y en los puntos estratégicos de mayor relevancia. El sonido de sus caracolas y trompetillas emitió la clave de identificación y las señales de vigilia.

Alonso Dávila avanzó con cautela por tierra de Xiúes, atravesó la provincia de Chauaca, la de Maní, donde se le honró como señor, y por fin llegó a los linderos de Chetumal, a la villa de Pechal, lugar que le sirvió de residencia y al que dio dignidad de "villa real".

Traía el capitán español un par de centenas de hombres y una quincena de caballos y con la mitad hizo su primera salida a nuestros dominios. En los alrededores de Becam tuvimos el primer encuentro, y tanto les vareamos y les asaeteamos que se vieron precisados a regresar a su villa y curar a sus heridos. En esta rápida escaramuza el castellano perdió a dos hombres y le tumbamos un equino. En el campo recogimos un arcabuz y un cuerno con pólvora y perdigón. Este feliz encuentro fue muy significativo y muy favorable para nuestra causa, pues lo usé en la segunda batalla y el desconcierto que les causé determinó nuestra victoria de aquel día. El efecto del primer disparo fue casi cómico. Vino el estruendo y la peste de la pólvora, la humareda y el caos. El hombre, al cual derribé de su montura, cayó fulminado en medio de los suyos y éstos no acertaban qué hacer ni qué decir. Al principio pensaron que se trataba de un error fatal de alguno de los suyos y comenzaron a recriminarse unos a otros su mala puntería. Mientras esto sucedía aprovechamos para meterles vara y macana e hicimos gran regadero de cuerpos muertos y mutilados. Cuando reaccionaron, les solté un segundo perdigonazo que fue a poner de nalgas a un caballero cordobés sobre las espinas de un huizache y entonces se echaron a correr a campo traviesa, desoyendo las órdenes de su capitán y las amenazas de un alférez de gorra cazadora. Mas no todo fue miel en esta jornada, nos mataron varios hombres e hirieron a mi hijo Ah Tok en el muslo.

Qué malo se me puso el muchacho y cuánto tuve que rezar y ofrendar para que los dioses me lo salvaran. Por un prurito de ética militar, me abstuve de pedir al Dios cristiano su venerable auxilio. Me daba mala conciencia llamarlo en mi auxilio, cuando le estaba matando a sus mesnadas en los campos del Mayab. En cambio sí le recé a su dulce Madre y ella intercedió por la salud de mi hijo. Ix Chel Can me miraba, como a un demente, mezclando a los dioses y pidiéndole a cada uno lo que me era necesario. El resultado fue positivo y desde entonces respetó lo peculiar de mis rituales.

Durante un mes les hicimos la guerra en una forma tenaz y encarnizada. Muchos españoles murieron, muchos Cheles sucumbieron, y cuando Dávila entendió que nada lograría en nuestra provincia se largó en unas canoas hacia el sur, por el cauce del río Hondo, yendo a perderse en la mar.

En Oxtanká supe que los habitantes de Campeche se habían sublevado en contra de Montejo, capitaneados por Ah Canul, y que habían estado a punto de matarlo y sacrificarlo. Lamentablemente, sus soldados lo habían salvado y el rebelde fue castigado con la muerte.

Buena estrella traían consigo los Montejo, pues el hijo también se salvó de una celada que le tendiese nuestro aliado Naabón Cupul, Halach Uinic de los Cupules, que se habían asentado en el santuario de Chichén Itzá. Sin embargo, ese hecho nos sirvió para sublevar a la población e incitarle a levantarse en contra del mozo usurpador. Por medio de los sacerdotes, de los ahkines Cupules, sembramos el descontento y propalamos la consigna de que se negasen a trabajar para el invasor y le negasen el pago del tributo que, tan injustamente, les exigía. La rebeldía cundió y ya a mediados del año de 1533, acudí con algunos escuadrones de flecheros y les pusimos sitio en la misma Chichén.

En su auxilio vinieron sus vasallos Xiúes y Peches, a quienes no logramos sacar de su temor y convencerlos de que se nos uniesen, y los Cheles desterrados que habían venido a habitar Dzilam.

Lograron huir a la ciudad del nefasto Namux Chel, dejando en el santuario a no pocos hombres que fueron debidamente sacrificados. Por primera vez en su historia, el Cenote Sagrado recibió en su seno cuerpos blancos y barbados, y por primera ocasión sus espíritus fueron vistos en las orillas, causando el espanto de los moradores, que se vieron precisados a arrojar gran cantidad de joyas, cuentas de poom y alimentos para calmarlos y devolverlos a los infiernos.

Más tarde, Francisco Montejo padre se estableció en Maní, ciudad principal de los Xiúes, y recibió la ayuda del Halach Uinic Ah Dzun Xiú. Reconfortado de la experiencia que había pasado en Campeche, el viejo cerró filas y fue a encontrarse con su hijo en Dzilam, de mala memoria, en donde fundó otra "Ciudad Real".

Continuamos dándole guerra, sin intervenir directamente para no llamar su atención, y al año siguiente logramos que se retirasen a Campeche, en donde sus propios hombres le recriminaron su absurda gesta, le voltearon las espaldas y se le largaron a otras tierras para probar fortuna. Otra vez nos había salvado nuestro deseo de ser libres, nuestra tenacidad para luchar por lo propio, por lo justo, y, marginalmente, la falta del oro que todo corrompe y todo trastorna.

Cuánto hemos aprendido en estas guerras de la codicia de los hombres, de su maldad y traiciones, de su estúpida necesidad de despojar al prójimo de lo que justamente le corresponde, será porción de la herencia que recibirán mis hijos; pero también formarán parte del legado que les deje el conocimiento del honor, de la virilidad, de la fraternidad y del estoicismo ante el dolor, el amor por su patria y el sacrificio que a ella le deben. Éste será el premio que obtengamos de todas estas experiencias.

No habían terminado de salir Montejo y su séquito, cuando ya asomaba las narices en Champotón otro tipo de conquistador, mucho más peligroso y difícil de combatir, pues sus métodos son más sutiles, menos tangibles, y requieren de otra clase de combate. Un solitario soldado con el sayal café-pardo de la Orden de Asís ha comenzado a poblar con palabras. Por su traza y sus mensajes entiendo que se trata de un fraile franciscano y por la descripción de mi informante conozco que ya ha ganado algunos adeptos. Reúno al Consejo y, no sin dificultad, trato de explicarles de lo que se trata, de trasmitirles la fuerza de esa fe que viene predicando Jacobo de Testera, su poder de persuación y la filosofía que la sustenta. Los viejos me escuchan con atención, especialmente los ahkines; con los ojos cerrados y el entrecejo arrugado el eterno Ahaucán, Ah Uitz. Su absoluto silencio es un marco de terciopelo para mis palabras, que van cayendo como plomo en el agua de sus conciencias. Siento que no se oponen, pues quién va a oponerse al amor; veo que, a pesar del afecto y devoción que tienen por sus dioses naturales, el nuevo prospecto no les desagrada. En su panteísmo puede albergarse otro dios sin perjuicio para los anteriores y esto me aterroriza, quizás porque yo he venido practicando esta híbrida doctrina. Después de varias horas de explicarles y contestar a sus preguntas, según mi buen entender y lo poco que recuerdo del pasado, me retiro con una sensación de vacío en el alma y un pesar que nubla mi horizonte. Si esto me ha sucedido con los sabios, con los entendedores, qué pasará con los miembros de mi familia…

A la mañana siguiente, casi de madrugada, el anciano Ah Uitz me está esperando bajo la fronda de la ceiba sagrada. En sus párpados se han quedado pegadas unas cuentas de cristal, viejas y remotas lágrimas del que ha llorado en las vueltas del insomnio, en los caminos de lo inexplicable, en el polvo del cosmos. Su boca trae una profecía, un oráculo terrible:

"Dos Ix, Jaguar, será el tiempo de la pelea violenta, el tiempo en que arda el fuego en medio del corazón del país llano, en que ardan la tierra y el cielo, en que haya de tomarse el espanto como alimento; el tiempo en que se implore a los cielos. Perdido será el pan, perdida la limosna; llorará cuy, lechuza, llorará icim, búho, en los caminos vecinales por toda la extensión de la tierra, por toda la extensión de los cielos. Se alborotarán las avispas, se alborotarán los míseros en el imperio de Ah Bolon Yocté, el Nueve Pata de Palo, Ah Bolon Kanaan, el Nueve Precioso. Decaída estará la faz de la sabana, destruidas las murallas. Será el tiempo en que se corte el linaje de los descendientes falsos, cuando se yerga sobre la tierra, se yerga sobre el país llano, Buluc Ch'abtan, Once Ayunador, el hijo de Ah Uuceb, el Siete Montañas. A las orillas del mar tendrá abiertas sus fauces el terrible ayin, cocodrilo; tendrá abiertas sus fauces el maligno xooc, tiburón. Será el tiempo en que se amontonen las xuxob, avispas, sobre los restos del agua, sobre las sobras de alimento. Hasta el tercer doblez del Katún…".

Terminó acariciando mi mano con el amor de un padre y entendí que mi fin estaba próximo, que me estaba leyendo mi sentencia y que las puertas del Total y la Nada me serían abiertas de par en par…

Esa mañana, en la que salí a combatir al capitán Lorenzo de Godoy en Punta Caballos, ladraron los perros como nunca lo habían hecho, graznó el moán en mis oídos con una estridencia que sólo yo pude entender, y la lechuza ululó en el camino que tomamos.

Encontramos a los españoles en las cercanías del Hochob, armados hasta los dientes. Los acompañaban varios escuadrones Xiúes que estaban a su servicio y que utilizaban para asolar a las demás tribus. El encuentro fue terrible, de una ferocidad inusitada debido a lo inesperado del mismo. Fue un combate cara a cara, cuerpo a cuerpo y, en el fragor, un estampido vino a quebrarme la vida, vino a opacarme la luz y a sumirme en las tinieblas eternas… era el año del Señor de 1536…

Epílogo

En la leyenda ha quedado tu nombre, estrella de sangre, rubia gema que viniste a acrisolar la raza, la nueva estirpe, la cósmica aventura de los nuevos pueblos; ave que anidaste en el bronceado lecho de la carne morena del Mayab para engendrar los hábitos ancilares de la cultura joven de América.

En tu honor sea elevado el canto, sea labrada la estela de la selva, sean sahumados los manes de los dioses que vigilaron tus pasos y te abrieron sus sagrarios para recibir tu ofrenda, los dones de un mundo viejo que se vertió en sangre y cenizas para dibujar los perfiles de estas tierras, de estos hombres que ahora te rinden postrero culto y graban tu nombre, Gonzalo Guerrero o Gonzalo de Aroca o Gonzalo Marinero, con profundo orgullo en el pergamino de su conciencia.

BIBLIOGRAFÍA

Arciniegas, Germán, *Biografía del Caribe,* Sudamericana, Buenos Aires, 1973.

Cousteau, Jacques-Yves y Philippe Diolé, *Diving for Sunken Treasures,* Doubleday and Company, New York, 1971.

Díaz del Castillo, Bernal, *Historia verdadera de la conquista de la Nueva España,* Porrúa, México, 1976.

Gómes de Brito, Bernardo, *Historia trágico-marítima,* Espasa-Calpe, Buenos Aires, 1948.

Landa, fray Diego de, *Relación de las cosas de Yucatán,* Pedro Robredo, México, 1938.

Martínez Marín, Carlos, "La aculturación indoespañola en la época del descubrimiento de México", en: *XXV aniversario de los orígenes americanos en homenaje a Pablo Martínez del Río*, Instituto Nacional de Antropología e Historia, México, 1961.

Morley, Sylvanus G., *La civilización maya,* Fondo de Cultura Económica, México, 1965.

Sodi M., Demetrio, *La literatura de los mayas,* Joaquín Mortiz, México, 1976.

Zweig, Stefan, *Magallanes,* Populibros La Prensa, México, 1972.

Índice